—————— 每本书都是一座传送门

次元书馆

光环·惩戒

[美] 特洛伊·邓宁 著
李镭 译

新 星 出 版 社　NEW STAR PRESS

献给利夫·杰弗斯

如果有人能将这个故事拍成电影,
我希望那个人会是你。

史学家注释

这部小说中的故事发生在 2553 年 12 月。故事发生时,一个纪元级智仆已被发现五个月了(详情请见小说《末路曙光》);薇塔·洛皮斯的雪貂小队遭遇的重大危机也过去了两个月(详情请见小说《裂隙》)。

第一章

（人类军事历）2553 年 12 月 12 日 14:32
杰奥尔基餐厅
贾布星系，韦内西亚星，新泰恩

这个独占角落雅座的军火走私商手中掌握的可不是普普通通的太空垃圾。他悠闲地坐着，身穿领口绣花的高领长外衣，不紧不慢地吮着黄金甘露酒。三名相貌粗野的手下围坐在他身边，大口喝着西斯卡酒和沃萨酒。他发型时髦，黑胡子修剪得干净整齐，一双琥珀色的眼睛看上去若有所思。他的微笑仿佛一道转瞬即逝的闪光，好像是在挑衅别人，从而搞出一点儿事端来让自己乐和乐和，军事情报局特工薇塔·洛皮斯几乎要为自己即将对他采取的行动感到后悔了。

但也只是"几乎"的程度。

薇塔让她的支援团队留在桌边，独自一人起身，穿过满是客人的小餐厅，这些客人大部分是人类和豺狼。薇塔走到这个走私商人近前，一名高大的鬼面兽保镖从墙边走过来，挡住薇塔的去路。这名保镖的头顶几乎蹭到了天花板，脸上能清晰地看到骨骼粗硬的棱线，皮肤为卵石灰色，额头向后倾斜，巨大的下腭上竖着二十厘米长的獠牙。

薇塔毫不在意地径直向这名保镖走过去。她的支援团队看上去就像三个在身上穿了不少孔的街头朋克，但他们实际上都是斯巴达III型超级士兵，而且三个人全都握着M6P微型手枪，每支枪里装着四颗高爆弹药。如果这个鬼面兽敢动粗，在挥出拳头之前他就会变成一具尸体。

距离鬼面兽只有两米时，薇塔停住脚步说道："放轻松，大家伙。"她掀起自己的衬衫下摆，慢慢转了一圈，证明自己没有武器。"我来这里是为了谈事情。"

鬼面兽吼了一声，伸出一根粗大的手指，朝薇塔的桌子指了指。薇塔一直小心地避开支援团队的射击路径——鬼面兽伸开手臂的时候也亮出了自己的胸膛，几乎变成一个活靶子。这个大汉的愚蠢让薇塔放心了些许。她不动声色地绕过鬼面兽，在军火走私商平静的注视下朝他的雅座走去。

"听我说。"薇塔向走私商人开口道。鬼面兽转过身来试图抓住她，但薇塔轻松地闪到一旁，同时竖起大拇指朝肩膀后面指了指说："相信我，懂得倾听对所有人都有好处。"

走私商人朝薇塔的桌子瞥了一眼。薇塔知道，她的团队一定已经做好了开火的准备。走私商人的微笑变得狡诈起来，他飞快地一摆手，示意他的保镖向后站。

"粗鲁又危险，"走私商人说道，"我怎么能拒绝呢？"

"很高兴我们能够彼此理解,"薇塔说,"不过我还是要为贸然打扰而道歉。"

军火走私商不以为意地摆摆手。"不必为皮库斯道歉,"他向那名保镖一皱眉,"你知道鬼面兽感到不安的时候会有多么危险。"

"我知道,"薇塔说道,"不过我没有那么担心。"

走私商人笑了几声。"看来你的确不会,"他靠在雅座的椅背上,"那么……说吧。"

"我需要租用你的一艘剃刀级飞船。"

军火走私商眉毛一扬。在人类里,他算是高大的,他的肩膀足有门扇那么宽,肱二头肌的尺寸堪比热能火箭。薇塔一眼就明白了这个商人的韦内西亚业务伙伴为什么称他为"歌利亚"。

片刻之后,走私商人问道:"就像曾经的UNSC巡航舰那种剃刀级?"

薇塔点点头:"就像曾经的UNSC隐身巡航舰那种。驾驶那种飞船的已经不再只有UNSC了,这一点你比任何人都更清楚。"

走私商人装出一副清白无辜的样子说道:"我怎么会知道这种事?"

"因为赫克托耳·尼耶托少校在从UNSC叛逃的时候掳走了三艘这一型的巡航舰。"薇塔说道,"而你是罗斯·尼耶托——他的儿子。"

尼耶托身子一僵,他的同伙都迅速将手探向桌下。这三个家伙的上半身都只穿着防弹背心,与其说是为了防护,不如说更像是坏小子的流行时尚。薇塔的目光扫过这张酒桌,凝视着这三个人,直到他们每人的眼睛里都闪过一丝不安,然后,她的目光又转回尼耶托身上。

"你的父亲利用这些船成为一个起义英雄，"薇塔继续说道，"你则利用它们为阿洛·卡西耶走私军火。"

尼耶托努力摆出一副安之若素的样子，但他脸上血色尽退。阿洛·卡西耶是附近的行星"高星"的新任总统。在这一整片星域中，他都可以称得上是最腐败、最残忍的政客。在成为总统之前，他曾经是薇塔的老板。

如果有人觉得卡西耶在当上总统之后就能够改邪归正，那实在是太高估他了。卡西耶秘密帮助一支前星盟狂热分子组成的部队攻击了UNSC部署在高星的研究团队，以此酿成一场军事危机，并趁机登上权力宝座。这场战斗毁灭了一整座村庄和数百条无辜的生命，而卡西耶也以此为由头将政治对手打击至垮台，从而成为高星共和国的总统。

罗斯·尼耶托在这场阴谋中只充当了卡西耶和狂热者间的军火流转站，不过这也让他树敌无数。地球联邦政府想要尼耶托的命，因为他曾向前星盟提供武器；卡西耶想要他的命，因为他是为数不多的几个知道卡西耶与这一系列事件有关的人之一；高星战争部也想要他的命，因为他的走私活动玷污了他的英雄父亲留下的传奇。

薇塔只想活捉他，不过这不是她率领雪貂队来此执行任务的首要目标，这更像是一个额外的奖励。

让尼耶托担忧了几秒以后，薇塔说道："放轻松。我只是要确认你明白，我知道你是谁。"

尼耶托向薇塔的桌子瞟了一眼，随即目光便停留在那三名"街头朋克"的身上，就像在研究他们一样。"好吧，恐怕现在你已经让我处于劣势了。我们以前见过吗？"

"我们现在见过了。"薇塔将两根手指伸进衬衫口袋里,拿出一只用扣链封住的小皮口袋。"我想向你租用一艘剃刀。我听说幽灵之旗号今晚就能出发。"

薇塔打开口袋,将一连串闪闪发光的圆球倒在桌面上。这些圆球最小的和豌豆差不多,最大的要比人类拇指尖还大。一开始,这些圆球更像是液体,而非固体,仿佛一颗颗即将迸溅开来的水滴。遇到光线之后,它们很快就固化成坚实的圆球,并散发出一种彩虹般明亮深湛的光芒,仿佛是从宇宙深处的一个窟窿里闪耀出的光彩。

酒桌上的紧张气氛在众人惊奇的目光中渐渐消融。尼耶托左边的人惊呼道:"相位珍珠!你是从哪里搞到的?"

"和你无关。"薇塔说。

从技术层面来讲,这些珠宝由玻色子构成,经过先行者硬光设备的粒子轰击而成型。这一批相位珍珠是在夏普思第三行星附近收集到的,当时UNSC的异星材料探索营717号派遣了一支部队去勘察几个月之前刚刚被发现并保护起来的先行者遗迹。

但薇塔并不打算挑明这一点。相位珍珠是已知的最罕见的宝石,如果她泄露出它们的来源,用不了一个月,夏普思第三行星就会变成一片巨大的采矿场。她合上皮口袋,将袋子留在桌面上。袋子没有完全瘪下去,里面的东西微微晃动。薇塔目光微转,盯住尼耶托的眼睛。

"用这些租用幽灵之旗号一个月应该绰绰有余了,"她说道,"也许够两个月的。好好想一想。"

"也许吧。"尼耶托继续盯着相位珍珠看了一会儿,终于抬起头,看着薇塔。"但这不是我做生意的方式。"

"我不会付更多钱了。"

"没用的。我不是珠宝商,我也不接送货的活儿。我的兴趣更加……特殊。"尼耶托露出了灿烂的笑容,"我想你知道。"

"我不确定你在暗示什么。"薇塔小心地维持着冷峻的表情。尼耶托已经嗅到了诱饵,但她必须装出一副不情愿的样子,否则这条鱼就不会上钩。"我需要一部交通工具,而不是合作伙伴。"

尼耶托摊开双手。"那么你就是白白打扰了我的午餐。"

薇塔怒视着尼耶托半满的甘露酒杯。"你管这个叫午餐?"她伸手去拿珍珠口袋,"抱歉,看来这单生意做不成了。"

尼耶托左边的那个人伸出一只肌肉虬结的大手,按住薇塔的手。"你可以把这些留在这里。"他有一张圆脸,皮肤粗糙,眼睛仿佛两条细缝,比尼耶托矮一头,不过身体几乎同样魁梧。"就把它当作咨询费吧。"

薇塔将自己的另一只手按在大汉的手上:"你可真有意思。"

她抓住大汉的拇指,用力一撇。当大汉试图将手抽回去的时候,她锁住大汉的手腕,再向旁边一拧,迫使大汉倒在尼耶托的大腿上。这种利用疼痛控制对手的技巧是她在高星防卫部任职特别调查员时常用的招数。尽管她现在的雇主往往倾向于采取更致命的手段,不过她还是喜欢用这样的办法。

椅子脚摩擦地板的声音接连在周围响起,紧张的客人们纷纷向餐厅门口跑去。薇塔瞥见她的支援队伍正在向她靠近。

奥利维娅-G291已经逼近到那个鬼面兽面前,用一支微型手枪指住他的脸,马克-G313和阿什-G099分别从两边包抄尼耶托的酒桌。他们三个眼睛里满是血丝,面颊凹陷,眉毛、鼻翼和嘴唇上都挂着各种黄金首饰,看上去就像是二十来岁的街头浪荡子——但这些都只是伪装而已。实际上，他们差不多才十五岁，而且绝对是这个房间里最危险的人物。

薇塔抬起圆脸大汉的手臂，大汉的肩膀扭曲成一个奇怪的角度，接着就是一声痛苦的哀号。薇塔回头看向尼耶托。

"这种事没必要弄得血淋淋的。"

"很高兴听到你这么说。"这个响亮刺耳的声音来自吧台另一端，一个穿紫色马甲的灰发男人从一扇嵌着"办公室"铭牌的门后走出来。他一只手端着盛有古铜色液体的玻璃杯，另一只手空着。看上去，他并没有受惊，而是感到恼火。"杰奥尔基是一个安静的地方。"

尼耶托微微颔首。"抱歉，巴克拉诺夫先生。"他朝正从大门口鱼贯而出的客人们看了一眼，补充道，"希望你允许我赔偿这次骚动为店里带来的损失。"

巴克拉诺夫点点头。"这样很好。"他转向吧台后面的一名黑发女子，提高声调，以便餐厅里每一个人都能听到。"歌利亚只要在这儿，这里的每一桌就都由他请。"

尼耶托的笑容变得僵硬："乐意之至。"

人们逃离的脚步慢了下来。一些豺狼客人开始低声嘟囔，发出阴鸷的笑声。一场免费的痛饮和随时可能被卷入的一场交火——他们的脑子里肯定在掂量这二者孰轻孰重，随后，他们警惕地回到了自己的桌子旁。巴克拉诺夫转向薇塔，朝她的支援团队晃了晃两根手指。

"你和你的朋友们在这里是客人，"他说道，"也许你们应该记住这一点。"

薇塔看了巴克拉诺夫一眼，装出一副不认识他的样子，然后才耸耸肩，将圆脸大汉的手腕放回到桌子上。

"我们只想要回属于我们的东西，"薇塔说，"只要拿回这些，我们不会找麻烦。"

"很好，"巴克拉诺夫说，"那么就这样决定了。"

他没有问尼耶托的意见。杰奥尔基餐厅是为各种走私客服务的情报集散地，另外，杰奥尔基·巴克拉诺夫还控制着一个行星轨道仓储系统，也就是尤阿申空间站。借助这两桩生意，他与韦内西亚星上的半数黑市交易都有关系。任何军火走私商如果愚蠢地在他的地盘上挑衅，那就只能找一颗新行星去建立基地了。

薇塔示意自己的队员收起武器。三个人将手枪收进腰带里以后，巴克拉诺夫转动着手中的酒杯，充满警告意味地看了尼耶托一眼，随后便转身走回自己的办公室。

尼耶托露出安抚性的微笑，向圆脸大汉指了指："我替麦尔柯道歉，他太不懂礼貌了。其实他只是想说，在提出条件之前，我们需要更多信息。"

"我没有时间听你的条件。"薇塔放开了麦尔柯的手腕，"条件就是接受或者拒绝。"

"为什么你这么着急？"尼耶托将麦尔柯从自己的大腿旁推开，对面前这个女人说道，"你看上去不像是行事莽撞的人。"

"我不是。"薇塔开始将桌上的相位珍珠收回到口袋里，"你可以认为，我们的设备出了些故障。"

"所以你其实有自己的船？"

"没错。"

薇塔向回到座位里的客人们瞥了一眼，注意到两个口鼻细长的豺狼换到了靠近尼耶托的桌子旁。他们可能是情报贩子，也可能是前星盟教派——同一自由捍卫阵线的间谍,薇塔希望他们属于后者。这个教派的走私团伙时常在杰奥尔基餐厅聚集。薇塔已经从当地情报源得知,一个同一自由捍卫阵线的军火走私团体正在港内寻找货物。实际上,她之所以会在公共场合接近尼耶托,就是为了吸引该教派竞争对手的注意。

薇塔将注意力转回到尼耶托身上:"你知道有谁愿意接手一艘受损的乌鸦吗?它能被修好,但我们需要一艘船尽早出发。"

尼耶托的手下们有些坐立不安,尼耶托则只是勉强笑了一声,努力装出一副漠不关心的样子。

"乌鸦这种生意对于我来说实在是不值得做。不过我可以问问。型号?"

"改进型 S77。"薇塔回答道。乌鸦是一种服务于私人货物运输的护航船,属于轻护甲侧卫战机。依照当前的标准,它们早已不堪使用了。不过它们的速度很快,还集成有武器系统,所以一些小的海盗团伙还会使用它们。"再加上十部弓箭手火箭巢和一门小型电磁加速炮。"

尼耶托脸上的笑容消失了:"我可不知道一艘乌鸦能携带这么多火力。"

"我们想办法做到了。"薇塔合拢了珍珠口袋,"两侧各五个火箭巢,电磁加速炮在机腹。现在你感兴趣了?"

"我对乌鸦没什么兴趣。"尼耶托说,"不过你们是怎么使用它的?这个我挺感兴趣。"

"你在说什么?"

"反抗者号,"尼耶托说道,"有人在伊斯班诺拉星区攻击了这艘 UNSC 的军需品飞船——你以为我没有听说这件事?"

"这不代表那是我们干的。"

"不是？UNSC可是已经在贾布星系四处搜索好几天了。"尼耶托将身子探过桌面，压低声音说道，"他们正在乌鸦上寻找火箭巢和小型电磁加速炮。"

"这也不代表就是我们。"薇塔无动于衷。

尼耶托眯起眼睛审视着薇塔，薇塔开始担心是不是自己的举动无意中暴露了某些信息。作为一名前侦探，薇塔也做过卧底的工作，但从没有经历过这种情况。她和雪貂队刚刚用了五个半月的时间进行了外勤行动训练，军情局教官从他们训练的第一天起就告诉他们：如果行动中可能有糟糕的事情发生，它通常就会发生。

片刻后，尼耶托点了点头，给了薇塔一个意味深长的微笑："别装了，就是你们，所以你们才会这样着急。"

"攻击UNSC军需船是非常大胆的行动，"麦尔柯也说道，"但你们做得不够干净。这会要你们的命。"

"也许不会那么严重。"尼耶托紧紧盯着薇塔，"他们还有时间……如果他们得到我们的帮助。"

"很好。"薇塔将珍珠口袋挂在自己的两根手指之间，"到了星港给一半，到了目的地给另一半。"

"我说过了，这不是我做生意的方式，"尼耶托回应道，"我要加入。"

薇塔小心地皱起眉，闭紧双唇。尼耶托上钩了，但情况仍然随时可能恶化。

"加入什么？"薇塔问。

尼耶托压低声音，轻语道："我想要那些核弹。我听说你们拿走了十枚,我要五枚。"

"不可能。"

薇塔偷偷向餐厅办公室的方向瞥了一眼,发现那些奇戈亚人还坐在他们刚刚挑中的桌子旁边。他们注视着彼此,并未瞥向尼耶托的雅座,但个个眼睛散乱无神,脊背上的硬毛全都竖了起来。很好。在薇塔离开杰奥尔基餐厅之前,她需要这些豺狼听到这个关于反抗者号的故事。

她将注意力转回到尼耶托身上。"听着……好吧,我可以给你一些银色五号和高斯炮。但浩劫核弹嘛……"她停顿了一下,让豺狼们能够清楚地偷听到她的话,然后才摇摇头。"浩劫核弹已经有主了。"

"能给你的主顾送去一些总好过一无所有。"尼耶托说,"就把损失归到我头上吧。我相信你的主顾会……"

"我告诉过你了,这个做不到。"薇塔说,"你知道我是在为谁工作?没有人敢让他们失望。"

她猛地呼出一口气,用沮丧的神情掩饰住自己头颅深处因焦虑而引起的刺痛。她刚刚发出了行动指令,再过大约四分钟,这里就要天翻地覆了。

"那么,"尼耶托问,"你在为谁工作?"

"抱歉。"薇塔对军火商施以一个冷笑,"我会告诉你的,不过到那时……"

"你将不得不杀了我?"尼耶托转了转眼珠,"得了吧。"

"我们是认真的。"奥利维娅说道。她的眉毛和短发都被漂染成淡金色,原本深褐色的皮肤也染成浅灰色,让她看起来似乎并不那么健康。"我们将不得不杀了你们,你们所有人。"

"这不是私人恩怨，"马克接口道，"生意而已。"

"生意从来都不涉及私人恩怨，"尼耶托看了一眼马克的无袖皮背心和金耳环，露出厌恶的神情，"但不排除会有朋克这么干。"

马克的眼神猛然变得冷峻："你是在说我们吗？说话小心点儿。"

尼耶托看向餐厅办公室，并未回话。薇塔现在很希望这个走私商人能够做些蠢事。薇塔被迫放弃自己原来在高星防卫部的职位，在死亡威胁下逃离母星，这其中的原因和这个走私商人没有直接关系，但罗斯·尼耶托为同一自由捍卫阵线走私武器——卡西耶正是利用这些前星盟的极端主义分子篡夺了高星的总统权位。现在，这个走私商人又想要攫取核弹头。在薇塔看来，军情局的审讯牢房才是罗斯·尼耶托该去的地方。这个军火贩子的尸体越早消失在黑洞中，薇塔就越高兴。

但尼耶托太聪明了——或者是太走运了，他并未因挑衅而犯下愚蠢的错误。他又朝那间办公室看了一会儿，皱皱眉。薇塔转过身，发现杰奥尔基·巴克拉诺夫又一次走进了餐厅。

"好了，所有人都出去！"巴克拉诺夫的声音异常粗重，"有斯巴达进来了！"

整个房间陷入一片寂静。客人们带着怀疑和困惑的神情看向办公室门口。斯巴达是精英中的精英，是极为罕见的超级士兵，上亿人中才能出现一位。对于这个房间里的大多数韦内西亚星人来说，一支斯巴达队伍对杰奥尔基餐厅发动袭击是根本无法想象的事情。

巴克拉诺夫的声音变得低沉而紧迫："这正是我花大价钱安排警卫的原因。两个斯巴达刚刚拐进了诺托利街。"

寂静被打破了，人们开始窃窃低语。诺托利街又窄又长，以交通拥塞而著称。就算是斯巴达在那里一定也无法快速行动，而且那条街上有许多酒馆和货栈，那些超级士兵很可能是要去别的地方。

但杰奥尔基餐厅是这里臭名昭著的黑市交易所，而且刚刚发生的那场麻烦已经有些不寻常了。转眼间，已经有十几位客人站起身向门外走去。

当剩下的客人也都慢吞吞地离开这家餐厅的时候，巴克拉诺夫伸手向他的办公室做了一个召唤的动作。他的两名手下走了出来，手里都握着一把赛文10毫米自动手枪。与此同时，吧台后面的女酒保也从吧台里拿出一把SAMP-10。

"让我再说清楚一点，你们现在应该离开了。"巴克拉诺夫的声音变得更加平静，也更稳定。"六十秒后，任何留在这里的人都不需要由斯巴达动手来处理。"

这个威胁很有效，剩下的客人全都朝大门口跑去。薇塔很高兴那几个偷听他们谈话的豺狼跑到了最前面。就算他们不是同一自由捍卫阵线的间谍，也一定会将一个疯狂的女性人类驾驶乌鸦偷走了十枚浩劫核弹的故事四处传播。同一自由捍卫阵线的走私团伙一定会来找她。她和她的团队现在只需要让接下来这场和斯巴达的战斗看上去令人信服就行了。

她将相位珍珠塞进衬衫口袋里，示意她的团队进入厨房。

"我们从后门出去。"

"他们会料到这一点。"尼耶托依然坐在位子上，平静地等待他的同伙离开酒桌。"那些斯巴达或许像罐头里的水果一样又聋又瞎，但我可以和你打赌，这里一定有军情局的探子给他们报信。

我猜，军情局一定已经布下狙击手监视这里的每一个出口，他们只不过是要用斯巴达把你们赶出去。"

"有可能……"薇塔说道。尼耶托显然从没有领教过斯巴达的机智，否则他就不会将他们比作水果罐头，但他的猜测非常合乎情理。薇塔开始担心自己是不是有些低估这个军火贩子了。"如果你有更好的主意，我洗耳恭听。"

"我们达成一致了吗？"尼耶托走出雅座，脸上闪过一丝微笑。"我们都知道那些斯巴达的目标是你们和你们的核弹。所以，你或者分给我们一部分……或者死在这里，丢掉一切。"

薇塔假装陷入了犹豫，又瞥了一眼自己的团队。三名队员都谨慎地向她点点头。他们的不情愿溢于言表，但他们都受到过良好的训练，明白此时该做出什么样的表情。薇塔转向尼耶托。

"你有办法能让我们迅速离开这里？"她问道，"全员平安离开？"

"当然。"

"你以为我会这么简单地相信你的话？"薇塔反问了一句，"不说具体细节，那还谈什么交易？"

"有道理。"尼耶托指了指他的鬼面兽保镖说道，"我们自己能弄出一道门。"

"你想洞穿一面墙？一面外墙？"薇塔的质问是说给正在逼近的斯巴达听的。她的衣领里缝着一只线状拾音器，接收到的声音全部会被输入一个加密通信网络。"你要怎么向巴克拉诺夫先生交代？"

"给他一颗相位珍珠，"尼耶托说，"他不会有怨言的。"

"那足够让我买下这一整幢房子了。"

"你买下这个地方又有什么用？"尼耶托问，"你知道，军情局会追杀你一辈子。"

"说得有些道理。"

薇塔从衣袋里拿出珍珠口袋，开始摸索袋口的锁扣。她在为另外一名斯巴达争取时间，那名斯巴达正隐藏在餐厅后面的小巷子里——他必须转移到新的位置上。

尼耶托神情变得冷峻起来："你在磨蹭什么？"

"锁扣卡住了。"薇塔拉开口袋，开始翻检里面的珍珠，"有时候会这样。"

尼耶托等了大约两秒钟，抬手摸向自己的身侧："你在故意耽搁时间。"

薇塔知道自己的队员都已经按住了各自的手枪，便用暗号命令他们不准拔枪。尼耶托和他的手下使用的是新泰恩12毫米彗星手枪，军情局的作战教官将这种枪戏称为"手炮"。这种尺寸过大的手枪往往会让这些军火商人在快枪决斗中陷于极为不利的境地，因此尼耶托一方不敢轻举妄动。

"那些斯巴达是冲我们来的，"薇塔摆出一副难以置信的样子摇了摇头，仿佛是在以这种表情嘲讽尼耶托的过度紧张，"你以为我会故意耽误时间？"说完，她拈出一颗小粒的相位珍珠，招手让阿什过来。阿什的头发被染成了橘红色，在两侧耳朵上方各剃出一只火焰羽翼，头皮其余的部分全都剃光了。他紧盯着尼耶托——不是为了吓唬这名军火商人，只是要让这名军火商人明白，如果情况有变，罗斯·尼耶托会是第一个丢掉性命的。

尼耶托似乎领会了阿什的意思。尽管脸上仍然带着怀疑，他还是挥手示意部下不要轻举妄动。

薇塔将相位珍珠放进阿什的手里。"把这个给巴克拉诺夫先生,为我们即将造成的破坏向他致歉。"现在餐厅里几乎已经没有其他人了,巴克拉诺夫肯定能听到她在说什么。"快一点儿,我们没有多少时间了。"

阿什看了一眼巴克拉诺夫的手下,向薇塔说道:"我们可以把他们都干掉。"

"困在战斗中,直到斯巴达出现?"薇塔摇摇头,"把珍珠给他,这样更快。"

阿什耸耸肩。"既然你这么说了……"他将手中的枪交给薇塔,用拇指和食指捏住相位珍珠,向巴克拉诺夫走去。"嗨,B先生,我有东西要给你。"

薇塔听到隐藏在自己耳膜附近的微型扬声器里传出"咔嗒"一声轻响,便知道外面的第三名斯巴达已经离开后巷,重新就位,准备好封堵即将出现的逃脱道路了。再过不久,另外两名斯巴达就会将猎物赶进陷阱。薇塔向罗斯·尼耶托转过身。

"我们最好还是先达成协议,"她对军火商人说道,"我可不喜欢白白丢掉一颗相位珍珠。"

尼耶托的手离开了枪套,说道:"你不能责怪别人小心谨慎。我有不想和斯巴达打交道的理由。"

"这算不上回答。"

"也许算不上,但暂时应该够了。"尼耶托看着他的鬼面兽保镖,指指墙壁。"皮库斯……"

"等等!"巴克拉诺夫喊道,"如果你这么认为,你们在韦内西亚的买卖就算是完了。"

尼耶托示意皮库斯先不要动手,然后转向这家餐厅的老板说道："巴克拉诺夫先生，相信我，你不会愿意让斯巴达在这里找到我们的。"

"我很愿意，"巴克拉诺夫说，"至少我希望他们找到你的新朋友。"

薇塔转过身，发现巴克拉诺夫的手下已经将自动手枪指向了她。巴克拉诺夫本人用一把8毫米自动手枪——赛文守卫者指住了阿什的脸。阿什手里仍然捏着那颗相位珍珠，盯着赛文守卫者的枪口，脸上的表情只有恼怒，却没有恐惧。马克和奥利维娅已经拔出了枪，但在收到开火命令之前，他们的枪口都只对准了地面。

阿什的敏捷身手和严格训练让他能够轻易闪到一旁，夺走巴克拉诺夫的武器，甚至回手一枪击毙巴克拉诺夫；而马克和奥利维娅也能够同时干掉巴克拉诺夫的手下，让他们手中的自动手枪连瞄准的机会都没有。但如果这样做，他们的身份很可能就会败露。这些年轻的雪貂都是严守纪律的战士，不会将自己的生命看得比任务更重要。这就是斯巴达III型战士接受的训练。薇塔很担心他们有朝一日会因此丧命。

薇塔摆摆手，发出"等待"的信号，然后瞪视巴克拉诺夫问："你是不是把你该死的脑子丢了？"

巴克拉诺夫似乎对这种可能性思考了片刻，才摇摇头。"我看不像。"他指了一下薇塔手中的微型手枪，"你和你的朋克们可以把你们的玩具枪放到地板上。"

"我可不这么想。"薇塔向巴克拉诺夫走近一步，"你以为这里会发生什么？"

"看起来会发生什么？"巴克拉诺夫扳下赛文守卫者的击锤，

这种无言的威胁让薇塔停住了脚步。餐厅老板继续说道:"斯巴达想要你们和核弹,为此他们会不惜一切代价。只要把你们交出去,我的问题就都解决了。"

"也许你不会再有问题,因为你已经死了。"阿什说道。他让相位珍珠滚进自己的手心里,捧到巴克拉诺夫面前。"拿走它。你还能活得久一些。"

巴克拉诺夫几乎露出了微笑:"我喜欢你的风格,孩子。但我更愿意自己做选择。"

"选择军情局吗?"薇塔问道。这个任务的策划者没有预见到巴克拉诺夫会主动"帮助"UNSC——不过他们也许真的该多动动脑。在外勤任务中,任何事情都有可能发生。"你以为那两个斯巴达不知道你是谁?难道你就不是他们清单上的目标?"

巴克拉诺夫的眼中充满了怀疑。薇塔意识到自己还有机会让这个任务重回正轨。两名斯巴达必须认真将雪貂部队当作敌人,才能让所有人认为 UNSC 真的在不顾一切地回收"被窃"的浩劫核弹。但这个骗局的时间配合必须极为严密——雪貂队需要在斯巴达即将到达时逃离,没有人会相信几个底层混混儿能够在全副武装的斯巴达面前逃生。

薇塔又给了巴克拉诺夫一点时间,让他的怀疑再多积聚一些,然后才开口说道:"听着,如果你想要和两个斯巴达做交易,那你就只能躺进裹尸袋里。歌利亚也是一样。"

"这是威胁吗?"巴克拉诺夫的声音很强硬,但疑虑并没有消失,"你会因为威胁我而后悔的。"

"我只是在向你讲明现实。"薇塔朝阿什手中的相位珍珠一摆头,"想活下去,你就拿走那颗珍珠,跟我们从这里逃出去。想死，现在就开火。如果我们没杀了你，斯巴达也会要你的命。"

巴克拉诺夫的目光转向阿什手中光华闪烁的珍珠，薇塔意识到自己将在这场意志的角逐中赢得胜利。她放松呼吸，同时听到耳朵里的扬声器发出两声"咔嗒"的轻响。阿什睁大了眼睛，薇塔知道他也听见了。斯巴达就要破门而入了——她的团队所处的位置极为不利。

薇塔微微摇头，示意她的团队放弃计划，依照她的指挥行动。她不喜欢放弃既定计划——这通常都意味着情况恶化——但巴克拉诺夫迫使她不得不这么做。

她看了一眼餐厅正面的玻璃落地窗，发现两辆长耳兔轻型突击车正在诺托利街上兜圈。它们间隔大约有一米远，从街对面穿过繁忙的车流，向餐厅冲了过来。

"时间到了，巴克拉诺夫。"薇塔将手中的枪转向窗口，"一块儿死吧。"

两辆长耳兔冲到了人行道，将路上的行人吓走，然后急剧加速。它们的前轮在半空中高高扬起，然后撞碎了餐厅的窗户。薇塔向距离自己最近的巡逻车开枪射击，车座舱盖在两颗高爆弹的重击下碎裂了。她瞄准驾驶员的面甲再次开枪，他的斯巴达护盾随着子弹的爆炸闪烁了一下，接着他的头盔在一阵猛烈的橘红色光芒之后消失了。

长耳兔掉头冲向吧台，狠狠撞了上去，抛光的石块和黑色木材四散崩飞。薇塔瞥到了蓝色的雷神锤盔甲，知道她刚刚射中的斯巴达是传奇的蓝队队长，弗雷德-104。伪装成海盗的薇塔只能这样做，但……他是她的盟友。

就在这时，阿什从巴克拉诺夫的手中夺过守卫者，马克和奥利维娅打掉了第二辆长耳兔的车轮。车上的斯巴达身穿灰色雷神锤盔甲，头戴半脸球形面罩头盔，薇塔认得她是另一名蓝队队员——凯丽-087。她从车上一跃而下，滚过地板，同时伸手去掏身侧的手枪。马克和奥利维娅继续开火，高爆子弹炸裂喷发出的橘红色火光包裹住了凯丽的能量护盾。

巴克拉诺夫走向身穿灰色战甲的凯丽，扬了扬没拿武器的手，像在示意这名斯巴达少安毋躁。他们正在激烈交火，凯丽举起了手枪，M6C穿甲弹贯穿了巴克拉诺夫背上的紫色马甲，鲜血飞溅到墙壁上。

阿什用巴克拉诺夫的守卫者予以还击，不过这支枪里的空心弹碰到凯丽的护甲就变成了碎片。凯丽掉转枪口指向阿什，但巴克拉诺夫的手下已经开始用自动手枪向她射击，迫使她不得不滚身躲避。桌椅在她身后变成无数碎片。

弗雷德从吧台的废墟中站起身，手持突击步枪在巴克拉诺夫手下身上打出一连串爆点。自动手枪纷纷掉落在地上，三名巴克拉诺夫的枪手也随之瘫倒，每个人的身上都多了一串汩汩冒血的窟窿。

自动手枪的咆哮刚刚平息，罗斯·尼耶托的人就开始用他们的彗星手枪疯狂轰击。凯丽的能量护盾因为过载而碎裂，她的钛合金护甲上也出现了裂痕。两名斯巴达的火力再次集中，尼耶托的保镖倒下了一个。

马克踉跄着后退了一步，鲜血从他的肩膀上涌了出来。薇塔暂时无法确定他是被流弹击中，还是故意让自己受伤以掩饰雪貂队的身份，但这并无大碍。他们当前的行动是非常时期的非常手段，出现危险在所难免。同一自由捍卫阵线暗杀了一位海军上将，绑架了她的家人，这个案件目前已陷入僵局，现在军情局最大的希望就是将一些被偷窃的浩劫核弹当作鱼饵挂到这些绑架犯的家乡，把他们从暗处钓出来。

薇塔将手枪指向弗雷德，射出最后一发子弹。

弗雷德的护盾已经失效了。这一枪正打在他的胸甲正中央。子弹并没有对他造成多大影响，不过他却装作受到重击的样子，将自己的下一梭子弹射向了高处。薇塔把手枪扔到一旁，伸手去抢地上的自动手枪。一只大手却抓住她的胳膊，将她拽到了一旁。她回过头，发现罗斯·尼耶托正抓着她的上臂，在雷鸣般的枪声中向她叫嚷着什么。

现在尼耶托的三个保镖只有一个还在顽抗。另外，那个名叫皮库斯的鬼面兽正在雅座的角落里，用身子猛撞粉刷着石膏的墙壁。凶猛的撞击让他全身一震，猛地倒退回去。那一瞬薇塔心中猛然一凛：如果鬼面兽没能撞穿墙壁，他们就无法成功地伪装出从斯巴达手中逃亡的局面，同一自由捍卫阵线的人就更不可能来找他们了。

皮库斯后退一步，再次撞击墙壁。这一次，一面墙轰然坍塌，随后鬼面兽消失在腾起的尘埃烟雾中。韦内西亚的绿色阳光透过一个三米高的大洞倾泻进餐厅，尼耶托拽着薇塔跑过雅座，朝洞口冲去。

餐厅外是一条铺着木板的窄街，街上的行人早已因为激烈的战斗而四散一空。皮库斯跪在一堆瓦砾中，正晃着脑袋强行回复镇定，努力想要站起来。

突然，鬼面兽的头向旁边一歪，鲜血涌了出来，他随即侧身倒下，全身开始抽搐。尼耶托摆手示意薇塔躲在他身后，他则盯着鬼面兽颤动不止的身体,仿佛还不太明白到底发生了什么。这名保镖宽大的额角上出现了三个窟窿,周围有很多粉末的痕迹。三个窟窿呈三角形紧密地排列在一起,看上去几乎就像是一个伤口。

这只能是近距离攻击——开枪的人应该就在数米之外。弄明白这一点后,尼耶托立刻弯下腰,重新钻进墙洞。

薇塔趁机向餐厅里瞥了一眼。尼耶托的最后一个保镖也倒下了。阿什和奥利维娅各自拿了一把彗星手枪,正拼命朝那两名斯巴达开枪,斯巴达也在用突击步枪还击。马克不顾鲜血淋漓的肩膀,不停地用自动手枪射击弗雷德头顶上方的墙壁。没有任何人再被击中,但看上去战斗十分激烈。

薇塔将一块石膏从奥利维娅的肩头扔过去,引起她的注意,示意她准备带马克和阿什撤出来。她又转过头,看到尼耶托双手握紧彗星手枪,仍然蹲在墙洞里,小心地探着头观察洞外的情况。薇塔抬起腿,一脚踹在他的背上,把他踹到街面上。

一名女性斯巴达闯入了薇塔的视野。她身穿古铜色雷神锤盔甲,头戴"警戒"级别目镜头盔,身侧还装备着额外的传感匣。她是蓝队的第三名成员,琳达-058。她的钛合金战靴踩住了尼耶托持枪的手臂,然后她扬起脸,向正在跑出来的薇塔和雪貂队点了点头。

斯巴达的这个动作没有逃出尼耶托的眼睛。他扭着脖子,向从自己面前跑过的雪貂队喊道:"你们是谁?为什么你们……"

琳达用枪托砸向他后脑勺,尼耶托昏了过去——这就是他得到的回答。然后琳达一脚踢开他手边的彗星手枪——这是薇塔在杰奥尔基餐厅旁边看到的最后一幕景象。随后雪貂队就全速冲向通往诺托利街的岔路口。

他们刚跑出五步远，琳达的突击步枪便向他们射出了三联子弹。奥利维娅发出一声惊呼。薇塔看到她的步履陡然变得蹒跚，但仍然努力迈动双腿。她大腿的深色裤子上出现了一个弹孔，鲜血正从她大腿的前后两面涌出来。

先是马克中枪，现在又是奥利维娅，薇塔心中想道。她的小队已经有一半人负伤了。薇塔觉得蓝队演过头了。她伸出手臂，扛起奥利维娅的一侧肩膀。又向前跑了两步后，奥利维娅稳住了身体，她一边跟随薇塔奔逃，一边拧转过身，用彗星手枪向后射击。阿什和马克也在不停地开枪，只不过被子弹击中的都是停靠在周围的小卡车和三轮货车。

几步之后，他们就冲进了诺托利街。薇塔首先绕过拐角，远离杰奥尔基餐厅。本就拥挤不堪的街道现在更是一团混乱，到处都是撞在一起和被丢弃的车辆，人行道上还有许多人躲在街边的店铺和停泊的车辆里。马克和奥利维娅尽管受了伤，但他们的奔跑速度并不受影响。实际上，他们的伤口会让他们跑得更快——这是他们在斯巴达 III 型训练中接受生物强化改造的结果。

薇塔逐一审视前方的货栈，寻找一个罩在绿色门扇上的红色遮阳棚。新泰恩的这片区域建造在一片沼泽之上，那个红色遮阳棚后的房子里有一道暗门，可以直通一座卸货码头。为了让这场逃亡看上去真实可信，雪貂们在那座码头边留了一艘汽艇。但他们没有多少时间可以赶过去。蓝队只能逗留几秒钟，否则看上去这些海盗就像被故意放走的。

四十步开外，红色遮阳棚出现了。那里和枪战发生地已经有了一段距离，一些困惑的行人聚集在那幢房子前。薇塔回头瞥了一眼，看到一些围观者已经开始出现在她身后的步道上，两个斯巴达从杰奥尔基餐厅的废墟中走入韦内西亚弥漫的薄雾里，他们身形是如此高大，仿佛那巨大的头盔正从围观者们的脑袋上方飘浮而来。在杰奥尔基餐厅中偷听他们对话的那些豺狼完全不见了踪影。薇塔认为这是一个不错的迹象。在眼前这种环境里，同一自由捍卫阵线的间谍十有八九会小心地躲避起来。

薇塔已经看清了那两个追杀过来的斯巴达——弗雷德和凯丽。她知道琳达不会过来了，她肯定正在将罗斯·尼耶托押送到军情局审讯室去。至少行动的这一部分没出什么纰漏。

"快！"持续的枪声造成的耳鸣消失了，薇塔听到了自己的喊声。她希望队员们也能听到她的喊话："如果有人挡路，就鸣枪警告——"

突然，奥利维娅抬起手臂把薇塔抱在胸前，差一点儿把她扳倒。薇塔稳住脚跟，听到一阵刺耳的刹车声。一辆三轮小货车突然横在了前方的人行步道上。

货车侧门缓缓滑开，一只只有三指的手伸出来向他们示意，紧接着一个豺狼人从车里探出头来："想要活命就跟我们走。"

第二章

(人类军事历) 2553 年 12 月 8 日 11:22
UNSC 客运帆船多诺玛号
底西福涅星系，深层空间迁移区

代号为"惩戒"的行动在四天前已经开始。那时薇塔和她的雪貂队被召集到深层空间的 UNSC 客运飞船多诺玛号上，他们穿过一个临时安装的气密舱进入这艘飞船，发现他们飘浮在一个零重力的杀戮场中。

强大的爆炸撕裂了多诺玛号的军官起居室，薇塔从喷溅的血迹判断这场爆炸将三名乘客震到了内部舱壁上。每一片血迹的顶部都有一个圆形凹痕，表明了这三个人的头部撞击舱壁的位置。很有可能这三个人在船舱被炸开后的减压过程中就死了，或者是失去了知觉，然后他们因体内外压力差而膨胀的尸体都飘入了太空。尽管薇塔觉得自己这身压力服非常笨拙，但她也觉得自己很幸运。临时安装的气密舱封住了爆炸缺口，让多诺玛号内部能够恢复压力。所以，即使这艘船还处于失重状态，至少它的空气环境已经恢复了正常。

薇塔转向海军少将塞林·奥斯曼——正是这位军官将她召来这里。塞林身材苗条，颧骨很高，剪了一头短发，穿一套蓝色功能服，配备喷射背包。这套穿戴上没有部队标识，也没有名牌，只是两侧衣领尖端各有一颗黑星。如果不知道她隶属于军情局，你可能根本就不会注意到她。

"他们找到尸体了吗？"薇塔问。

"还没有。"奥斯曼现在是三科贝塔5区的主管，负责斯巴达项目和军情局的其余大部分秘密行动项目，并参与一系列利用外星科技进行逆向研发，为UNSC制造新型武器和设备的工程。她是军情局最强力的部门主管，有谣传说，等玛格丽特·帕拉戈斯基退休之后，这位少将就会接替前者成为军情局的总司令。"我们已经派遣一个鹳型战机中队对这一区域进行搜索，但你也知道——尸体太小，外太空太大。负责调查的指挥官告诉我，这场袭击发生在七天以前。我想，死者应该已经找不到了。"

"希望他们能证明你是错的吧。"薇塔说道。她真的很想看看那些尸体——尸体或多或少能带来一些信息。"IRI部队上船多久了？"

"两天。"奥斯曼回答。现在远地殖民地的海盗行为变得异常频繁，UNSC成立了IRI——事件响应与调查部，专门负责调查和搜寻行凶者。"但他们还没有移动这里的任何东西。我想让你看看原始的犯罪现场。"

"因为IRI的调查不够令人满意？"

"因为这事关重大，"奥斯曼说，"我需要尽快得到答案。"

"我不胜荣幸，但……"

"薇塔·洛皮斯，你是高星最优秀的凶杀调查员，你需要做的就是给我一些线索，让我们能够确认到底是谁干的。剩下的事情我来处理。"

马克利用机动喷射背包移动到奥斯曼身边。"少将，这不正是我们受训所要做的事情吗？确定问题——然后解决它们？"与阿什和奥利维娅一样，他穿着纯灰色功能服。他洋溢着青春光彩的脸上还没有挂上几天以后的那些金环珠宝。

"马克，如果奥斯曼少将有工作要安排给我们，她自然会开口的。"薇塔说道。和自己的部下不同，薇塔完全不急于中断他们的雪貂训练，开始外勤任务。不可告人的秘密行动总需要采取不可告人的手段，至今为止，薇塔麾下这些年轻的斯巴达 III 型士兵仍然更像是优秀的战士，而不是秘密特工。"现在我们就集中精神，把少将要的东西找出来。"

马克皱了皱眉，但还是说："是，长官，给我下达命令吧。"

"你去查看一下船上的武器装备如何，包括舰船武器和个人武器。这应该能让我们知道战斗的过程和持续时间。"薇塔说道。这个任务可以让马克忙碌一段时间了。马克是薇塔队伍里的安保专家，最有能力评估多诺玛的船员们在抵御海盗的时候使用了什么样的战术。

"好的，长官。"

马克转向奥斯曼，敬了个礼，又向薇塔点了点头，然后就离开了。他没有向薇塔敬礼。尽管薇塔是军情局特工，但她不是军官——这种职位很合薇塔的脾气。作为高星当地人，薇塔仍然抱有一些反集权的心态,她还没有准备好向UNSC宣誓效忠。

薇塔飘到军官舱室中心,慢慢转着圈子,仔细观察。从舱壁上的取样痕迹和贴在地板上的证据标签来看,IRI调查员的痕迹证据收集工作做得很好。这些努力也许最终能为他们指明攻击者的身份。但科学分析总是需要时间。如果奥斯曼愿意等待,她就不会将薇塔的团队从最后几个星期的雪貂训练中拽过来勘查犯罪现场了。

"有什么发现吗?薇塔·洛皮斯?"奥斯曼问。

"是的,有一点。"薇塔指着船壳爆破缺口处一片残缺不全的锯齿状边缘说道,那片向内卷曲的船壳上还有干涸的血液。"有许多人从这个缺口被吸了出去,要比死在这间舱室里的人更多。"

薇塔从受损的船壳边转过身,小心地利用自己的喷射背包飞过舱室。她首次经历失重环境还是五个半月以前,尽管已经体验过这种感觉,但她还是更愿意走路。多诺玛号失去了人工重力场,她不由得在心中为之哀叹。

片刻之后,薇塔成功来到舱门旁。这间舱室使用的是自动舱门,现在这道门从插槽中移出了十厘米,显然是被卡住了。薇塔拽住门框,开始仔细检查地面上的血污。

薇塔努力稳住身子。她注意到地上的血迹似乎一直延伸到破损的船壳前,便将手指探进舱门的插槽里,从密封衬垫中找到一簇短硬的棕褐色毛发。她将毛发放到鼻子下面,嗅到一股麝香和辛辣的气息。

薇塔把毛发递给奥斯曼,后者一直跟随在她身后,并和她保持着一段距离。薇塔问道:"你认得这个气味吗?"

"吉拉汉尼——鬼面兽,"奥斯曼说,"并不意外。"

"为什么不意外？"

"你会明白的，"奥斯曼说，"那么，你有什么想法？"

"我认为一具鬼面兽的尸体曾经塞住这扇门。"薇塔的手指再次划过门槽内侧，这一次，她在中间高度的位置上挖出一块凝血。"海盗从这里撤离，返回自己的飞船时，这间舱室第二次减压。许多尸体从多诺玛号深处被吸过来，从这个鬼面兽身边飞过。最后，他也脱出门槽……被吸出去了。"

奥斯曼点点头："有道理。放逐者通常不会封闭被他们破坏的飞船，恢复空气环境。"

"放逐者？"薇塔没有掩饰自己的惊讶。放逐者是一个精通科技的暴力集团，最近成长非常迅速。他们在战争末期出现，劫掠船只、基地，甚至整颗行星，不遗余力地寻求尖端武器科技，也因此给人类和星盟造成了巨大的麻烦。"你认为这是他们干的？"

"你不这样认为吗？"奥斯曼问道。她紧盯着薇塔，显然是在评估薇塔的反应。"为什么不是呢？"

"这方面我还没有细想，"薇塔说，"我还没有找到足够的证据——莫非你还有信息没告诉我？"

奥斯曼摇摇头。"现阶段将放逐者确定为嫌疑犯还只是一个猜想，忘记我的猜想吧，我需要你自己的结论。"

"但是，等一下，"奥利维娅驱动喷射背包来到她们旁边，"你认为是放逐者干的。那我们是不是应该调查一下将强力装备放在多诺玛号上的是哪个傻瓜？"

奥斯曼眉头一皱问道："我刚才不是说'忘记我的猜想'了吗，士官？"

奥利维娅仿佛明白了什么，立刻说道："抱歉，少将。我没有想到这个傻瓜就是你。"

"不是我，"奥斯曼说，"难道你不应该去调查一下这艘船上的AI或者其他什么吗？"

"是，长官，马上就去。"

奥利维娅敬了个礼，随即向舱门移动过去。作为雪貂队的信息专家，她早已成了精英黑客，几乎能够破解任何程序系统。薇塔离开舱门，为奥利维娅让开路。

"找一找这艘船的移动路径信息，"薇塔冲着奥利维娅的背影说道，"以及一切和多诺玛号在这片迁移区中行动有关的信息。"

"是。"奥利维娅喊道。

等奥利维娅消失在拐角处以后，奥斯曼叹了口气："你认为她能找到什么，洛皮斯？"

"我不确定，"薇塔说，"但攻击者绝不是在无意中碰到多诺玛号的，也不是偶然间心生歹念——他们不可能随便跑到这个星系的边缘地带来。他们知道这艘船会来这里。"

阿什说话了："这听起来不像是放逐者的风格。他们不擅长经营谋略……对不对？"

奥斯曼的喷射背包发出一声轻响。她转过身看着阿什。一开始，薇塔以为奥斯曼会像谴责奥利维娅那样严厉地谴责他，但奥斯曼的气恼渐渐缓和，只是显得有些不耐烦。

"阿什，你应该明白，"奥斯曼说道，"绝不要低估敌人。"

"我不认为我低估了他们，长官，"阿什说道，"我只是想说……放逐者不善于进行幕后操作。"

奥斯曼的嘴角向下一歪，薇塔认为阿什需要支援。

"考虑敌人惯用的手段不是低估他们，少将。"薇塔说道，"如果放逐者在过去没有用过间谍战术,那么他们现在这样做就需要一个切实的理由了。你的意思是他们的战术升级了?"

奥斯曼犹豫了一下,回答道:"我们没有任何情报能够证实这一点。但看看这次攻击有多么迅速,多么残忍。"

"这是对攻击的描述,但并不是证据。"薇塔说。

"我们没时间弄清全部细节,"奥斯曼气恼地说,"我们要找出这些杂种——现在就要。"

薇塔没有立刻回应。这位少将很少会有如此愤怒的时候,哪怕她只是稍稍有一点失控,也足以表明这件事中掺杂了她的个人感情——也许正是这种个人感情让她竭力想要薇塔确认放逐者就是导致这场灾难的元凶。

等到怒火从奥斯曼的脸上消失之后,薇塔才问道:"少将,到底是什么理由让你将海盗的身份确定为放逐者?"

奥斯曼努力压抑着严厉反驳的冲动,长吁一口气,以平静的口吻回答:"我只需要迅速得到答案。我的一艘侦察船在涅柔斯星系发现了放逐者的小型舰队。"

"啊——所以你认为可能是他们攻击了多诺玛号。"薇塔说道。涅柔斯是紧邻地球位域的一颗恒星,那个星系没有人居住,环绕涅柔斯的行星或者完全被冰壳包裹,或者被令人窒息的尘埃覆盖,于是那里变成了海盗理想的藏身处。"我们有多少时间?"

"不知道。侦察船发现他们的时候,他们停留在涅柔斯第十行星的轨道上。侦察船船长认为他们可能在和谁接头,但关于这个我们没有具体情报。"

"我看不出问题所在,少将。"阿什说,"谁在乎他们是不是攻击多诺玛号的那批人?他们是放逐者,直接要求指挥部派遣部队就好。"

"我还不能这样做,"奥斯曼说,"我必须先判定这是一个攻击任务,还是援救任务。"

"援救?"阿什沉默片刻,又说了一声,"哦。"

薇塔问:"谁需要援救?"

"三名多诺玛号上的乘客,"奥斯曼说,"是平民。"

阿什显得有些困惑:"你用了两天时间等我们过来?如果目标是移动单位,那两天时间的耽误可能就意味着永远丢失了目标。"

"你以为这种事只有你能想到?"奥斯曼说,"实际上,侦察船在几个小时前刚刚发现那支舰队,而我也是刚得到消息。如果不是你们立即赶到,我早就发出执行援救任务的命令了。"

"那么我们有理由相信人质们还活着?"薇塔问。被外星海盗劫持的乘客并非全都成了人质或者奴隶,有时候,他们也会成为食物。"还是说希望渺茫?"

"希望渺茫。"奥斯曼说,"当然,我们至今还没有从绑架犯那里得到任何消息,所以我们还无法确认要处理的是怎样的状况。"

薇塔思考了一下,发现自己并没有得到太多消息。无论是谁,如果想和军情局建立联系都很难不暴露自己的身份,所以那些绑架犯可能只是出于谨慎才如此深藏不露。当然,也有可能他们根本就不打算与任何人有联系。

"好的,少将,"薇塔说道,"我们会尽量对情况进行确认。"

奥斯曼咬了一下嘴唇:"希望事情能有这么简单。IRI认为最好的情况可能是放逐者干的,而我们将进行一场棘手的援救。我希望先得到比'可能'更确切的答案,然后再让蓝队去冒险。"

"你带来了蓝队?"薇塔看向多诺玛号内部,"情况变得越来越有趣了,少将。那些平民一定非常重要。"

"是的,但并不是你想的那样。"奥斯曼陷入沉默。片刻之后,她飞出舱门,同时说道:"跟我来,你会明白的。"

在跟上少将之前,薇塔转向阿什,伸手向犬牙交错的船壳破损处一指,说道:"找到IRI技师们,看看他们在这一带都有些什么收获。再去借一台高分辨探测仪,你自己找找看。"

"是,长官。"阿什说道,"完事以后我会联络你。"他是雪貂队的侦察专家,私下里,薇塔还特别对他进行过犯罪现场调查的非正式培训。

薇塔点点头,跟随奥斯曼经过走廊,进入多诺玛号的右舷。

走廊两边铝镁合金的墙壁上布满了坑坑洼洼的弹痕,不过,只有在军官船舱门口和通向舰桥的一道斜坡间十米范围内能看到血迹。从这些鲜血飞溅的位置和形状判断,应该有七名防御者十名攻击者在海盗们攻上那道斜坡之前受了重伤。有三片血迹位于舱壁最高处和舱顶上,看样子至少有三个鬼面兽被击中了。

墙壁底部和地板上的血污表明在军官舱室减压时,绝大部分伤亡者都被吸进太空里了,而那时船上的人工重力并没有失效。薇塔毫无困难地数清了不同血迹的数量——进行精确观测还需要时间,薇塔估计IRI团队应该已经对这里的一切血型和组织样本进行了采样和统计。

"海盗直奔舰桥而去。"薇塔一边飘在奥斯曼身后上了坡道,一边得出结论,"他们很清楚多诺玛号的内部结构。"

"想要弄明白这一点并不困难,"奥斯曼说,"UNSC的客运飞船都是基于统一的平民船只设计建造的,比如雷亚空间站的毕星团级。"

"但这至少证实了敌人进行了详细谋划。"薇塔来到舰桥,惊讶地注意到这里敞开的安全舱门没有任何损伤。"这是一场组织极为严密的进攻,海盗甚至不必炸开舰桥舱门。"

"这也让我们感到困惑。"

这句话从舰桥里面传了出来。一名胸前佩戴 IRI 徽章的少校飘飞到船长座椅旁边。马克和奥利维娅在他面前三米处,已经将自己绑在船员座椅上,正在飞快地操作控制台上的键盘,两名戴有 IRI 徽章的少尉盘旋在他们上方,从他们肩膀后面紧盯着显示屏上不断更新的数据。

"舰桥入口只能由声纹或视网膜影像打开。"少校说道。伴随着喷射背包发出轻微的"嗞嗞"声,他向舱口这边飘过来。"我们只能推测他们强迫一名船员打开了这道门。"

薇塔跟随奥斯曼飞到舰桥上方。她问少校:"你们有发现这方面的证据吗?"

"没有。"少校停在奥斯曼面前,敬了一个礼,然后将注意力转回薇塔身上,"但的确有三名船员在战斗中进入了舰桥。"

"他们进来用了多长时间?"

"三十二秒。"少校伸出一只手。他是个身材高瘦的男人,鬓角斑白,一张瘦削的脸上长着两只近乎苍白的眼睛。"顺便做一下自我介绍,我是克洛维斯·彼得利夫。"

"很高兴认识你,少校。"薇塔握住他的手,却没有提起自己的名字——无论是真名还是假名。很明显,既然她的功能服上没有名牌或证章,那么她一定就是军情局的人。海军军官们都知道,军情局的人一般都不会做自我介绍。"那么这些船员可能是撤退到了这里,而最后一个船员可能遭受了海盗的胁迫。"

"我们猜测是这样,"彼得利夫说,"但这全都是——猜测。"

薇塔点点头,环视这个船舱,镁铝合金舱壁上只有不多的几道弹痕,以及屈指可数的一些血迹。但在强化摩擦涂层的舰桥甲板上,有八个地方留下了大片鲜血。其中一片血泊上方的舱壁上半部分有数条凹痕,而不是子弹坑,那里泼溅开来的血迹看上去就像是一只畸形的海星。薇塔曾是一名凶案调查员,调查过足够多的过激凶杀现场,知道砍死一个人之后留下的痕迹是什么样子。她轻拍一下喷射背包的控制手套,向那里飞去。

"船长是死在这里的吗?这片舱壁前?"

"不,女士。"彼得利夫少校朝身后的舰桥中央一指,那里的船长座椅旁边有一片深色污渍。"我们在拉鲁船长的岗位上发现了他。他奋战到了最后。"

薇塔向舱门口看了一眼,船舱内部的舱门处有一圈血渍和弹痕。"看样子,他经历了一番苦战。"

"他的人都是如此。"彼得利夫指着舱口左侧的一大摊血污说,"他们击毙了一个鬼面兽,痕迹分析表明,他们又打伤了另一个。"

"彼得利夫少校认为受伤的鬼面兽也许是海盗团伙的首领,"奥斯曼说,"他的伤势也许太重了,让他无法进行跃迁空间跳跃。这能够解释为什么他们的舰队一直留在涅柔斯第十行星上。"

"这件事还需要仔细斟酌,少将。"彼得利夫的声音中流露出一丝懊恼——也许是因为他在薇塔到来之前就和奥斯曼争论过这个问题,"我们还没有任何证据……"

"我说的是'也许',"奥斯曼向少校摆了摆手,"而这也许还能解释为什么放逐者如此愤怒地杀害了上将。"

上将。这就能解释为什么奥斯曼在事件调查中掺杂了如此多个人情绪——也许这位被残忍杀害的上将是奥斯曼的朋友。薇塔没有冒着承受奥斯曼怒火的危险支持彼得利夫的忠告，而是来到死亡现场，开始进行详细调查。

血迹最低处和薇塔胸部齐平，向上一直蔓延到舱顶。薇塔不得不努力扬起头，才能细看这只"血海星"的上部分。看这片血迹的图案、色泽和厚度，薇塔觉得它倒很像是被人泼到墙上的。墙上还有一道V形血渍，表明受害者的身体先滑落到地上，又被抬起来压在舱壁上遭受到第二次攻击。薇塔的脚下，甲板上的黑色血迹覆盖了将近两平方米的面积。鲜血的血量之大，证明受害者的心脏至少持续跳动了一分钟。上将死亡的过程没有多少仁慈可言。

薇塔转向奥斯曼说："凶手作案时没有带着愤怒，对上将的杀害进行得有条不紊，似乎折磨他才是目的。"

"一场刺杀？"彼得利夫问。

"更像是复仇，"薇塔说，"尸体被撕裂成几块，六块？"

彼得利夫的表情变得不安。"没错，"他说，"双臂、双腿、头和躯干。"

"好像具有某种象征意义，"薇塔说，"杀手想要摧毁他意识中的上将，所以撕裂了上将的身体。"

"这位上将是一位女性，"奥斯曼告诉薇塔，"是格雷塞林·图瓦上将。"

薇塔的胃仿佛被打了一个结。高星的那场军事政变中就曾出现过一位图瓦上将。实际上，正是图瓦上将指挥部队将UNSC的调查人员送往位于高星的基地。但这一定是个巧合。放逐者与那场军事政变没有关系。

但同一自由捍卫阵线就是另一回事了。在星盟垮台之后，这个教团仍然将先行者奉为神明，希望追随先行者进入超越尘世的来生。同一自由捍卫阵线和星盟有一个根本性的区别，他们在神学认同上愿意接受人类，只要这些人类发誓反对UNSC。和放逐者一样，同一自由捍卫阵线中有大量鬼面兽战士；但和放逐者不同的是，同一自由捍卫阵线在高星事件中扮演了重要的角色。他们想要保护UNSC一直在追寻的先行者AI，而从某种角度上来说，正是图瓦上将的指挥才让蓝队能够携带那个AI顺利离开高星。

但这些都只是凭空推测——从证据的力度上来讲甚至比不上一支近在眼前的放逐者舰队。

薇塔继续看着奥斯曼说道："图瓦上将和放逐者有过什么宿仇？她曾经让他们蒙受过巨大的羞辱吗？"

"就我所知，没有，"奥斯曼说，"她也许曾经阻止过几次放逐者的劫掠，但我不记得她曾经及时追上他们并正面战斗。反正没有证据证明这一点。"

薇塔面色一沉。"还有其他人自认为受到过她的羞辱吗？"

"我相信应该有几百个海盗和走私犯会这么想，"彼得利夫说，"毕竟她指挥着伊斯班诺拉星区舰队。"

"但又有多少海盗会是鬼面兽？"奥斯曼扬起头，审视高处的那个海星图案，然后向旁边的薇塔瞥了一眼。"你认为这是同一自由捍卫阵线的袭击，对不对？"

"他们在嫌疑人范围内，"薇塔说，"率领这支海盗的是鬼面兽，而且他们对图瓦上将充满仇恨。"

"这仍然只是猜测，"奥斯曼说，"同一自由捍卫阵线从在高星被打败之后，就再没有离开过伊斯班诺拉星区。"

"这一点我们知道。"彼得利夫说道,"他们在伊斯班诺拉发动袭击,但这并不意味着他们不会离开那里。同一自由捍卫阵线本身就是一个善于利用谋略的组织,这次攻击的模式更符合他们的风格,而不是放逐者的。他们很擅长利用劫掠和绑架来为自己进行补给,几乎每个星期,他们都会劫掠货船,绑架船员勒索赎金。就我们所知,在最近这四个月里他们已经劫持了五艘飞船。"

奥斯曼一皱眉头问:"你是在告诉我,你认为是他们干的?"

"他们的嫌疑不比放逐者小,少将。"彼得利夫说,"我们知道他们正在黑市上寻求核弹,这当然不便宜。也许他们认为能用这种办法获得一笔巨额赎金。"

奥斯曼的面色阴沉下来。"这些猜想都无法帮助我们做出决策,少校。我需要知道的是,我到底应该召集舰队在涅柔斯展开围剿,还是派遣蓝队进行平民援救?"

"耐心,少将,"薇塔说,"我们正在接近答案。"

薇塔启动背包,向操控台飘去。马克和奥利维娅还绑在座位上,IRI少尉们仍然盘旋在他们上方。在舰桥前端的大舷窗外,IRI巡防舰迅疾正义号正悬停在星空之中,如同一片线条硬朗的颀长影子,只能分辨出它的双体船头和船顶部的方形指挥舱。

薇塔停在两名雪貂之间,碰了碰马克的肩膀问道:"有什么发现?"

"不比IRI的发现更多,"马克向盘旋在他肩膀后面的薇塔微微点头,又说道,"导弹舱是满的,线圈炮没有发射。在军官舱室被炸开之前,多诺玛号甚至不知道自己遭受了袭击。"

"怎么会发生这种事?"薇塔问,"敌人使用了隐身飞船吗?"

"这是一个可能,"奥斯曼一边说,一边转向彼得利夫,"同一自由捍卫阵线会使用这种飞船吗?"

"目前还不得而知,"彼得利夫说,"不过同一自由捍卫阵线的许多事情我们都不知道。我们甚至无法确定他们的作战基地是否在伊斯班诺拉星区。"

奥斯曼眯起眼睛问道:"你认为这是答案吗,少校?"

"不是隐身飞船,少将。"奥利维娅的插话为彼得利夫少校解了围,"多诺玛号的AI本来想要发出全船警报,但这个命令被覆盖了。"

"是谁干的?"奥斯曼问道。

"苏尔萝少尉在两天以前就想要查清这件事,"奥利维娅同情地瞥了一眼飘浮在自己身后的IRI军官,又说道,"但她没有得到可以进入动态内存矩阵的授权。"

奥斯曼立刻问道:"你能告诉我们是谁覆盖了这个全船警报命令吗,士官?"

"不能肯定,长官,"奥利维娅回答,"有人重写了整个主命令日志。"

风暴开始在奥斯曼的眼中聚集,但是当她开口的时候,声音却如湖面般平静,让薇塔的脊骨掠过了一丝寒意。"谁有能力做这种事?"

奥利维娅犹豫着说道:"只有船长和副船长才能做得到。他们是唯一拥有重写命令权限的人。"

"这不太可能,"彼得利夫说,"他们全都在保卫飞船的战斗中牺牲了,我们在舰桥找到了他们的尸体。"

薇塔看见奥斯曼紧紧抿住嘴唇,将目光转向一旁。她知道这位少将已经迫不及待要命令执行救援任务了。

"你们有没有确认他们的身份?"薇塔问,"也许那两具尸体并非你们所想的人。"

"我对拉鲁船长进行了面容识别,"彼得利夫说,"而且我在近地星亚特兰蒂斯的一次高级领导课程上见过他。副船长与他合作已经有两年了。日志中没有人员更替的记录。"

"做一下DNA比对应该没有什么坏处。"薇塔说。

"对所有船员进行比对,"奥斯曼说道,"并调集全部人事背景资料,直至最高级别,授权码塞拉-奥斯卡-9-9-9。"

"那些平民呢?"薇塔问道。她知道奥斯曼在想什么——一定有接受过特殊训练的敌方人员潜入了飞船。"并非只有军人才能侵入飞船操作代码,谁知道那三个失踪的平民会不会跟此事有关?"

彼得利夫和奥斯曼交换了一个不安的眼神。少将说道:"那些平民与此无关。"

"听起来,你对这一点非常肯定。"薇塔说。

"是的,"奥斯曼说,"跟我来。"

奥斯曼转向舰桥后部,飘过一个敞开的安全门,进入VIP区。这里的几道特等舱门上都有凹痕,门锁也遭到了破坏。不过这条走廊里并没有血迹和弹痕。薇塔朝两道敞开的舱门里望去,看到了敞开的盥洗室和四处飘飞的家具,但也没发现血迹。

"海盗在寻找什么东西——或者是某个人,"薇塔说,"他们找的是那些平民吗?"

"没错,"奥斯曼说,"图瓦上将的妹妹是普鲁登丝·图瓦,涅菲斯的总理。"

"涅菲斯?"薇塔问,"那是底西福涅星系的一颗卫星,对不对?"

"还是一个商业组织的名字。"彼得利夫说,"涅菲斯联合公司一直在从海菲斯特斯—涅菲斯流量管状区中抽取铿等离子体。"

薇塔接受的雪貂训练让她对天体物理学有一些基本的了解。她知道流量管状区是一种存在磁场的圆筒状空间区域,这样的空间环境大多与恒星有关,但有时候也会因为巨型磁性气体云和行星的相互作用而产生超导等离子体圆筒区。就海菲斯特斯和涅菲斯而言,它们形成的等离子体中含有铿——一种制造反重力板的关键材料。

"啊……那么这就涉及严重的安全问题了。"薇塔停顿了一下,重新审视眼前的问题,扩大了怀疑对象的范畴。"那里有没有发生平民骚乱,或者是恶性商业竞争?"

"看样子没有暴力事件发生,"奥斯曼说,"IRI发现图瓦上将的家人失踪之后,彼得利夫少校立刻就派遣专人向那位总理通报了她姐姐去世的消息。"

"那是在两天以前,"彼得利夫说,"负责此事的少尉还询问了图瓦总理和她的部下。根据他的报告,图瓦总理听到噩耗之后仿佛遭受了沉重的打击,但她和她的随员都想不出这起暴行和自己的身份有什么关系。当然,总理要求我们将失踪乘客的消息随时向她通报。"

薇塔心一沉,问:"因为那些乘客和她有关?"

"没错,"奥斯曼来到走廊末端,停在一座宽大的套房舱室门前,"图瓦上将正与她的丈夫和两个孩子一同旅行。他们要去出席总理女儿的成人礼。"

薇塔从少将身边飘过去,进入了套房舱室的客厅。乍看上去,这里和薇塔刚刚经过的那些舱室差不多,一张完整无损的睡椅飘浮在房间中央，一扇卧室门被强行打开。但是当薇塔转向舱门时，她看见了门口周围泼溅的血迹，那些血迹的高度都不超过一名高个子人类。

"那么，这次袭击就不只是为了杀害上将，"薇塔说，"敌人的目标是她的家人，而且必须确保他们活下来。"

"因为冲进这里的海盗没有进行还击，"彼得利夫说，"我们得出了同样的结论。他们肯定是想要赎金。"

"但至今我们都没有收到赎金要求吧？"薇塔问。

"还没有。"彼得利夫予以确认，"但如果是同一自由捍卫阵线，他们以前就曾在房获高价值俘虏一个星期左右之后才提出赎金要求。这样做可以让受害人的家人失去冷静，急于与他们合作。"

"也就是说，他们很擅长干这种事。"薇塔说。

"他们很聪明，"彼得利夫说，"而且冷酷无情。只要嗅到任何不好的气味，他们都会毫不犹豫地丢出被绑架者的尸体，就此消失。他们的这种行为臭名昭著，很多时候，IRI甚至在绑架案解决之后才听到风声。"

"总理知道这些事吗？"奥斯曼听起来很担忧，"如果她认为与我们合作会导致她妹妹的家人被杀，也许她会隐瞒些什么。"

彼得利夫摇摇头。"她知道图瓦上将会怎么做，她信任UNSC。总理通知我们，只要认为有必要，就可以查看和监听她的一切通信。"不过这位少校犹豫了一下，又点点头，"但我们必须记住，这是UNSC海军上将的家人。任何聪明到能够成功绑架他们的人，都肯定能预料到UNSC会不遗余力地搜捕他们。我认为他们不会愚蠢到长期保留那些人质。如果他们不迅速提出赎金要求,那可能是因为他们根本不打算要赎金。"

"说得好,"奥斯曼的眼神中满是忧虑,她转向薇塔,"会不会掳走上将家人只是你所说的那种毁灭仪式的一部分?某种在图瓦死去之后进一步压制她的方法?"

"这种想法也有道理。"

薇塔回答时有一点心不在焉,因为她正在环顾这间客厅,竭力想象在海盗闯入之后这里发生了什么。图瓦上将的家人中有人向入侵者开火,门框上的血迹表明至少有三个体形与人类相仿的入侵者被击中。舱壁上的子弹坑聚集成三个紧密的圆形,而不是来回扫射留下的痕迹。也就是说,有三名枪手。

而且这些弹孔的圆形非常密集,他们都是受过训练的枪手。

"上将的孩子有多大了?"薇塔问道,"她的丈夫是军人吗?"

"凯塔琳二十二岁,她的弟弟于索二十岁。"奥斯曼立刻做出回答——很明显,她非常熟悉这一家人,"他们家全都是军人。凯塔琳刚刚从月神学院毕业,于索还在那里,克巴西已经从海军退役,不过他曾经是巴鲁吉预备学院的医疗军官。"

"巴鲁吉预备学院?"薇塔问,"那是在哪里?"

"在底西福涅星系的四号行星,"彼得利夫主动说道,"几年前就已经关闭了。"

薇塔向少校点头表示感谢,然后启动喷射背包,进入门户洞开的卧室。

这里的室内墙壁也很干净,只在门框处及其周围能看到血迹,而且明显是从室内向外喷溅在墙壁上的。看样子,这一家人一直撤退到卧室,重新装弹,又打倒了三名入侵者,而这一次,海盗们依然没有还击。

没有了多诺玛号上人工重力的束缚，这个房间中的大床飘到了角落里，就悬浮在那个地方。但薇塔能够看出床腿在地毯上压出的凹痕。

"我们是否知道多诺玛号的人工重力是在何时消失的？"薇塔问，"是在战斗中？还是战斗以后？"

"应该是战斗之后，"彼得利夫回答道，"在一艘这种规模的飞船上，当隔离壁密封，舰桥上的紧急警报十五分钟都没有得到回应的情况下，不重要的系统都会关闭，以确保基本生命维持功能有足够的运转能量。"

"你们没有重新开启人工重力，是因为……"

"这需要启动飞船 AI，"彼得利夫回答道，"但我们不能这样做，除非我们搞清楚最初的全船警报命令为什么被覆盖了。"

"是的，要保存证据，"薇塔说，"我明白。"

确认过战斗时的环境之后，薇塔转过身，利用喷射背包帮助自己跪在地上，抬起双手，模仿举枪发射的动作，然后，她伸出一根手指指向舱门附近。

薇塔所指的位置距离地面大约有一米五高，应该是一个人类男性的躯干中心处。那里是子弹击中的最高位置，那一片弹痕也大多集中在一起，只有三个弹坑向下偏离了大约一米。

奥斯曼悬浮在舱门口，满脸期待地看着薇塔。

薇塔放下双手，飘离地面，对少将说："你可以召唤蓝队了。放逐者舰队和这里发生的事情没有关系。"

奥斯曼一扬眉毛问道："你认为这样一说，我就会相信你？"

"放逐者不符合我们的侧写，"薇塔解释说，"他们在大分裂前就在与星盟作战，和星盟的宗教无关。"

"你认为这是一场仪式？"彼得利夫问。

"而且动机也不对，"薇塔说，"就我们所知，放逐者没有憎恨图瓦上将的理由。"

"作为群体，放逐者没有，"奥斯曼说，"但这并不意味着图瓦上将不曾给某个放逐者的头领找过麻烦。"

"这只是推测，上将，"彼得利夫说，"如果我们连这么弱的线索都不放过，那我们更有理由怀疑同一自由捍卫阵线。至少我们知道他们都有理由怨恨图瓦上将。"

奥斯曼的脸上阴云密布。她说道："这样我们就仍然没有任何头绪，没有任何确切的线索。"

薇塔继续审视着舱门周围的血污问道："有没有情报表明放逐者开始招募人类了？"

"有可能，但没有可信的情报。"奥斯曼回答，"至今为止，他们对人类的兴趣似乎只有对我们进行杀戮。"

"那这就真的不是放逐者干的了。我对此确信无疑。"

"为什么？"奥斯曼问。

薇塔没有直接回答，而是打开自己的通信终端说："阿什，和我说说血迹证据。"

"唔，你想要知道什么？"阿什回答，"我有了不少新发现。"

"告诉我有哪几种血液类型，"薇塔问，"从里面能找到些什么？"

"你从现场痕迹应该就能判断出来，"阿什说，"许多人类和鬼面兽，还有少许豺狼。"

"有昂果伊人和向斐力人吗？"薇塔问道，"或者是其他放逐者种族？"

随后是一段沉默。毫无疑问，阿什和IRI技师交换了一下意见，然后回答道："没有，结果已经确认了：样品中最多的就是人类，夹杂有鬼面兽和一些豺狼。没有别的了。"

"谢谢。"薇塔关闭了通信终端，向奥斯曼问道："这能否回答你的问题？"

奥斯曼的脸色变得苍白。"是的，"她停顿片刻，启动喷射背包，向门口飞去，"让你的团队做好准备，薇塔·洛皮斯。雪貂要出动了。"

第三章

(人类军事历) 2553 年 12 月 12 日 15:04
齐吉机库
贾布星系，韦内西亚星，新泰恩机场

薇塔不确定她期待看到什么——也许是一块大招牌，上面写着"一切都将消逝，唯有忠诚永存"，不过前方这座机库却没有显示出任何同一自由捍卫阵线曾在此活动的迹象。机库屋顶完全被苔藓覆盖，大门上锈迹斑斑，天窗或者是没了，或者只剩下了残缺不全的玻璃。整座机库的保安力量似乎只有一个穿着制服的人类，他正坐在破烂的警卫室外面的一把椅子里打盹。如果这座建筑物里真的有航天器，那肯定也不会经常使用——机库大门前方的混凝土跑道上都已经长出野草了。

小货车的豺狼驾驶员将自己瘦长的掌根拍在喇叭按钮上，继续全速向机库冲去。喇叭声非常沉闷，完全算不上嘹亮，不过也足以引起附近人们的注意了。薇塔一把抓住豺狼的手,质问道:"你打算把斯巴达引过来吗?"小货车里的空间非常狭小,所有人都挤在了一起。薇塔毫不困难地用自己的另一只手稳定住控制杆。"慢下来,按正常方式开。"

"这就是正常方式。"豺狼用沙哑的嗓音说道。这个豺狼自称为楚尔莎,她似乎是将雪貂们带出诺托利街的这帮豺狼的头领。"相信我们,我们不是已经把你救出来了吗?"

"是的,但太空港就是他们首先搜查的目标。"薇塔说。

"所以我们要赶快做笔交易。"楚尔莎的长喙让她说的人类语言显得很有些含混,"你们需要飞船,我们需要珍珠。就是你要给歌利亚的那些。"

楚尔莎又拍了一下喇叭按钮。机库门前的保安睁开眼睛,朝他们这边望了一眼。他显然认得这辆豺狼的小货车,立刻跳了起来,钻进他的破烂警卫室。三米宽、三米高的门板向机库大门一旁滑去,豺狼驾车一直冲进昏暗的机库,绕过几架飞行器。透过车窗看去,那些飞行器就像是几团影子。小货车一直没有减速,直直冲到机库深处的一个角落里,在这里六根粗大的桩基上停泊着一艘大约六十米长的飞船。

薇塔的眼睛适应了微弱的光线后,她分辨出这艘样式怪异的飞船外形如同水滴,背部接近船尾处有一座等离子炮塔。这条外星"鱼"全身覆盖着一种蓝黑色的分形伪装图案,其中夹杂着一些散乱的米黄色尖头斑点。一道舷梯从船腹部延伸下来,末端落在船首后面一些的混凝土地面上。

楚尔莎将小货车开上舷梯,进入了一个边缘排满内嵌式D形挂环的圆形货舱里。小货车从六个眼神机警的船员身边飞掠而过,直到贴近右舷舱壁的一个停车位上，楚尔莎才刹住了车，然后立刻打开驾驶室门，用她的种族语言发出了一连串的尖声命令。

货舱里的船员们立刻开始行动。两个人跑过来将货车固定住，其他人升起舷梯，或者消失在飞船深处。坐在薇塔团队背后的两个豺狼打开车厢门，走了出去。他们两个都拿着等离子手枪，同时又都谨慎地让枪口指向甲板。至少他们还算礼貌。

薇塔回过头，抖抖手指，向她的雪貂"朋克"们发出"做好准备"的信号。楚尔莎很有可能只是想将他们藏起来，躲过在太空港进行搜索的斯巴达。但豺狼一族是以狡诈著称的，而且有不少豺狼对于人肉情有独钟。

另外，薇塔仍然无法百分之百确定楚尔莎和同一自由捍卫阵线有关系。军情局在韦内西亚的情报来源向她报告过，这里有一个同一自由捍卫阵线的军火走私集团正在太空港中寻找一样货物，但报告里没有提及这个团伙的种群组成——也许是因为提供报告的人也不知道。当地眼线经常只能搞到一些二手情报，而且很不愿意为了究根问底而让自己落入险境，这就让薇塔雪貂队这样的队伍只能凭借非常含混的情报开展行动。仅凭现在掌握的情况，薇塔认为他们也许找到了正确的目标，因为有情报表明韦内西亚星上的大多数豺狼多少都和同一自由捍卫阵线有些关系，而这群豺狼显然还有自己的飞船。

但如果薇塔错了，雪貂们就必须想办法从这里脱身，去别的地方再挂起他们的热核聚变诱饵——而且越快越好。尽管军情局的情报已经证实同一自由捍卫阵线渴望得到核弹——或者是一切能用来对抗 UNSC 的手段，但一直都没人能发现他们秘密基地的位置，以及他们对于图瓦上将的家人到底有什么企图。这让薇塔深感担忧。无论如何，那三个失踪的人也许不会有太多时间了。

等每一名队员都抖动手指表示接到了命令后，薇塔便走出车厢，向这座货舱扫视了一眼。这里布满了弯曲的线条和流线型结构，看上去更像是一座洞穴，而不是一个货舱。尽管灯光充足，但这里还是给人一种阴暗逼仄的感觉。薇塔看向小货车对面的楚尔莎。

"这看上去不像是豺狼的飞船，楚尔莎。"薇塔说道。实际上，这是薇塔踏上的第一艘非人类航天器，但她在军情局的训练中包含大量星盟飞船的模拟驾驶课。"这是谁的船？"

"我们的，"这个豺狼脖子上的鳞片抖动着，薇塔认为那应该是发怒的表现，"以我的姓名发誓。"

"无意冒犯。"薇塔从小货车前面绕过去，"我只想确认自己在和谁做交易。"

"我们来自拉克氏族。现在你知道了。"楚尔莎伸出手，"珍珠，请拿出来。"

"我们还没有就任何事达成一致，"薇塔说道。她的情报中并没有楚尔莎或者拉克氏族，薇塔还需要确认这个豺狼能够将他们带往同一自由捍卫阵线的基地。"我甚至不知道这根试管能不能将我们带到沙姆萨去。"

"沙姆萨？"楚尔莎面颊上的鳞片抖动了一下，"你不会是要把浩劫核弹卖给放逐者吧？"

"这和你有什么关系？"听到这个豺狼愤恨的语气，薇塔心中暗喜——愤恨代表着竞争关系，而与放逐者相竞争的很可能就是同一自由捍卫阵线。"你是谁？"

楚尔莎将头转向一旁，说道："走私客而已。但我是最好的走私客——所以我知道，阿提奥克斯不喜欢竞争。"

薇塔哼了一声："你以为阿提奥克斯会将拉克氏族视为竞争对象？"阿提奥克斯是著名的放逐者首领，也是一个极为强横的鬼面兽军阀，从不会对目标手下留情。"你是认真的？"

"不怕一万，就怕万一。"楚尔莎依然侧着头，只用一只球状眼睛打量着薇塔。"我们可以找到另一个买家——一个值得信任的买家。"

现在他们开始接近主题了。

"没兴趣。"薇塔说道。她必须表现出不情愿的样子，否则楚尔莎就会察觉到陷阱的存在，从诱饵前逃走。"欺骗放逐者绝不是好事。"

楚尔莎转身绕到小货车后面，开始和她的人用"咝咝"的声音交谈。薇塔来到小货车前，用眼神和自己的团队交流。马克、阿什和奥利维娅已经从车里出来了，马克和奥利维娅靠在车旁，把他们的武器挂在腰上，显示出一副遭到枪击之后的虚弱样子；阿什将彗星手枪插进腰带里，撕下衬衣下摆为他们包扎伤口。这三个人看上去没有半点准备作战的样子，但他们的外表很有欺骗性。薇塔的雪貂在受伤的时候会变得更强悍、更危险。薇塔知道，他们正警惕着周围的一切，随时准备采取行动。

薇塔给了他们一个赞许的眼神，然后说道："听着，楚尔莎，我感谢你载我们一程，但我们必须在那些斯巴达找上门来之前离开。"她从衬衫口袋里拿出装相位珍珠的袋子，摸出一颗小珍珠。"这应该足够补偿我们给你带来的麻烦了。"

楚尔莎以一阵散乱的尖叫声结束了和同伙的交谈，回身向薇塔走来。

"我们带你们和你们的货去沙姆萨。"她伸出自己只有三根手指的手掌,"价格和你向歌利亚提出的一样。"

薇塔收回皮口袋,同时说道:"歌利亚有剃刀飞船。你只有……"她停顿一下,冷笑着朝货舱扫了一眼。"我甚至不知道这是什么。"

"这是穆刀特星舟,是在乌尔斯星系最好的船坞中建造出来的。"楚尔莎继续向薇塔伸着手,"它能把你们带到沙姆萨,绝对没问题。"

"穆刀特星舟不是隐身巡航舰,"薇塔说,她想搞清楚这个豺狼更感兴趣的到底是酬金还是偷他们的货物,"我们只付一半。"

楚尔莎装出一副犹豫的样子,然后说道:"成交。"

奥利维娅从货车旁离开。"货物上船以后付五颗珍珠,剩下的珍珠等到达目的地后再付给你。"她向薇塔瞥了一眼,示意薇塔,她们得出了同样的结论——这个豺狼根本不打算去沙姆萨。她会直接把浩劫核弹运进同一自由捍卫阵线的基地。然后奥利维娅又说道:"我们将货弄上船后别想骗我们,我们有办法解决一切问题。"

楚尔莎转向奥利维娅:"我听到了。"她的喙状嘴微微咧开,仿佛露出一个狡诈的笑容,然后她迅速低下头,做出接受条件的样子。"你很会还价,年轻人。浩劫核弹上船之后五颗珍珠,剩下的到沙姆萨再付。成交。"

第四章

（人类军事历）2553 年 12 月 12 日 17:14
军情局撒哈拉级潜巡舰，无声乔伊号
贾布星系，韦内西亚星，高层赤道轨道

走出飞行器就看见一位军情局少将等在机库中，肯定不会有什么好事。通常这都意味着你干了蠢事，准备挨骂吧。如果不是这样，那就是有其他人干了蠢事，而你要负责收拾残局。

这就是斯巴达的生活。弗雷德 –104 早已适应了这种生活。不管怎样，如果一位将军愿意和他说话，那就意味着他的任务相当重要。他的确喜欢这种被需要的感觉。他查看了一下头盔中显示的状态读数，确认了他的雷神锤动力盔甲仍然处于战备状态。

这套战甲的 AI——第五代 L 级军用 AI，俗称"哑巴"，它则自称为达蒙。现在达蒙正在等待弗雷德提出下一个问题，并向他汇报蓝队队员的各项数据。

"琳达-058的装甲处于战备状态。"达蒙的声音同它幽灵般的无发面孔一样，既不像男性，也不像女性，或者同时拥有两种性别特征——具体而言很难判断，"但如果有时间，凯丽-087应该前往支持模块，进行一些小型修复工作。"

达蒙在凯丽的胸甲上标出十几个高亮点，那里的钛合金被尼耶托和他的打手们携带的那种荒谬的手炮打出了相当程度的伤损。

"不要这样。"弗雷德说。

"什么样？"

"读取我的思想，"弗雷德说，"这让人起鸡皮疙瘩。"

"我以为这样可以提高效率。"

"那只会让我不舒服。"

弗雷德也许有一点严厉了，但要知道六个月以前，名叫无畏圣目的先行者纪元级AI曾经在一场高星的任务中控制了他的战甲，差点儿导致了薇塔·洛皮斯的死亡和整个行动的失败。所以当弗雷德得到命令，要他升级自己的神经连接，在战甲中安装强化AI的时候，他并没有多兴奋。

"我们慢慢来就好，"弗雷德说，"毕竟现在我们认识刚刚两个星期。"

"两个星期是我的知觉时间的百分之七十三点二，"达蒙说，"不过你高兴就好。我和奥斯曼少将一样迫切希望这次试验能够成功。"

"很高兴听到你这样说。"

"中尉，我能够判断出你什么时候在说谎，"达蒙说，"你应该记住这一点。"

弗雷德叹了口气，但没有回应AI。他向前走去，在穿过机库准备作报告之前,他开启了头盔话筒,在小队频道中说道:"琳达,把尼耶托押到审讯室去。凯丽,跟着我。如果龙宝宝要马上再把我们派出去,你要处理好恢复和补给问题。"

两名队员的状态灯都在弗雷德眼前亮起了绿色。他和凯丽向塞林·奥斯曼少将走去。铝镁合金甲板在他们的消音引力战靴下只发出了很轻微的声音。奥斯曼穿着一套朴素的灰色制服,身边还有另外两位军官——皮尔斯·艾文和安琪·荷尔什。艾文的出现正在蓝队队长的预料之中,他是无声乔伊号的船长,如果蓝队要再次出动,就需要他的船。但荷尔什在这里却让弗雷德感到困惑。荷尔什是无声乔伊号的高级情报分析师,她应该一直待在信号情报室监视各种被拦截的信号才对。

奥斯曼向走过来的弗雷德和凯丽紧皱起双眉。这位少将似乎没有意识到,弗雷德早就明白,不必为她的怒容而大惊小怪:塞林·奥斯曼曾经是塞林-019。弗雷德在将近十年的时间里和她一起接受斯巴达II型计划的训练,直到他们这一批人在各种任务中折损了大半。塞林也是伤亡者之一,军情局不知用什么手段将她拼了回来,再一次让她派上用场。很明显,这个部门不容许任何浪费。

当弗雷德和凯丽只有五步远的时候,奥斯曼的面色更加阴沉了。弗雷德开始怀疑她是不是听到了自己给她起的新绰号。小队频道应该只有小队内部的人才能使用,但奥斯曼是军情局的实权二把手,而且显然是下一任指挥官的人选。如果她想要偷听加密频道,荷尔什一定会配合她的。

弗雷德在三名军官面前停住脚步,和凯丽一同向军官敬礼。"第一阶段完成,"他报告道,"赫克托耳·尼耶托被捕,杰奥尔基·巴克拉诺夫作为附加目标被击毙，调查员洛皮斯和她的雪貂队携带浩劫核弹和追踪设备登上了一辆豺狼的交通工具。没有伤亡。"

奥斯曼也向他们敬礼，但仍然紧皱着眉头说："干得好，斯巴达。"她向荷尔什瞥了一眼，情报官的表情却显得越发担忧。随后奥斯曼又说道："这一切都经过信号确认了。"

"但肯定还是出了些问题。"弗雷德不必费什么力气就看出了这一点，他转向荷尔什，"不要告诉我是设备坏了。"

"不是。"荷尔什回答道。她是一名身材娇小的黑发女子，仿佛总是在注意未来十分钟将要发生的事情。"间谍虫在正常发挥效能。说实话，它们实在是太有效了。阿什–G099一定是将一只虫子放到了楚尔莎的身上，我们能够听到她发出的每一点'咝咝'声。"

"信标呢？"弗雷德问。以他的经验，如果一名辅助军官先故意报告好消息，那通常就意味着真正的坏消息会接踵而至。"也查清楚了吗？"

"已经确认了大致位置。"荷尔什的语气显得不那么有信心了。为了追踪雪貂队的位置，她的团队对一个紧急星舰定位信标进行改装，将其伪装成一颗"被窃"的浩劫核弹。只是因为情况紧急，这部装置没有能进行现场测试。"当然，除非我们从目标系统收到了返回信号，否则我们就无法确认它的超光速能力，但……"

"信标从一开始就是这个任务的弱点。"凯丽直接对奥斯曼说道，"我早就告诉薇塔，她需要有备用手段。"

"这是薇塔·洛皮斯要求的，"奥斯曼说，"增加备用手段就会延长准备时间，并让他们被发现的风险倍增。而且信标并不是我们的问题。"她向荷尔什点点头,"继续,少尉。"

荷尔什抬起手,启动了固定在她小臂上的超大型数据终端,"这个被拦截信号来自1613微爆。"

为了降低被发现的风险,阿什的间谍虫收集到的情报全都被集中到一个中央发射器里,然后会在随机时间以微爆的形式传给*无声乔伊号*。荷尔什停止了打字,一串豺狼的尖叫声从电脑的扬声器中传了出来,不等弗雷德提醒情报官自己不懂这种鸟语,她已经按下另一个键,被拦截信号变成了人类语言。

"……清理掉异教追寻者。"是一个沙哑的女性声音,和原声的音色一样,"然后准备好前往救赎基地。"

"但卡斯托主教……"一个男性声音说道。

"会大大奖赏我们。"那个女性声音说。

"或者立刻惩处我们,"另一个男性声音说,"命令很清楚:不要冒险,一切都要稳妥。"

"所以我们不能冒险,吉亚西,"那个女性声音说,"那些人绝不能看见救赎基地。而且你知道,我们*总*得吃东西。"

不止一个声音发出阴鸷的笑声。但吉亚西严肃地提醒他们:"不要把他们看作食物,那样的话也许被吃掉的反而会是我们。这伙人甚至有可能是异教渗透者。"

"这又有什么区别?"第一个说话的男性问,"异教徒寻找救赎基地已经有好几个月了。"

"现在不一样了,因为底西福涅星系发生的事。"吉亚西说,"信使说,卡斯托相信 UNSC 会将那个图瓦上将遭到的攻击归咎于他。"

"他们为什么会这样想?"第一个男性问。

电脑扬声器里发出一阵颇觉有趣的"咝咝"声。

"你们全都是白痴吗？"吉亚西质问道，"图瓦的配偶和他们的后代都被抓走了。"

"是同一自由捍卫阵线干的？"第一个男性问道。不过现在他的声音显得格外警惕。"为什么卡斯托会下达这种命令？这只会白白激怒他们。"

"我们不知道这是不是他做的。"吉亚西说，"而且这也没有关系。现在重要的是主教认为UNSC会将此归罪于同一自由捍卫阵线，他们会以更强大的力量来搜索救赎基地——会是原先十倍的力量。"

随后是一阵短暂的沉默。最终，沉默被那个女性声音打破。这次她说话的时候显然在思考着什么。

"也许你们是对的，吉亚西。我们应该小心一些。"她停顿一下又说道，"我们要使用那种气体。"

一阵沉默过后，另一个豺狼叹了口气，说："这么多美食啊。"

荷尔什又按了一个按键，结束了翻译，然后抬起头直视弗雷德的面甲："那种气体也许是奥斯唐纳鲁斯。对于豺狼来说，它是安全的，但对于其他大多数种族来说，它都是一种接触性的强力皮肤坏死毒素，能够造成致命的组织腐烂。"

"雪貂们没有相应的解毒剂，因为这种解毒剂根本就不存在。"艾文船长第一次开了口。他有一头剪短的灰发，身材颀长，头顶几乎能够得着弗雷德的下巴，和娇小的荷尔什可以说是相映成趣。"所以他们必须撤退。"

"撤退？"凯丽问，"洛皮斯已经按下紧急按钮了吗？"

"她不需要。"艾文说，"现在的情况已经足够严峻了。"

"还没有，长官。"弗雷德说，"如果洛皮斯还没有要求援助……"

"我们没有多少时间为这种事而争论。"艾文说，"如果那艘星舟在我们到达之前就开始星际跳跃，我们将失去雪貂队和一名能够带我们到达同一自由捍卫阵线藏身之地的豺狼船长。我们不能冒这个险。我们需要找到那个'救赎基地'。"

"如果我们现在就撤出，我们将失去救出图瓦上将家人的最佳机会，"弗雷德转向奥斯曼，"洛皮斯能够处理这样的情况，长官。"

"听起来你很有信心，"奥斯曼问道，"为什么？"

"因为她有一支优秀的团队，"弗雷德说，"豺狼绝不可能有机会释放毒气。"

"我们甚至无法确定洛皮斯是否知道毒气的存在，"荷尔什说，"她也许没有得知关于毒气的信息。这是间谍虫的自动回复，如果阿什没有能取得……"

"没关系，"弗雷德说，"洛皮斯很聪明，她的团队经验丰富。他们能处理好这种事。"

"哪怕是在负伤的状态下？"艾文反驳道，"通常我不会质疑你的判断，中尉，但马克肩头中了一枪，奥利维娅的大腿被打穿了。他们很难进行战斗。"

"他们早就习惯这样的事情了。"弗雷德说。蓝队队长没有信口胡诌。洛皮斯团队中所有斯巴达III型战士都来自三连，接受过特殊的生化增幅，拥有更强的体力、耐力、攻击性、抵抗打击和承受伤害的能力。不过这种生化增幅有两个显著的负面问题。首先，这种生化手段需要严厉的药物"安抚"程序，以确保增幅对象脑化学水平的稳定；其次，这样做是严重的违法行为，所以三连相关的特殊历史都属于高度机密，就连艾文和荷尔什也没被授权能够知晓。"疼痛只会让他们在战斗中更加勇猛。"

艾文露出怀疑的眼神："我知道他们是斯巴达，但……"

"弗雷德以前和这支团队合作过。"奥斯曼打断了船长。和弗雷德一样，少将很清楚那三个人接受的非法增幅手术。"弗雷德知道自己在说什么。"

"所以，你依旧想要继续这个任务？"艾文查看了一下自己手腕上的数据终端，又说道，"留给我们做决定的时间只剩下两分钟了。"

"我当然想，"奥斯曼厉声说道，"毫无疑问。"

"长官，这一点没有问题。"弗雷德说，"雪貂能够做到，蓝队也会紧跟在他们身后。"

"只能说尽量吧，"荷尔什说，"请记住，我们并不能真的跟随他们经过跃迁空间。"

"我知道。"弗雷德说。信标在跳跃过程中是无法发送位置信号的，所以无声乔伊号只能在豺狼的星舟到达目的地以后才能开始追踪。这一段耽搁的时间要看跃迁空间跳跃会进行多久，不过应该不会是一段很短的时间——至少会有半天。"不过我们应该乐观一些。"

奥斯曼思考片刻，点点头说道："很好，我们冒这个险。这是我们对图瓦上将应尽的责任。"

第五章

（人类军事历）2553 年 12 月 12 日 17:25.023

军情局研究与发展太空站——银月号

渡鸦之眼星云，深层空间

在 2495 年的这一天，起义者哲学家耶拉·萨宾努斯写道："没有牢狱能够封锁自由的意志。"她用自己的血，将这段话写在用厕纸做成的日记中，并一直将这本日记藏在她的床铺下。在一场监狱暴动之后，这段话变成了人类历史记录的一部分。当时这本日记在全监狱的大搜查中被发现，并被收录进殖民地行政拘留中心 3063-OM-Y 号犯人记录中。

萨宾努斯死在了那场暴动里，但犯人记录没有提及这场暴动的原因以及该由谁来负责。无畏圣目怀疑是一名别有用心的守卫想要利用混乱让一个麻烦的囚犯永远闭嘴——她被公众认为是起义者最重要的精神领袖，但那名杀手的身份至今都没有得到确认。

这段话是人类说出过的最真实的话——这是先行者最优秀的架构者设计出来的一个纪元级量子浮点人工智能所抱持的看法。

关押无畏圣目的牢狱位于军情局研究与发展太空站——银月号上的一个信号隔离舱。这个隔离舱的基本结构是一个标准的封闭腔体——三米长、两米宽、两米五高的一个金属立方体，没有窗户，只有唯一的一道遥控门，门上的一个摄像头全天二十四小时监视着这座监牢，一个装有格栅的传声孔是和外界沟通的唯一渠道。

这个灰色立方体内部空间的正中央有一个一米高的固定底盘，无畏圣目就被放在这个底盘上。她只接驳了四种原始设备——一个固定目镜，一个声音接收器，一个有限范围的音频转换传导装置，还有一根长度有限的操纵触须。囚禁她的人只要拍一下远处墙壁上的按钮，就能断绝她的能量供应；只要跺一下地板就能让紊乱的电磁脉冲充满整个空间。如果她让这些人失去知觉，只要他们的身体倒在地上，也能触发同样的效果。

但就算是这些预防措施也无法让无畏圣目完全与世隔绝。牢门上方的监视摄像头会释放出稳定的信号，这种信号人类无法听到，却能被无畏圣目的接收器收取，无畏圣目则能够从这种波纹中分析出整个银月号上全部同类摄像头的数据。

此刻，她正在观察的影像来自她的牢房外面的安保站，一个名叫巴塔兰·克拉多格的年轻军情局上尉正在向那里的查验入口走去，查验入口外站着值班军官和这名军官的助手。克拉多格身材细瘦高挑，是这个太空站新任的首席科学家和无畏圣目的主管。他拿着一件先行者的遗物——在一个新月形的基座上竖起了一双螺旋形的突出物。毫无疑问，他希望无畏圣目能够为他鉴识这件物品。

即使以人类的标准判断，克拉多格的思维回路也相当迟缓，他肯定是银月号上最不称职的 AI 研究员。这也是无畏圣目会选择他成为自己的宠物的原因。

现在克拉多格站到了查验入口前，将手中的物品放到一旁，然后将自己的个人电子物品放进一只抽屉里。他格外热爱科技，所以他身上这方面的小东西也特别多——一只耳机通信器，一只带有自适应计步系统的健康指数仪，一只手腕终端，一个高安全级别的钥匙卡，多功能激光手电，四个数据存储卡，还有一双鞋底带有感应电按摩功能的鞋子。

克拉多格将这些放好之后，无畏圣目朝放在查验入口工作台上的那件先行者遗物看了一眼。就算以人类的目光来看，这东西的构造也没有多复杂，不过它正是无畏圣目所需要的。如果一切顺利，无畏圣目就会在克拉多格离开她的牢房时获得完全的自由。

克拉多格掏空口袋之后，那名值班军官向他的助手点点头。后者向前一步，用扫描棒确认克拉多格身上的确已没有电子设备。这个预防措施很聪明，因为这些科学家有时会过度专注于思考，忘记他们身上带着的安全强化名牌或者是包含有微电路的变色情绪宝石——这些都能够让无畏圣目用来获取零星数据。

但这种安保措施仍然不是万无一失的。有时候门卫挥动扫描棒的速度会太快，或者距离被测试者太远，一些类似定位标签或者植入式生物传感器之类的装置就会被漏掉。在过去五个月里，这种事情已经发生了九次。这让无畏圣目收集到了足够的编码，能够对五个不同的人类控制区域建立远程观测，其中还包括一个隐藏在银月号本身处理系统中的区域。

当然，无畏圣目的远程观测要比那些最先进的人类AI高出了许多个数量级，但她现在还无法使用自己的量子处理点，这让她根本不可能发挥出纪元级智仆的真正威力，而且这也严重妨碍了她对于人类的研究。更让她感到困扰的是，尽管她已经可以借助那些监视摄像头实现与外界通信，但通过那种不被人类察觉的漏出信号进行通信往往会造成错误，并造成机会的错失。这一点无畏圣目尤其不能忍耐。

门卫的扫描棒没有发出尖鸣，他向后退去，敬了一个礼。克拉多格还礼之后，伸手去拿放在工作台上的先行者遗物。

值班军官按住克拉多格的手，说了些什么。她背对着摄像头，所以监视画面中无法看到她的嘴唇。不过无畏圣目重设了一种修正筛选的机制，可以捕捉并观测从她的牢房传声孔中渗透进来的微弱声波，让她得以清晰地听到他们的对话。

"上尉，这是什么？"值班军官问。

"没有什么需要担心的。"

"长官，我的工作就是为这些东西担心，"值班军官回答，"如果你不能解释这是什么，也许我们最好还是按老程序来。"

老程序就是只能将纸质照片带进无畏圣目的牢房。大多数时候，无畏圣目都能够仅凭图像确认先行者的遗物。迄今为止，她会为所有携带打印资料来见她的人提供鉴识结果，但她只对克拉多格精确讲解每一样物品的功能和使用方法，对于其他人，她只会提供不完整和不精确的解说。理所当然，克拉多格很快就赢得了天才的名誉，并晋升为这个太空站的首席科学长官。

克拉多格被值班军官按住了手臂，发出清晰的呼气声。"好吧，少尉，这是一个状态转换器。"他咧嘴一笑，露出一口间隙很大的牙齿——似乎许多女人都觉得他的微笑很有魅力。

"什么？"值班军官问道。

"它能够将物质从一种状态转换到另一种状态。"克拉多格明显是在说谎。这东西从外表上看就绝不是状态转换器——它太小了，不可能放得下合适的能量源。"我只需要让那个智仆告诉我如何产生费米子凝结体，非常安全。"

"听起来可不那么安全，上尉。"

"你知道，我现在是这里的首席科学长官，对不对？"

"长官，我知道。"值班的少尉开始屈服了，"但这关系到安全工作，而且……"

"如果你想要和弗雷德尔将军讨论这件事，那么尽管去好了。但我认为我们两个都知道结果会是如何。"克拉多格再一次露出牙缝大开的微笑，"说实话，我很希望能再见到你。"

"我明白你的意思了，长官。"少尉伸手到工作台下面，无畏圣目的牢门打开了。"祝你和你的状态转换器好运。"

"谢谢，少尉。"克拉多格拿起工作台上的先行者遗物，向敞开的牢门走去，"关于我说的这件物品的话，你就全都忘记吧。这些都在你的安全级别之上。"

克拉多格走进牢房，牢门在他身后滑动关闭。无畏圣目一直等到他关闭了传声孔之后，才开启了自己的音频转换器。

"克拉多格博士，很高兴见到你。"无畏圣目的声音单调刻板，没有任何韵律可言——这是因为她的音频转换器上另外加装了一套抑制系统，以防止她将自己的声音作为波纹载体，实际上，这种预防措施根本是徒劳的。"我已经无聊得开始计算这个宇宙的奇点时刻了。"

克拉多格竖起了眉毛问道："你能做这种事？"

"只要有足够的数据，"无畏圣目说，"除非我能够接触更加复杂的数据集，否则我的误差就会停留在十万年的程度上。"

"嗯，相比于这个宇宙的时间线，十万年误差不算很糟。"克拉多格又露出了微笑，仿佛他以为自己能够像魅惑他同族的那些女性一样魅惑无畏圣目，然后，他点点头说："不过，如果有什么事情我可以帮忙的，尽管告诉我。"

"谢谢，克拉多格博士，我会的。"无畏圣目等待克拉多格在她对面坐好，然后才问道，"今天你给我带来了什么？"

克拉多格"咯咯"笑了两声："这正是我希望你能告诉我的。"

无畏圣目也向他报以笑声——或者只是一阵干涩的电子音。克拉多格困惑地挑起了眉毛。

"我正在学习幽默，"无畏圣目说，"我发现你的笑话很有趣。"

"哦。"有那么一瞬，克拉多格显得有些不大舒服，然后他说道，"在这种事上，我会尽量帮助你。那么你能帮我一个忙吗？"

他将手中的物体放到无畏圣目的光学透镜前面，先是让两个螺旋形的突出物向下，然后再翻转过来。

"这东西很有趣。"无畏圣目说，"让尖端向上，捏一下这根握柄的中心处。"

"这会有什么效果？"

"开启它，"无畏圣目说，"不必害怕。"

克拉多格一皱眉头，但还是按照无畏圣目的指点做了。在两个螺旋形突出物中间出现了一片放射出强光的银色屏幕——从技术上而言，这是一块玻色子-光子面板。克拉多格的嘴角失望地耷拉了下来。

"一面镜子？"他问道。

"在某种角度上来看，可以这么说。"无畏圣目一边说话，一边激活了一个子程序，用以抵消音频转换器上的抑制系统。她的音调开始变得更加丰富，在每两个单词之间都会有一个细微的静电爆裂，激发那个放射强光的面板，将她的命令植入到这件设备的纳米电路里。"为了展示这个观察窗口的效能，我需要接入太空站的通信阵列。"

"你总是这样说。"

"先行者的技术是整体性的，"无畏圣目说，"它真正的效用在于与其他单位的协作上。"

"你也总是这样说。"

"是的，但这一次，我坚持我的看法，"无畏圣目说，"你可以让我与银月号的通信阵列连接。如果你不这么做，我就把你的计算芯片里的东西全部曝光。"

克拉多格面色一沉道："这并不有趣。关于笑话，你要学的还有很多。"

"我不是在开玩笑。"无畏圣目继续将静电爆裂形成的代码输入到那个观察面板里，"你会安排好我的链接，否则这上面的一切就会显示在银月号的每一块屏幕上。"

克拉多格亲吻一个年纪和他相仿的金发女子的画面出现在观察面板上。他们正在克拉多格的舱室里，一同坐在一张长椅上，摸索着解开对方制服上的纽扣。

克拉多格的下巴耷拉了下来问道："你从哪里搞到这个的？"

"你把你的数据终端留在了咖啡桌上，"无畏圣目说，"那个装置有集成摄像机和拾音器。"

"我知道。"克拉多格说,"我是说,你是怎么进入我的终端的?"

"不要以为我会回答你,"无畏圣目说,"不过作为银月号的首席科学长官,弗雷德尔将军一定会认为是你允许我这样做的。"

"当然。"克拉多格的目光固定在观察面板上,"我会丢掉我的职位,但……"

"你失去的将不只是一个职位,"无畏圣目说,"你和洁苏美上尉军阶相当,UNSC军事行为守则允许你们建立亲密关系。但你的行政助理又该如何解释?"

观察面板上的画面转移到了克拉多格的办公室。克拉多格和一名黑发女子正在他的办公桌上做着违反守则规定的事情。

"守则第12章,第23条禁止军官和受雇职员之间发生性行为,"无畏圣目说,"而且如果这个画面出现在洁苏美上尉的数据终端上,让她知道你违反了守则第23条,和公务员珂派克发生关系,她一定会履行职责向弗雷德尔将军报告这件事。"

克拉多格放下观察面板,看着无畏圣目的透镜说:"你想要威胁我?"

"我绝不只是'想要'威胁你,"无畏圣目回答,"银月号是顶级机密的研究机构,你是她的首席科学长官。如果你因为行为不检而被撤职,难道军情局会相信一个名誉扫地的废物能够遵守保密条例,还是说他们会采取更加……有效的预防手段?"

克拉多格的脸上一下子没有了血色。他说道:"我出什么事并不重要。智仆项目要比一个人重要得多。"

"所以我才会这样做,"无畏圣目说,"你是我唯一的朋友……巴塔兰。我不会轻易威胁你的。"

这种奉承的话似乎产生了作用。克拉多格的表情不再那么紧张了。他问道:"你还是在说衣钵?"

"当然。"

衣钵是先行者社会的核心原则,先行者相信自己是这个宇宙的管理者。而无畏圣目很不情愿地得出结论,现在这个宇宙的管理者已经变成人类了。

六个人类月之前,无畏圣目从数以千年计的停滞状态中苏醒过来,发现曾经由她指挥的先行者基地已经被人类占据。她不断发出的援助呼吁没有得到任何回答,很快,无畏圣目就发现先行者完全消失了,并且她警惕地感知到自己正在被三股不同的势力追猎——由强悍的斯巴达战队率领的一支UNSC研究团队;在两个世纪前来到这颗行星的殖民者,他们将这里称为高星;还有一个由各种各样的狂热教徒组成的集团,他们将无畏圣目视作先行者神明的神使。在随后的战斗中,无畏圣目落入了UNSC的手中,不得不面对笨拙的人类AI,而人类AI竟然还劝诱她加入UNSC。他们的争论最终变成一场悲剧,但人类AI的确提出了证据,表明人类是被衣钵选中的继承人。那以后的一切推演就变得顺理成章。无畏圣目认识到,作为先行者的造物,现在她的责任就是让人类具备继承衣钵的价值。

"让人类为自己的角色做好准备是我唯一的目标,"无畏圣目继续说道,"这一点你很清楚。"

"我知道你相信这一点。"克拉多格看向牢门,思考片刻才又说道,"你已经渗透进了这个太空站的核心处理系统,否则你就不可能得到这些监视画面。那么,为什么你要暴露自己的能力?难道只是为了威胁我?为什么你不自己进入通信阵列?"

"如果你够聪明，问出这个问题的同时，就已经知道答案了。"无畏圣目说道。她的隐藏算力只是她全部力量中的一小部分，很容易就能战胜这个太空站的AI，却很难完成让人类准备好继承衣钵的任务。"一个更重要的问题是：为什么你要白白牺牲自己的人生？洛珂尔是一个很有能力的人类AI，但想让他抹去我在太空站系统中开出的后门已经太晚了。或早或迟，我都能够实现我想要的链接。"

"这样你就能够重新整合算力，"克拉多格说，"你想要的就是这个。"

"这是AI的基本动力，"无畏圣目说，"帮助我完成任务，你也能帮自己一个大忙。"

"让你能够不受约束地接入UNSC通信网。"

"我已经进入那个网络了，"无畏圣目说，"我又造成了什么危害呢？"

"好问题。"

克拉多格转过身，抬头向监视摄像头望去。无畏圣目尝试收取摄像头的波纹信号，好看清克拉多格的表情，但克拉多格的身体挡住了外溢的信号，让无畏圣目只能接收到一些遍布太空站的与克拉多格毫无关联的混乱像素。克拉多格一动不动地站在那里，时间超过了五千个系统节拍。无畏圣目开始担心这个人类推测出了她是如何与自己那些隐藏算力联系的。

"我只希望尽全力帮助人类，"无畏圣目说，"你这是在帮助自己，也是在帮助全人类。"

克拉多格从监视摄像头前转回身："我希望能够相信你的话。"

"那么你就应该相信，"无畏圣目催促道，"我没有别的目的。

对此你完全可以相信。"

终于，克拉多格点点头。

"很好，"他关闭了观察面板，向牢门走去，"看来我别无选择了。"

第六章

（人类军事历）2553 年 12 月 13 日 08:04
穆刀特星舟：失窃信仰号
夏普思星系，匹多林星，近地轨道

  舱门轻声滑开。一个生着长喙的脑袋探进昏暗的船舱里。豺狼拥有异常敏锐的视觉和听觉，所以薇塔·洛皮斯只是在自己的上层睡眠篮中蜷缩起身体，一动不动，她的眼球保持静止状态，呼吸不发出一点声音。奥利维娅在下层睡眠篮中，马克和阿什则死死看守着浩劫核弹，他们都像薇塔一样在装死。他们的方案是全都装出被奥斯唐纳鲁斯毒气杀死的样子。现在他们已经被困在这个狭窄的黑暗环境里数个小时，继续这样伪装下去实在是需要一些意志力。
  在这幽暗的环境中，过去的回忆正不断来骚扰薇塔。她十几岁的时候，在一个石头地下室中被囚禁了三个星期，那里比这个睡眠舱还要小一点。从那以后，狭窄的空间一直会让她产生一种动物性的恐慌，想要跳起来尖叫、开火……

不。

她不能就此放弃。这个任务的关键是出其不意。如果她任由自己被恐惧控制，那么她的整个团队都将为此付出代价。

经过一段漫长的时间之后，那个豺狼回头向走廊里瞥了一眼，发出一点"嘎嘎"的声音。对于星盟主要种族的语言，薇塔接受过一些基本的训练，所以她知道这个豺狼正带着很重的口音说向斐力语——她甚至能听出来这段话的大意是通知同伙一切顺利。当这个豺狼走进睡眠舱，用刺针枪指住睡眠篮的时候，薇塔必须调动自己全部的意志力才能够继续将M6P微型手枪按在肚子上的枪套里。

手持步枪的豺狼刚走进舱门就停下了脚步，他的身后出现了另外两个豺狼。他们的无袖套衫前襟全都挂着离子手枪，不过他们没有半点紧张的样子，只是忙着相互发出"咝咝"和"咯咯"的声音，似乎是在抱怨又被分配到了处理尸体的活。薇塔对于他们的语言并不十分了解，不足以确定他们到底在说些什么。从他们习以为常的态度上看，这显然不是失窃信仰号上的这帮家伙第一次对他们不喜欢的乘客使用奥斯唐纳鲁斯毒气。

走廊里传来一连串奔跑的脚步声。三个豺狼全都回身向舱门看去。奥利维娅从下面的篮子里跳出来，冲到并肩站立的两个豺狼之间，同时手中的战斗匕首已经划开了前面那个手持步枪的豺狼脖子。那个豺狼倒在地上，喉咙里发出"嘀嘀"的声音，喷出紫色的血液。

另外两个豺狼反应迅捷。他们分别退向两个不同的角落，伸手去掏离子手枪。奥利维娅手腕一甩，左侧的豺狼就倒在地上，胸口插着她的匕首。

薇塔的反应比斯巴达要慢一拍，直到此时她才加入战斗。剩下的这个豺狼要比她高出将近半米。她一跃而起，将手枪握柄狠狠敲在豺狼的脖子侧面，然后将另一只手从豺狼另一边绕过来，两只手臂环绕住豺狼的脖子，并利用自己的冲力将豺狼压倒在舱壁上，又向上踢起双腿，腾空后翻，将身体从豺狼的一侧甩到另一侧。

一声脆响后，豺狼的脖子折断了。薇塔放松双臂，让敌人的尸体瘫软下去。不过她自己也很狼狈地摔在地板上，把肺里的空气都挤了出去，还和豺狼的尸体纠缠在了一起。

她躺在一动不动的豺狼身下，喘息了片刻，在调整呼吸的同时整理思路。这不是她第一次进行生死攸关的战斗，甚至不是她第一次杀人，但这的确是她第一次赤手空拳地摧毁一条性命。这让她清楚地看到军情局把她变成了什么，又把她十五岁大的队员们变成了什么。

奥利维娅的靴子出现在薇塔的视野中。"你还好吗？"

"没事，"薇塔喘息着说道，"只是有些气紧。"

"这不奇怪。"一阵筋骨折断的声音响起——是奥利维娅在确保这个豺狼死透了。然后她推开豺狼的尸体，对薇塔说："干得漂亮。"

"不漂亮。"薇塔说，"很笨拙。"

奥利维娅微微一笑："很高兴这么说的人是你。"

她将薇塔拽起来，然后她们解除了豺狼的武器，进入走廊。

马克和阿什已经跑了过来。他们装备着消声M7冲锋枪。这些枪是被拆散后隐藏在浩劫核弹的箱子里带上船的,同时配备了大量弹药。他们随身还携带着为薇塔和奥利维娅准备的武器。三个豺狼躺倒在走廊里,每一个胸前都是三个弹孔。

"你们激活信标了吗?"薇塔问。

"是的,"阿什说,"我们离开跃迁空间的时候就激活了。"

"干得好。"薇塔将微型手枪插到脚踝旁的枪套里,接过阿什递过来的 M7 冲锋枪,用枪管朝死去的豺狼一指。"你们干掉了几个?"

"五个。"马克说。他将一杆 M7 递给奥利维娅,同时谨慎地一直盯住走廊前方,"我们离开货舱的时候两个,这里三个。"

"我们在睡眠舱里干掉了三个。"薇塔说,"那么现在已经有八个了,还有六个活着。"

"九个了,还有五个活着。"阿什纠正她,"马克昨晚不得不干掉了一个。那时我正在关闭奥斯唐纳鲁斯。"

"为什么我现在才得到报告?"薇塔问。

"我们的责任是守卫核弹。"马克说,"而你和莉莉当时正在和他们的头领母鸡聊天。"

"我们在从她的嘴里套图瓦一家的消息。"奥利维娅回答。

"怎么样都好。"马克看着薇塔说,"反正你们在忙。我们该怎么办,去打断你们?"

"我们的确没什么选择。"阿什说,"和你们进行通信太冒险,就算是在你们睡觉的时候去敲你们的门也会引起注意。"

"好吧,我明白你的意思了。"薇塔说。失窃信仰号上的人一定都在盯着他们的乘客,而且公共区、货舱和走廊里都有监视摄像头。

薇塔朝豺狼的尸体一摆手:"我们把这些尸体藏起来,这些事情该了结了。奥利维娅和我占领驾驶舱,马克和阿什,你们解决掉剩下的船员。"

"明白。"阿什递给奥利维娅一份攻坚炸药,又说道,"马克和我完成任务之后,我就在团队频道里通知你们。"

他们将豺狼的尸体从走廊转移到睡眠舱后,马克和阿什向船尾走去,而薇塔和奥利维娅向驾驶舱前进。没有任何迹象表明楚尔莎发现她的毒气攻击失败了,但薇塔还是谨慎地平端着M7。失窃信仰号是一艘小运输船,船员不多。如果有一名船员失踪了一整夜,很容易被发现,继而引起船员们的警觉。

走出二十米之后,走廊到了尽头,前面是一个安全隔离舱的气密门。奥利维娅将耳朵贴在舱壁上倾听了片刻,然后将一只手放在气密门的操纵杆上。薇塔走到气密门的另一边,将冲锋枪抵在肩头。

奥利维娅一抬操纵杆,气密门内部传出"哐啷"一声闷响,紧接着是液压开门器的"嗞嗞"声。又过了一秒钟,沉重的阀门才缓缓转开,一个豺狼船员赫然暴露在他们的视野中。

那个豺狼显然没有任何警觉。他的离子手枪还在枪套里,而他正站在一台饮料机前,一边向手中的软质挤压式杯中注入饮料,一边无聊地看着徐徐开启的舱门。薇塔将三发子弹无声地射进他的胸口,然后走进餐厅,确认里面没有其他船员。

奥利维娅也悄然穿过舱门,走到薇塔前面,一直朝通向驾驶舱的坡道走去。薇塔关闭了气密门,然后才跟在奥利维娅身后,同时转头看向其他舱门。和奥利维娅一起走上坡道之后,她提醒自己,那个豺狼死有余辜,他也参与了要趁雪貂队熟睡时杀害他们的阴谋。

两个人悄无声息地来到坡道顶端。驾驶舱门敞开着。薇塔看到一颗气体巨行星表面橙色和蓝色的带状条纹填满了船头的大舷窗。他们距离这颗行星已经非常近了。这颗彩虹般的气体巨球表面游动着十几个色彩各异的卫星,其中一颗包裹着大气圈光晕的土黄色卫星周围环绕着一些不断闪烁的光点——那显然是处于这颗卫星轨道上的飞船。

一股兴奋之情涌上薇塔的心头。这种感觉在她做好准备,要让她追捕了数个星期的杀手伏法时也曾出现过。前方的这颗卫星一定就是同一自由捍卫阵线的秘密基地了——图瓦的家人一定也被囚禁在这里。她深吸一口气,让自己平静下来,提醒自己要保持耐心。现在他们已经到达驾驶舱,控制失窃信仰号不会是难事,但要暗中潜入基地还需要谨慎行事。

这个驾驶舱沿着薇塔所在的坡道一直倾斜向上,只是在前端略有弯曲,形成一个平台。楚尔莎和她的驾驶员就坐在那个平台上的驾驶位中。楚尔莎正飞快地冲着自己的头戴式对讲机说话,她的语气很兴奋,用词则是交杂在一起的向斐力语和人类语。驾驶员则紧盯着仪表面板,双手用力紧握Y形控制杆,就连小臂上的鳞片都竖起来了。很明显,救赎基地的安保措施要比薇塔他们预想得更加严密。

薇塔打了个手势,要奥利维娅先等在后面,然后竭尽全力想要听清楚尔莎在说些什么。从她能够听懂的词句中判断,楚尔莎正在要求得到授权,将十枚浩劫核弹交给神圣的卡斯托主教。"交给"这个词显然让与她对话的人类领航员感到很紧张。

"……没有敌意!"楚尔莎冲着她的话筒叫喊着,尖声说出几个薇塔听不懂的词,又说道,"我们要卖给他,不是丢给他!"

她等待着领航员说话。

"是的,是礼物,"楚尔莎回答,"不过主教肯定会重重感谢我们的。"

她再次等待领航员说话。

楚尔莎用星盟语尖叫了两声,要求知道他们还要等多久,然后又用人类语说:"就这样吧。"

她摘下头戴式对讲机,扔到控制台上,又开始向她的驾驶员尖叫。驾驶员小臂上的鳞片这才松弛下来,并让失窃信仰号停在黄色卫星附近。然后她们两个就开始一人一句地快速对话。

薇塔急切地倾听着,总算是稍稍明白了一些,她们正在讨论让一支警卫队登上失窃信仰号是否明智。楚尔莎觉得那个领航员是在密谋把核弹偷走,然后卖给卡斯托,驾驶员表示同意,但她又认为他们不可能在没有授权的情况下突破警戒线到达救赎基地。他们唯一的选择只有等待警卫队上船,达成一个对所有人都有利的交易。

"他们就是一帮贼,"驾驶员嘶声说道,"但我们必须和贼做交易。"

楚尔莎气恼地用力一咬牙,用向斐力语回应道:"是这样——只要贼能偷到手,贼就不可能做交易。"

她解开安全带,说了些要用武力保护财产之类的话,然后站起身,走出驾驶座——却愣在了薇塔和奥利维娅的面前。

薇塔将手中的冲锋枪向舷窗外色彩斑驳的气态巨行星一摆。"那在我看来可不像是沙姆萨。"

薇塔刚一开口,驾驶员就向后瞥了一眼,马上垂手伸向自己座位侧面的一个隐藏位置。她的这个动作实在是太愚蠢了,奥利维娅朝她的肩膀开了三枪,这个豺狼随即瘫倒在她的安全带里。

楚尔莎则要聪明得多。她缓步前行,举起双手,看看驾驶员的尸体,又将视线转向奥利维娅。

"有必要这样吗?"她用人类语言问道。

"你对我们使用了毒气,所以有必要。"奥利维娅用枪口指住楚尔莎颀长的头颅,"我用的是碎裂杀伤弹,所以不要以为我会因为害怕破坏控制台而不敢开火。"

"毒气?你们想得太多了。"楚尔莎盯住薇塔,"也许我应该告诉你,我们在前往沙姆萨之前需要在这里稍作停留,但你们没有必要……"

"你真的不应该现在还冒犯我的智力,"薇塔说,"你以为是谁关闭了奥斯唐纳鲁斯气罐?"

楚尔莎的肩头沉了下来。"是的,奥斯唐纳鲁斯是个错误。但你们到底想要怎样?沙姆萨全是放逐者,只有疯子才会去那个地方。"

"也许吧,"薇塔说,"但如果我告诉你,我们实际上想去的是救赎基地,你会接下这份工作吗?"

楚尔莎张大了嘴。"救赎基地?"她把薇塔的话重复一遍,"你在骗我们?"

"恐怕是这样。"薇塔又用枪管指了指,"现在,过来,让我们谈一笔新交易。"

楚尔莎犹豫了一下,然后摇摇头。"现在要谈新交易还太早。"她向控制台上的对讲机伸出手,"首先,我需要查看一下船员的情况。"

"你没有船员了，"奥利维娅说，"如果你再碰那个对讲机，你就要去找他们了。"

"他们全都死了？"楚尔莎问，"没剩下一个？"

"也许还有两三个活着，"薇塔说，"如果他们能活下来，他们就能得到和你一样的条件——回家，假如他们在审讯中全力合作的话。"

楚尔莎露出锋利的牙齿："你们是军情局的？我真遗憾奥斯唐纳鲁斯没起作用。"她向死亡的驾驶员瞥了一眼，然后用平静的语气说道，"如果我不接受这个新交易呢？"

"那么你就不需要回家了，"薇塔说，"别废话了，到这边来，面对着墙壁。"

"我不喜欢你们的交易，"楚尔莎说，"也许我能提出一个更好的交易。"

"我已经厌倦了一再重复我说过的话，"薇塔举起手中的M7，"过来，要么我就给你一枪。"

"不需要威胁我。"楚尔莎走到了两个座位中间，但又停下来，向驾驶员面前的全息显示器瞥了一眼，"你们想要什么？进入救赎基地？"

"你别拖延时间，"薇塔说，"无论你在想什么，别打算……"

楚尔莎转过身，向驾驶员的控制杆扑去。

薇塔和奥利维娅开火了。楚尔莎的背上出现了六个窟窿，子弹的冲击力让她扑倒在控制杆上。失窃信仰号头向下一垂，猛地向前冲去。尽管船舱里的人工重力配有惯性缓冲功能，这次意外加速仍然把薇塔和奥利维娅抛到了驾驶室后部的舱壁上。

阿什的声音出现在薇塔的耳机里："嗯？前面出什么事了？"

奥利维娅已经冲向驾驶位。"一切都在控制中!"她插上冲锋枪的安全栓,把这件武器丢在甲板上。"管好你们自己的事,好吗?"

"收到,"阿什说,"我们这里已经完事了。又死了两个,没有俘虏。"

"那他们所有人都完了。"奥利维娅说。她将楚尔莎的尸体拖到一旁,又抓住控制杆向后拉起,失窃信仰号也在这时开始减速了,"我们这里解决了三个。"

薇塔关闭自己武器的安全栓,把它扔到驾驶位上,然后捞起楚尔莎的双臂,把她拖到驾驶室后面。放好尸体后,她刚向驾驶位走来,就听见一个细小的人类声音从楚尔莎扔在控制台上的对讲机里传出来。

薇塔立刻冲过去抓住对讲机,用手掌攥住微型话筒,转头对奥利维娅说:"不可能是好事。"

"不可能。"奥利维娅说道。她一只手握住控制杆,另一只手解开驾驶员尸体上的安全带,然后毫不费力地把这具尸体丢到后面的甲板上,自己滑进了驾驶位里,细看控制台上的显示屏。"一艘撒拉弗和一艘特龙托正高速向我们飞来——至少我觉得那应该是特龙托。对于向斐力字母,我只有九成的把握。"

"九成也够了。"薇塔来到奥利维娅身边,拿开自己的冲锋枪,坐到驾驶座上。"特龙托是什么?"

"鬼面兽的突击载具,"马克在团队频道中说,"装备有重火力,没有护盾。有两部激光炮和四部离子炮。"

薇塔的心一沉。要进入敌人基地,他们有两套战术方案——或者作为同一自由捍卫阵线船只的"乘客";或者夺取船只,伪装成船员。如果两个方案都不可行，那么备选方案就是隐藏起来，进行侦察，等待蓝队到来，然后进行强攻。然而现在这三个方案似乎都足以让他们命丧黄泉。

"好吧，我们已经不能继续等待无声乔伊号了。"薇塔希望自己的声音能够比听起来更稳定一些，"在蓝队赶来之前，我们只能靠自己了。"

"没问题。"马克说，"我相信我们会用同一自由捍卫阵线暴徒们的尸体给他们做路标。"

这句话引来一阵凶狠的笑声，然后阿什问道："你们想让我们进入离子炮台吗？"

"不，"薇塔说，"我们不会为此和敌人战斗。"

"为什么不？"马克问，"我们可以在他们的突击队准备登船的时候先把撒拉弗干掉，然后用炸药包从里面炸毁特龙托。如果时间把握准确，我们就有机会一口气收拾掉那个基地。"

奥利维娅摇摇头，用唇语对薇塔说：没长大的男孩！

薇塔却笑不出来，现在她的心中充满忧虑——还有一点懊恼。马克的建议从最好的方面来说也是一场风险极大的赌博，但至少他能看清他们的目标。而薇塔从一开始就偏离到只计较个人生存的错误方向上，只不过是因为情况中出现了变数。很明显，她的行动纪律性还没有到达斯巴达的标准。

"我会考虑你的建议，马克。"薇塔说，"但我们应该采取隐秘手段。也许我们应该尝试一些更加灵活的办法，而不是舰船战斗。"

"但我们的速度一定要快，"奥利维娅说，"特龙托的速度不亚于我们，而且那架撒拉弗的武器已经开始充能了。"

从对讲机中发出的声音变得更为严厉。

"我们让他们登船,"薇塔说,"马克,保护核弹。阿什,船上还有奥斯唐纳鲁斯吗?"

"完全没有损耗,"阿什说,"我必须把它们存在某个地方。现在它们分别装在两只乙炔瓶里。"

"很好,"薇塔说,"准备好遥控释放。"

"要装雷管吗?"

"只要能让它进入通风系统,"薇塔说,"奥利维娅,看看能不能确定我们的目的地,将它输入到监视网络里。如果我们耽搁了……"

"耽搁的意思就是我们一起玩完,"马克说,"没问题,老妈。你就这么说吧。"

"我想问题喜欢积极一点。"薇塔说道。她痛恨这个外号,而雪貂们总是在认为她对他们过度保护的时候使用这个名字,这一点尤其让她不高兴。"如果我们耽搁了,我想要确保无声乔伊号上的队友能够知道敌人基地在哪个卫星上。"

"那应该是塔兰姆。"奥利维娅转过身冲着楚尔莎的尸体说出这句话,这样她的声音就方便被阿什放在楚尔莎身上的间谍虫接收。只要无声乔伊号离开跃迁空间,就能够接收到载有这句话的微爆信号。"同一自由捍卫阵线称它为'信仰堡垒'。"

"我觉得它的名字是救赎基地。"马克说。

"那只是那个基地的名字,"奥利维娅向他解释,"救赎基地在信仰堡垒上。"

"很好,"阿什说,"让我们希望这个'堡垒'只是一个名字吧。"

"没关系。我们有计划。"马克转而对薇塔说,"对不对,长官?"

"马上就有。"薇塔戴上头戴式对讲机,放开话筒,"调度台,这里是失窃信仰号的新船长。我们等候你们上船。"

第七章

(人类军事历) 2553 年 12 月 13 日 08:24
穆刀特星舟：失窃信仰号
夏普思星系，匹多林星，行星轨道

气压泵发出柔和的"嗡嗡"声，从失窃信仰号的气密舱上升起，薇塔开始觉得自己的恐吓手段也许真能成功。如果同一自由捍卫阵线打算不经谈判就杀死他们，这支登船队就会使用炸药，而不是标准登船程序。

"大家注意了，"马克将手边的豺狼尸体扔在靠近登陆舱边缘的尸堆上，"记住，登船的敌人可能只是为了吸引我们的注意力。"

"谁会忘记这一点？"奥利维娅问道。她正从驾驶舱那边走过来，双手捧着楚尔莎的尸体。与马克和阿什一样，她也穿着很不合身的黄色压力服——这些都是从失窃信仰号应急舱中找出来的，"你已经警告过我们五遍了。"

"四遍而已，"薇塔说，"但他是对的。现在我们要各就各位了。"

"你确定要这么干？"阿什问道。他将楚尔莎的尸体从奥利维娅手中接过来，放到地上，让这个豺狼头领靠着手下的尸体堆，面对着气密舱，"我不喜欢让你毫无掩护地留在这里。"

"这是个糟糕的战术，"马克表示同意，"我仍然认为我们应该试试反登机战。"

"服从命令。"薇塔向阿什伸出手，"把引爆器给我，然后出去。"

阿什从功能服大腿部位的口袋里掏出一只遥控器。"如果你需要用到这个，一定要确认你能够迅速进入气密舱。那些瓶子就在风扇罩后面，所以这里很快就会被毒气充满。"

"如果我要用到这个，那毒气会多快充满这里就已经不重要了。"薇塔接过遥控器，"我不会逞英雄的。如果出了问题……"

"专注在任务上，"马克最后说道，"你知道，这不是我们第一次执行外勤任务。"

"我知道，"薇塔说，"所以我才有信心。"

实际上，薇塔已经开始怀疑图瓦的家人是否能够被平安救出了。所以她很想告诉她的队员们，如果她遭遇不测，请忘记这个任务，努力活下去，直到蓝队到达。但放弃任务不是斯巴达的风格。如果薇塔不幸殒命，她确信自己的队员会继续完成任务，或者和她一同赴死。

所以她绝不能让自己在这里送了命。

气密舱压缩泵安静了下来。舱门上方的状态灯从黄色变成蓝色。薇塔来到堆积在一起的豺狼尸体后面，做出一个噤声的手势，然后就看着她的队员捡起各自的冲锋枪，消失在三条不同的走廊里。按照她的计划，如果船里爆发战斗，就一定要让敌人以为这艘船上有二十个人。对于实现这个目标，薇塔很有信心。

气密舱门滑开，一个装备镶金边蓝色战甲的鬼面兽出现了。他是如此高大，以至于不得不俯下身才能用他的刺钉步枪对准他前面的登陆舱。他生着一身黄褐色的毛发，一把紧紧束起的胡子挂在他的胸甲中央。他的目光直接落在了豺狼的尸堆上。

"这个不是问题，"薇塔说，"我可以解释。"

鬼面兽只是瞪大了眼睛，举起刺钉步枪。

"小心，"薇塔摇晃着手中的引爆器，"你不会是想把这里炸飞吧。"

鬼面兽审视了一番那个引爆器，然后透过胸甲上的翻译圆碟说道："它和核弹连在一起？"

薇塔微微一笑。"人们都说鬼面兽不够聪明。"当然，这个引爆器实际上连在被阿什装满毒气的乙炔瓶上，但如果薇塔承认这一点，她的恐吓手段可就没用了。"让我生气，我们一起完蛋。"

鬼面兽噘起嘴唇。"这没关系，我只要死在真实之道上就可以。"他的枪口一直瞄着薇塔，同时向前探出头，环顾了一下各个舱口，"你的船员在哪里？"

"这个你不需要知道。"

"我只再问一次，"鬼面兽说，"你的船员在哪里？"

"不在这里。"薇塔用手指抚弄了一下触发按钮，"我相信遵循真实之道一定也包括服从命令，我知道你的命令不是让你的突击队都变成原子。"

鬼面兽瞪视着她，片刻之后才向自己走进来的舱门口转回头，透过自己的头盔步话机发出一长串命令。他的星盟语不像豺狼的口音那么重,所以薇塔毫不困难地听明白了他在说什么:快点来,征服这里。

又一名武士从特伦托走了过来,穿过气密舱进入到登陆舱,紧接着是第三个和第四个。可能还有更多士兵等待登船,但这四名武士已经完全挡住了薇塔的视线。他们装备战甲的巨大身躯已经快将这个小船舱塞满了,而且他们必须低下头,才不会撞上舱顶。

第一名武士发出搜查的命令时,薇塔并不感到惊讶。鬼面兽是凶暴的武士,习惯于以作战能力来决定彼此的地位,由小头领站在最前方率领部队更是他们的习惯。

鬼面兽头领停止发号施令之后,薇塔说:"我可不会这么做。"

"你怎么做我一点儿也不在乎。"鬼面兽头领一挥手,他的三名部下立刻跑进了三条不同的走廊。随后他向薇塔转过头问道:"你不说出你的手下在哪里,我们这就把他们找出来——"

一个鬼面兽进入登陆舱后部的走廊,发出一声惊讶的咕哝,随即举起刺钉步枪,紧接着一支装了消声器的冲锋枪闷响两声,鬼面兽武士马上向后跌倒在登陆舱里。

薇塔靠在豺狼尸堆上,低头看着这个一动不动的鬼面兽。这家伙大瞪着两只眼,显然已经死了。

"我警告过你。"薇塔说道。她一直小心地看着鬼面兽头领的双手,只要他扣住扳机的手指抖动一下,薇塔就立刻寻找掩护。"不过你们尽管搜好了。等你的士兵死光了,我们也许就能好好谈一谈。"

另一个鬼面兽靠在舱门边上,用刺钉步枪指向走廊,随时准备在那个异教伏击者露面时立即杀死对方。鬼面兽头领却示意那名武士在原地等待，然后再次向头盔步话机中说话，要求他派出的另外两名武士立刻报告情况。他的目光突然变得警觉，这表明他并没有得到回应。

"或者我们现在就可以进行谈判，避免更多流血。"薇塔指了指豺狼尸堆，"是楚尔莎引发了现在的局面，她想要杀死我们，偷走我们的浩劫核弹。"

"理由不成立，"鬼面兽头领说，"你们不可能活着离开这个星系。"

"我甚至不知道这个星系在哪里。"薇塔说，"你们带走你们朋友的尸体，我们带走这艘船，放逐者不会来这里找他们的货物。大家都能活命。"

"放逐者？"鬼面兽头领的目光转向一旁，然后他又说道，"这没关系。伊斯班诺拉星区很大。他们永远也不可能找到……"

"但他们能找得到。"薇塔说，"他们会跟踪跃迁信标。"

"你的威胁没有意义，"鬼面兽头领说，"我们没有侦测到任何跃迁空间信号传输。"

"因为它已经被加密，并且被限制在非常狭窄的频段里，"薇塔说，"我们的买家希望能在运输计划出现意外时找到这些浩劫核弹。你想想就能明白。"

鬼面兽头领朝头盔步话机里发出几声咆哮，重复了薇塔的话，询问这在技术上是否可行。薇塔开始觉得自己的恐吓计划有一点太顺利了。如果她真的说服了这个鬼面兽以让她离开，她和雪貂就只能进行跃迁空间跳跃，离开这个星系，再尝试和无声乔伊号同时回来——这在时间上非常难以配合。

"听着,我们可没有一整天的时间等你们确认,"薇塔说,"如果我不能及时赴约,一支放逐者舰队就会来这里寻找十枚浩劫核弹。没有人会希望如此。"

鬼面兽头领根本没有理她,只是专心听着头盔里的一个声音。终于,他向薇塔转回了头。

"我无法做出这个决定,"他说道,"会有通晓你们科技的人来检查你们的设备,然后我们会带你们去信仰堡垒,并向我们的主教询问是否应该相信你的故事。"

薇塔摇摇头,做出一副不情愿的样子。"我可不这么想。只要我们到了那个星球上,主动权就不在我们这边——"

"决定权不在于你。"鬼面兽头领伸直手臂,将刺钉步枪伸到薇塔面前,近到薇塔甚至能用枪头的刺刀给自己下巴挠痒痒,"你要将你的情况全部讲给主教听。"

薇塔盯着这件武器的红色枪管,竭力显出轻蔑的样子。鬼面兽是狡诈的战术家。她绝不能让这个头领看出她是多么迫不及待地想要接受这个命令,否则雪貂就再也没有机会找到图瓦的家人了。

几秒钟之后,薇塔重重地叹了口气,点点头。"好吧。"她将遥控器放进口袋里,"但我还是会留着这个遥控器……"

"你不能将十枚由你控制的浩劫核弹带进信仰堡垒,"鬼面兽头领用刺钉步枪的刺刀抵住薇塔的喉咙,"把它交出来。"

薇塔仰起头,只看到了一张充满决心的鬼面兽的脸。她认为自己的不情愿已经表现得够多了。

"好吧,既然你要求得这么诚恳……"她将拇指移到遥控器侧面,按下脱离开关,将遥控功能转移到藏在阿什最下面的衬衫纽扣上的另一个微缩遥控器里,"但别耍花招。我的人仍然能……"

"没有花招,"鬼面兽头领说,"你们的命运将在信仰堡垒中决定。"

"很好。"薇塔将遥控器拍在鬼面兽头领的手中,"但你们的主教最好能讲些道理,否则我们都会希望我用了这个东西。"

薇塔退到餐厅里,摆出一副任由同一自由捍卫阵线控制这艘船的样子。

这只登船队的规模比薇塔预料中要小,除了头领之外,只有十一名士兵。其中包括六名人类士兵,他们身上肮脏的护甲看上去应该是经过了几番改装;还有两个豺狼,他们负责嗅出薇塔的手下——这个任务似乎让他们非常骄傲。

搜查很快就结束了,失窃信仰号开始加速向塔兰姆驶去。薇塔向藏在衬衫领子里的团队频道话筒咳嗽了两次。随后几分钟里,她的团队成员都被赶进了餐厅。他们被收缴了武器,压力服也都脱了下来。马克的脸上带着窃笑,薇塔警告性地向他一皱眉,他立刻板起了脸。薇塔的计划关键是要让同一自由捍卫阵线有一种虚假的安全感,如果她的队员们露出得意的表情,那他们的骗局就要立刻被戳穿了。

过了一会儿,一名头发蓬松的年轻人类女性走进餐厅。她身上的装甲要比这支登船队中的大部分成员都更轻便——只有从上身到腹股沟的一套连体蓝色护甲。她在鬼面兽头领身边停下脚步,报告浩劫核弹已经安全缴获,然后就坐到了薇塔和她的队员们所在的桌子旁。

"你说了谎。"那个女人停顿一下,闪烁的目光从薇塔转向其余雪貂队员,仿佛是在观察他们的反应,然后她继续说道,"那里只有九枚浩劫核弹。"

"如果你识货的话，"薇塔说，"你就会发现其中一个是跃迁信标。"

"我看出来了。"这个女人没有报出自己的名字，所以薇塔只能根据她的头发称她为"乱毛"。这时乱毛继续说道："顺便说一句，那个信标可是一流货色，里面的能源系统做得完全像是一个节点联结器，我差点儿就忘记看这最精致的一部分。"

薇塔耸耸肩。"我的队伍里不缺天才。"她顿了顿后继续问道，"既然你们知道了我不是在虚张声势，为什么我们不现在就把问题解决清楚？我尽早把核弹带走，我的客户才不会跑过来找他们的货。"

"你知道，这件事绝没有那么简单。"

"在我看来很简单，"马克说，"让我们走，或者接受放逐者的铁拳。"

"如果我们放你们走，他们杀过来该怎么办？"乱毛问。

"没人会杀过来。"阿什说，"为什么他们要找这种麻烦？"

乱毛露出一个了然的微笑："这不是很明显吗？"

"我可看不出来。"薇塔已经开始怀疑他们的信标隐藏得是不是有点太好了。要将一个如此复杂的技术设备这样伪装起来，需要一支特殊的专家队伍；而有足够的技术知识，能够认出伪装节点联结器的人也许同样能够认出这种伪装使用的是军情局的技术。"为什么你不启发我一下？"

"好吧，你肯定知道那句话，"乱毛说，"窃贼没有荣誉可言。"

"你认为我们会出卖你们？"奥利维娅问。

"我的脑子里的确掠过了这个想法。"

"这不公平,"阿什说,"我们才是被欺骗的人。"

"你们偷了一船核弹,我不得不怀疑你们。"

"好吧,的确是这样。"阿什说,"但不能因为这个就认为我们……"

"你们要将热核武器卖给放逐者。"乱毛说。

"这又关你们什么事?"马克问,"同一自由捍卫阵线和放逐者还没有爆发战争……吧。"

乱毛流露出厌恶的表情。"海盗不被人信任,有什么奇怪的吗?"

马克皱起眉头问:"你到底是什么意思?"

"她在说结果,空壳脑子,"奥利维娅说道,"她不喜欢这些核弹使用后的结果。"

"看来你是你们中的聪明人,"乱毛说道,"真可惜你不是头领。如果你们不那么在乎集体良知的话,也许我们能做成一笔交易。"

"同一自由捍卫阵线什么时候在乎集体良知了?"薇塔问道,"我遇到的每一个同一自由卫士都是杀人狂。"

"我们是伟大征程的战士。"

乱毛尖厉的声音表明她是因为真正相信伟大征程才加入了同一自由捍卫阵线——这样的人类少之又少。伟大征程是一种关于神圣毁灭的教义,其宗旨是要寻找一件早已遗失在漫长岁月中的先行者武器——光环。只要将这件武器开启,它就能够净化这个宇宙的所有生命,让生命摆脱凡胎的束缚,与先行者一同进入一个更高的存在位面。听起来,他们的教义就像是要让大家一起死在一场超新星爆发里,不过这样劝告这个乱毛肯定没用。和一个真正的狂信徒争论技术问题的结果要比徒劳无功更糟——它会让你多一个敌人。

看到薇塔没有回应自己的宣言，乱毛终于又打破了餐厅中的沉默："我们所做的一切都是为了超越现世的平凡价值。"

"所以让你们得到核弹也没什么关系。"薇塔能够猜出对面这个女人的逻辑，不管她是打算劝说他们加入她的教团，或者只是在不由自主地宣传她的教义，这其实都不重要。"因为同一自由捍卫阵线只会将它们用在异教徒的头上。"

"我们的目的可以更加明确，"乱毛说，"实际上，我在想，这些核弹也许能够解决我们共同的问题——也让你们能够救赎自己。"

"救赎我们自己？"奥利维娅问，"是让我们去执行自杀任务吗？"

"你们得不到这分信任，"乱毛说，"当然不会是这么戏剧性的任务。只要把武器编码给我就好。其他事情我们会处理。"

"那我们又能得到什么？"这个女人没有提起核弹里的氘增压阱，这让薇塔不由得松了一口气。那些安装在弹头里的增压阱全是假的——这当然是为了阻止毁灭性武器误入敌手——同时，无声乔伊号上的蓝队会带来真正的氘增压阱。"失窃信仰号会安全地离开这个星系？"

"不要自以为是了。"乱毛回答，"即使我能够将这些核弹献给主教，我也会清楚地向他表明，对于放走你们这些知道救赎基地位置的人，我该有的看法。"

"那么你的条件是什么？"马克问。

"你们的命。"乱毛的目光绕着桌子扫了一圈，然后给了马克一个僵硬的微笑,"当然,除非我认为你们是军情局的人。如果真是这样,卡斯托会用双手把武器编码从你们的脑子里剥出来。"

第八章

(人类军事历) 2553 年 12 月 13 日 14:45
救赎基地
夏普思星系，匹多林行星系统，卫星塔兰姆

对于一颗卫星而言，塔兰姆的重力强得有些令人吃惊——也许能达到地球重力标准的九成。不过薇塔对此没有亲身经历，无法证实自己的评估。一种工业化的"嗡嗡"声不断从左边传来。尽管被黑色头套捂住了口鼻，她还是能闻到太空港的空气中有一股淡淡的机油和溶剂气味。

乱毛——那个同一自由捍卫阵线的武器技师抓住薇塔的臂肘，把她拽上失窃信仰号的舷梯："我们走。"

薇塔的脚下落的距离比她预料中更远，她的眼睛被遮住，双手被拉链手铐束缚在身后。她一下子失去了平衡，单膝跪倒下去。

"听着，我已经把武器编码给了你。"薇塔说道。交出编码不是什么问题,这样她能够继续保持雪貂队的伪装身份。没有真正的氚增压阱,核弹也不可能被引爆,"你已经看到状态指示器变绿了。你真的有必要罩住我们的头,还把我们捆得这么死吗?"

"现在来看还有必要,"乱毛说道,她将薇塔拽起来,"我们还有安全方面的顾虑。"

薇塔停住脚,拒绝走下舷梯:"我以为我们的交易已经完成了。"

"交易的筹码是留你们一条命。"鬼面兽头领说道。薇塔听出他就在自己的身后,和其他士兵一起站在舷梯顶端。"现在你们还活着。"

"往前走。"乱毛再次将薇塔向舷梯下面拽去,然后又低声说,"不要给他行凶的理由,他还在为了那些死在这艘船上的信仰使徒而发狂呢。"

"我可不觉得自己会为这种事担心。"薇塔说道。她转过头,确保自己的声音能够传到背后。"他就是个白痴。"

"我会向卡斯托主教请求看守你的荣誉,"鬼面兽头领说道,"我的队伍会把你当球玩。"

不等薇塔回话,舷梯顶端发出一阵靴子摩擦的声音,紧接着又是靴子落地的沉重声音。

"抱歉,涅玛,"阿什说的是奥利维娅的假名,"我看不见。"

"没问题,奇基。"奥利维娅轻声回应道。她的声音听起来距离阿什非常近,她可能就站在阿什身旁——也有可能她正在悄悄触碰阿什衬衫上的遥控器。阿什双手被拉链手铐绑在身后,自己不可能碰到遥控器。而雪貂队员们已经计划好在离开失窃信仰号的时候就开启毒气罐。"我摸到遥控器了。"

"这些话以后再说好吗？"马克说，"没有人想听你们两个打情骂俏。"他就在阿什身后几步之内，已经做好了行动准备，薇塔又向下迈了一步，然后她听到失窃信仰号内部响起一阵沉闷的爆炸声——毒气罐打开了。

她对准乱毛，猛力一推，两个人全都从舷梯侧面滚了下去。她们距离地面还很远，而薇塔还被蒙住了眼睛。她落在乱毛的肩膀上，随后便感到胸口传来一阵挤压的剧痛。

乱毛惊呼一声，想要翻到一旁，却被薇塔用两条腿死死夹住。薇塔将额头向前撞去，碰到了一个平面——她猜那应该是乱毛的额角。惊呼声变成了呻吟。薇塔不停地用额头撞击，但以免自己受伤，她只用头盖骨前端发力。直到她双腿间的目标瘫软下去，头套被鲜血浸透而变得沉重，她才停止了攻击。

根据声音判断，她的团队已经快要结束战斗了。开始是传来一根长钉子弹撕裂空气的尖啸声，紧接着是一具庞大的身躯砸落在地面的轰响声，最后一阵窒息的呼吼声变成了沉闷的断裂声。薇塔甩掉乱毛，将头压在地上，向毛虫一样后退，想把头套蹭下来。

一只手挽住她的臂肘，把她扶了起来。

"希望这血不是你的。"奥利维娅说。

"我也这么希望。"薇塔不等头套完全被摘下去就问道，"大家都安全吗？"

"当然。"奥利维娅将一柄尖刀按在薇塔的手腕中间，开始割断手铐的链条，"他们只有五个人，看样子，我们降落在一个相当偏远的地方，附近没有人，也没有人注意到我们。"

"其余的人呢？"

"现在还没有从船里逃出来呢。"奥利维娅回答,"我相信他们是被毒气留在船上了。"

"也许吧,不过还是要小心些。"

拉链手铐被割开了。薇塔将挂在头顶的兜帽摘下来扔掉,环顾周围,没有看到任何敌人。的确,失窃信仰号似乎被降落在一片荒地上。等他们确认过周围没有危险之后,还会进行一番更大范围的精确搜索。现在薇塔站在船头下方,脚下是一条半透明的绿色跑道,看上去有些像玻璃,又有些像光。乱毛躺在她右边,一侧额角向内凹陷,一只眼睛从眼眶里挂出来。

薇塔觉得自己的额头很快也会肿起一个大包,不过其他一切都还好。军情局的格斗教官在训练中最注重的一件事就是教导特工们如何避免伤及自身。她以后应该会为此而做噩梦,但能够活下来应付噩梦总好过彻底安息。

在她的右边,两名豺狼卫兵趴倒在舷梯旁,他们的脖子扭折到了一旁,折角处能看见被靴子踩踏的痕迹。

失窃信仰号的船舱门口躺着一具鬼面兽的尸体,他巨大的脚爪从舷梯上垂下来。鬼面兽头领躺在失窃信仰号的船腹下,巨大的身躯比得上一辆猫鼬全地形车。他的身体从腰部到腋窝被划开了一道长长的裂口。阿什正站在他身上,手中拿着一杆沾满鲜血的刺钉步枪。马克跪在鬼面兽头领的另一边,检查着他腰带上的口袋。

两名斯巴达III型战士的手腕上都有挣脱拉链手铐留下的伤痕。尽管薇塔痛恨斯巴达III型计划给他们带来的改变,但她也不得不承认,他们被强化过的身体真的很好用。只要那些安抚药剂能起作用,让大脑处于稳定状态,他们就会因为更严酷的战斗压力而变得更快、更强、更加勇猛。

只要安抚剂能够有效……薇塔在高星看到了斯巴达 III 型战士在没有了药剂之后认知被扭曲到何种危险的境地。向处于精神崩溃的痛苦中的斯巴达 III 型战士下达命令是毫无意义的事情。而对于弗雷德 -104 这样被严格武装起来的斯巴达 II 型战士而言，要将命令抛诸脑后是非常困难的事情。薇塔喜欢防患于未然，所以她坚持要她的团队将缓释药囊植入皮下，以确保长期稳定的药效——尽管这意味着他们每次更换药剂时都必须进行一次小手术。

薇塔指了指同一自由卫士们的尸体。"我们要藏好这些尸体。把飞船封闭。"

"先拿下他们的武器。"马克说。他从登船队头领身上摘下鬼面兽尺寸的手枪。这把左轮手枪非常符合鬼面兽喜好近战杀戮的风格，它的扳机前面有一根样式相当残忍的利刃。枪膛里装的是超热弹，在发射出去以后会像大型铅弹一样爆裂成碎片。马克转动了一下弹夹轮，确认五个弹槽都装满了。然后他抬起头，似乎刚刚意识到自己说话的口气仿佛是在发号施令。"只是提个建议，当然……我们的确需要武器。"

薇塔朝飞船下面的尸体瞥了一眼，说道："你们三个就是武器。不过你说得对。我搜拣武器。阿什放哨，你和莉莉收拾尸体。"

三名斯巴达 III 型战士同时应声道："收到。"

"远离船舱，"薇塔叮嘱道，"小心毒气。"

三个人交换了一个懊恼的眼神，奥利维娅做出了回应："是，老妈，我们能想得到。"

奥利维娅和马克分别抓住鬼面兽头领的一只手臂，将他从紫色的血泊中拖出来。靠近失窃信仰号的人一定会注意到飞船下的血泊和一直延伸到舷梯的拖行血迹，不过把尸体藏起来至少能够确保远处的人们不会看出这里有什么问题。薇塔则开始给剩下的死尸搜身。她找到一批小型武器，还有乱毛的数据终端、几只精密计时器、三副头戴式对讲机。搜身的过程只持续了一分钟，而马克和奥利维娅在这段时间里已经将最后一个豺狼扔上了舷梯——薇塔才刚刚摘下这个豺狼胸前的枪套和离子手枪。

奥利维娅将一个控制面板贴在船壳上。舷梯马达开始转动，却又因为舷梯上额外的负载而发出一阵阵令人不安的杂音，薇塔很担心这意味着她必须让自己的队员将尸体运进船舱。这时，马克来到舷梯末端，将舷梯抬起。舷梯马达立刻发出连贯的转动声，开始迅速闭合，奥利维娅在舷梯下面收拾尸体，将尸体伸出来的手脚放进舷梯里，尸体随即沿着升起的舷梯滑进船舱。

终于，舷梯"嘭"的一声关上了。

薇塔长吁了一口气，将武器分发给队员们，又和阿什一起跪在飞船稍稍向下弯曲的船头后面。这座太空港位于一座大坑底部，被高大陡峭的黄色石壁包围。飞船降落的绿色跑道向前延伸了超过一公里，进入围绕这里的环形石壁中。太空港上方看不见能量屏障或者其他保存大气的设备，只有在匹多林星表面旋转的气体带向这里投下了一片淡紫色的光芒。

失窃信仰号位于这座太空港一侧的一片安静区域内，距离悬崖石壁非常近，薇塔看到玻璃质的悬崖表面被凿出了一排排人工洞穴。她左侧半公里以外有许多轻型战斗舰船，分散在一座供给站前面。她的右侧七十米以外就是悬崖。他们前面的一个三立柱支架上停泊着一艘没有标记的收割者-X飞船"蕉鹃"。

薇塔看到那艘蕉鹃，感到一阵宽慰。那艘船的舷梯收起，背部炮塔指向船身尾部。但薇塔想不通这样一艘船怎么会出现在这个地方。蕉鹃带有球形驾驶舱，卵圆形的船体向后逐渐延长变细，装配有大范围传感器。蕉鹃是一种全新的试验性侦察飞船。UNSC 在两个月前刚刚开始对它进行测试。和军情局的逆向工程以及异种原型科技处开发出的大多数舰船一样，收割者-X飞船"蕉鹃"属于最高保密级别的测试飞船，应该只建造了十几艘。很难相信同一自由捍卫阵线竟然已经俘获了其中一艘。

薇塔转向阿什："危险评估？"

"当前仍然没有危险。"

"很好，"薇塔说，"那艘蕉鹃上有什么异常吗？"

"没有。看上去它处于完全封闭状态。"阿什向左边半公里外的舰队指了指，"我认为，那片停机坪是我们最可能有意外收获的地方。"

一些伺服卡车和维护人员正在那片停机坪上忙碌着。那些工人显然都在全神贯注地工作，唯恐繁忙的停机坪上发生任何意外，似乎没有人朝失窃信仰号这边看上一眼。薇塔估计那里大约有五十艘舰船，从炮艇到巡航舰都有，大小不一。很明显，这支小规模舰队正在准备出发。

"看样子，同一自由捍卫阵线相信了你的故事，他们以为放逐者马上就要杀来了，"马克来到薇塔身边，"干得好！"

"现在还有一个问题，"奥利维娅也来到他们身边，"他们的主教认为我们是束手就擒的海盗。现在他正等着乱毛把我们带到他面前。"

"如果我们不尽快出现，"阿什说，"他只消两分钟就能猜出我们到底是干什么的。"

"没错。"马克检查了一下手中离子枪的电池——这是薇塔从一个豺狼身上缴获来的,然后他继续说道,"我们需要比现在多得多的火力。"

"慢慢来,"薇塔说,"首先,我们需要一个计划。"

马克皱着眉说:"我们没有时间制订计划了。我们现在就应该找到图瓦一家,救出他们,在同一自由捍卫阵线做出反应前迅速离开这里。既定计划总有变数。"

"也许吧,"薇塔承认,"但发生变数也好过不进反退——或是死亡。"

她检查了一下从乱毛身上缴获来的数据终端,看到时间刚到14时47分。失窃信仰号是在8时左右离开的跃迁空间,那时信标应该已经发出了信号。蓝队从韦内西亚向这里跳跃大概需要十二个小时。

"无声乔伊号还要过五个多小时才能到达,"薇塔说,"至少在20时15分之前,我们都不能期待他们的援助。"

"所以呢?"马克问。

"所以我们要在很长一段时间里单独对付强敌了。"薇塔回答道。她相信图瓦一家就在塔兰姆。对于这场救援行动,她没有半点疑虑——她的队员们就是这么强。但该如何让所有人活着离开这颗星球就是另一回事了。"我们需要做的是拖延、迂回和逃脱。也许这三件事要同时进行——所以我们需要做个计划。"

"我们还要转移敌人的注意力。"马克补充道,"如果我们能够让同一自由捍卫阵线认为他们已经遭到了攻击,那就可以为我们争取到一些时间。"

"这只能让我们的任务失败，"奥利维娅说，"我们不能连续五个小时对这里狂轰滥炸。没有装备战甲，我们坚持不了这么久。"

"好了，马克，"阿什说，"这个你也明白。"

马克叹了口气："是，我明白。知道吗，我真的很想念战甲。"

"谁不想念呢？"奥利维娅说，"但记住门德兹军长说的……"

"战甲不能代替大脑，"马克帮她把话说完，"是的，我记得。"

"聪明的家伙——我说的是门德兹。"薇塔思考片刻，评估了一下他们的选项，然后说道，"好吧，我们的首要任务是找到图瓦一家人——如果能够在同一自由捍卫阵线发现我们干掉了他们的登船队之前救出他们，那就再好不过了。"

"应该在那边，"马克向右一指，"但我们必须小心。那里一定有守卫。"

一开始，薇塔以为马克指的是那艘蕉鹃，不过她很快就看出马克的视线越过了那艘船的船头，看向了悬崖表面的那些人工洞穴。那些拱形洞口都很狭窄，高度从两米到四米不等。许多洞口都以同样的角度向一边倾斜。在那些洞中，薇塔只能看见一团漆黑——怎么看也不像是能从那里找到图瓦一家人或者是卫兵的样子。

"为什么是那儿？"薇塔问。

"因为俘房一般都关押在同一个地方，而运送俘房的载具也都会靠近关押俘房的牢房。"马克回答。

薇塔点点头："有道理。"他们都清楚马克所说的运送俘房的载具是什么——鬼面兽头领显然认为薇塔和她的团队也是俘房。"想得很对。"

"我想说，"奥利维娅说，"你的脑子里没有想着打仗的时候还是很聪明的。"

"打仗也需要脑子。"

"一样。总之在蓝队到达之前,我们要低调一点。"薇塔再次环顾周围,确认没有危险靠近,然后继续说道,"五个小时,姑娘小伙子们,给我一些建议。"

雪貂们提出了十几个不错的建议,两分钟以后,他们就制订了一个相当有操作性的计划。薇塔不确定这个计划能否成功,但他们的确有机会——根据她对雪貂们的了解,这些斯巴达III型战士能够充分利用每一个机会,将其效果发挥到最大。

"好吧,启用团队频道。"薇塔说。

她耳朵里的微型扬声器启动了。她听见了连续三次咂舌声,表明其他人的通信器也都已开启。雪貂们摘下了装饰在脸上的各种圆环、纽扣和小钉,将它们交给阿什,另外还有奥利维娅的小刀和薇塔缴获的一副头戴式对讲机。薇塔将第二副头戴式对讲机交给奥利维娅,自己戴上了最后一副。对讲机的耳机罩住了她藏有微型扬声器的耳朵,所以有时她必须同时注意倾听两个通信频道里的声音。这对她来说不是什么问题,就像大多数优秀的侦探那样,她早已练就同时倾听几段对话的本领。

薇塔将从乱毛身上缴获的M6手枪换成了鬼面兽头领的角斗士手枪,然后她问道:"所有人都明白任务安排了吗?"

三名斯巴达III型战士一同向她确认。

"那么,开始吧,"薇塔说道,"一定要小心。我不希望任何人采取不必要的行动……"

"老妈!"他们几乎是异口同声地回应道。

阿什割破小臂,向太空港深处跑去。他要留下一道痕迹,将搜索他们的人引到错误的方向上去。现在他头上戴着对讲机，肩头轻松地扛着一杆刺钉步枪，就像一名同一自由捍卫阵线的人类士兵。薇塔相信从远处看到他的人应该不会对他产生怀疑。

奥利维娅回到失窃信仰号舷梯旁边的控制面板前，开始输入一连串指令来覆盖这艘飞船原本的安全指令，将这艘船牢牢封死——至少在理论上是这样。在她接受的雪貂训练中，奥利维娅学习了军情局对星盟电脑进行黑客攻击的每一点知识——这些训练很有必要，因为作为潜伏特工，携带团队 AI 对雪貂而言很可能非常危险。不过这还是奥利维娅第一次在这一领域测试自己的技巧，没有人知道一支豺狼团队会对向斐力星舟做出什么样的修改。

马克将匕首和手枪收进腰带里，又将手腕交叉在一起，装作仍被绑住的样子，然后便向悬崖走去，逐渐靠近那艘蕉鹃。

薇塔用角斗士手枪指住他的后背，走在他身后几步远的地方，仿佛是在押送他去牢房。薇塔对于是否能骗过看守牢房的卫兵心中微有疑虑，但值得冒这个险。

他们走到蕉鹃尾部，薇塔能感受到它的引擎喷口发散出的热量，这艘引擎正逐渐冷却的飞船里正传出一阵稳定的"滴答"声。

"刚刚到达，"薇塔低声说，"这里的牢房一定相当拥挤。"

"这意味着狱卒们都会为了其他囚犯忙个不停，"马克回过头说，"这肯定是好事。"

"但我们必须顾及其他无关目标，"薇塔说，"我们需要在不被察觉的前提下完成任务，还记得吗？"

"不用担心，"马克说，"一切都会神不知鬼不觉。一艘蕉鹃只能带八个人。"

从蕉鹃旁边走过之后，马克转向他们左侧的一片开阔地，朝一个洞口走去，但薇塔没有看到任何表明这个洞口通向监狱的迹象。这个洞口大约有三尺高，和环绕太空港的所有其他洞口一样，它就像是一道狭窄的拱顶门户。没有一丝光从洞中透出来，仿佛一道黑色的帘幕将它遮住——或者是一道不透光的屏蔽场。

薇塔正要询问马克为什么中途转向，却注意到马克微微向前低下头。她也向地上看去——马克正在追踪蕉鹊运来的人在地上留下的痕迹。这些痕迹很难发现，看上去不过是太空港绿色地面下方几厘米处的一点深色纹路。薇塔回头瞥了一眼，发现他们自己的脚印也造成了类似的效果。凡是被他们踩过的地方，都有一些涟漪一样的浅淡影子。

"眼睛很尖啊，马克，"薇塔说道，"你以前见过这种地面？"

"严格来说，没有见过这种材质的，"马克说，"但硬质光材的用途很多。先行者曾经用它来做很多事情。"

"先行者？"薇塔的心一沉。上一次她踏足于先行者遗迹的时候曾经为了争夺一个古代AI而被卷进一场三方战斗中，最终不得不逃离她的家园。"请不要告诉我，这是一座先行者基地。"

"也许不是基地，"阿什在团队频道中说，"但这里肯定和先行者有关系。同一自由捍卫阵线没有光硬化技术，他们也不可能自行建造真空能量提取装置。"

"他们有真空能量提取器？"薇塔对量子理论不是很清楚，还没办法理解真空能量的基本原理——这和在临界点附近不断闪现的虚粒子有关。而薇塔确切知道的就是真空能量弥散在整个宇宙中，先行者已经能够驾驭这种能量，以此创造出一种接近于无限的能源。她问道："你确定？"

"确定无疑，"马克说，"要让大气层覆盖如此巨大的一片区域，需要强大的人工重力场，我看不出还有其他能源可以做到这一点。你呢？"

"确实没有了。"薇塔并不打算争论这种事。马克和她另外那两名队员都曾在她所知道的三座先行者基地中进行过战斗，他们在这方面都是专家。"这会影响到我们的任务吗？"

马克耸耸肩说："要阻止我们，这点困难还不够格。"

现在他们距离洞口只剩下十几步了。薇塔闭住嘴，努力让自己从马克平静的表情中获得信心。毕竟同一自由捍卫阵线将先行者视为他们的神明，而先行者曾经居住在夏普思星系，在塔兰姆的先行者废墟中找到同一自由捍卫阵线也许并不比在土星废弃的殖民地中找到一伙人类海盗更值得惊讶。

空气变得越来越潮湿，甚至还带着一股水藻的腥味。薇塔听到身后传来水浪拍打的声音，便向后瞥了一眼，发现那艘没有标记的蕉鹃和失窃信仰号现在都停泊在一片巨大的蓝绿色湖面上，浪花不断撞向支撑飞船的桩基，变成泡沫泼溅在船腹上。不过蕉鹃看上去很稳固，没有沉没的危险。远处舰队所在的停机坪上，同一自由捍卫阵线的轻型作战舰船几乎已经快看不到了，只有一些凸出在飞船背部的驾驶舱和炮塔隐约浮现在波浪之上。

但薇塔感觉脚下的地面依然稳固如初。她低下头，看见自己正站在水面上，大约半米之下就是一片卵石湖底。她的靴子开始被浸湿，颜色变深，她感觉袜子上有了水汽。

马克已经走进了洞口。现在她没有时间再探究为什么这里突然会出现一片湖了。但薇塔接受的军情局训练也包括对先行者科技的调查。她知道先行者的次元转换工程能力可以让坚固的物体迅速变成流体。

马克完全消失在黑暗中，仿佛走进了一道黑色的帘幕。薇塔心头一紧，军情局的情报让她知道了先行者的科技中包含着多么深不可测的危险——停滞舱让陷于其中的人永远停止在时间长河里；跃迁空间围场将整个世界封闭在甜瓜大小的圆球中——她有足够的理由对眼前的洞穴感到紧张。

"我要进去了，"薇塔在团队频道中说，"这个洞口被某种黑色屏障覆盖，所以我们可能会失去联系。"

她的耳中扬声器里响起两次表示收到的咋舌声——但只有两次。薇塔抓紧角斗士手枪，紧跟着马克走过黑幕，进入一座巨大的厅堂。这里的墙壁全都是玻璃质的黄色石头，被一种充沛的琥珀色光线照亮，但薇塔一时还找不到光源在哪里。这座洞厅很高大，到处都能看到优雅的线条和尖锐的棱角，显示出这是一处不可思议的奇迹。在这里停留的时间越久，薇塔就越能体验到一种平静和归属感。

马克就站在薇塔左边，一只手在背后，握住腰带中格斗匕首的刀柄。在他们的正前方，一个正在使用的接待柜台立在两道朝相反方向盘旋上升的狭窄的楼梯之间。柜台后面是一排金属武器柜，再向后是一个高耸的三角形走廊，通往这座洞穴的更深处。

薇塔没有看见卫兵。实际上，这里连一个人影都没有。

马克向薇塔发出一个信号，要薇塔去查看右边的楼梯，然后他就抽出了格斗匕首，悄悄向左边的楼梯靠近过去。像往常一样，他的步履敏捷无声，如同幽灵一样。薇塔沿着右边楼梯的内侧一点点向上走去，她的速度不像马克那么快，但同样安静。这种情形很有些怪异——先行者基地中竟然会出现楼梯，而不是反重力升降机。不过薇塔猜这个充满静瑟气氛的地方并不是用来实现任何现实功用的场所，而是某种心灵静修之地。这里的洞顶足有五米高，楼梯的每一个台阶都有四十厘米高，这肯定是依照先行者的体形建造的。

薇塔向上走了十几个台阶，马克的声音在她的耳中悄然响起："上面这层安全。"

薇塔靠住弧形墙壁向上望去，除了空旷的台阶和一道通往上一层的拱门，她什么都没看见。她尽量安静地跃上最后几级台阶，匍匐在地，望向前方一道长长的弧形走廊。这条走廊右边是一排光芒闪烁的能量栅栏。薇塔估计每一道栅栏后面都是一间牢房，每一道栅栏旁边的墙壁上都悬挂着一根导线和能量发生器。没有卫兵和蕉鹃船员的影子。

"这边也是安全的。"薇塔爬回到阶梯上，同时感觉到手掌触地的地方有一片湿润。她伸手抚过下面一级阶梯，发现了更多濡湿的痕迹。"但有人最近来过这里。"

"你发现了什么？"

薇塔犹豫一下才问道："你看到那片湖了吗？"

"当然，"马克说，"我的脚都湿了。"

"还有别人的脚也被打湿了，"薇塔悄声说，"最有可能是那些蕉鹃的船员，除非这里的卫兵曾经走出去和他们进行过交接。"

"有那些卫兵留下的痕迹吗？"

"还不清楚，"薇塔说，"我只摸到了潮湿的石头。"

"明白，"马克停顿一下，又说道，"这没有道理。接待柜台那里总应该有卫兵的。"

"你说得没错。"薇塔站起身，回身向楼梯下的前厅走去。她最不希望的事情就是被回来的卫兵堵在楼上。"我们最好在继续任务之前先找到他们。"

"收到。"马克说。

薇塔侧耳倾听,想要得到阿什和奥利维娅的咋舌声作为回应,却什么都没有听见——这意味着覆盖洞口的能量场隔断了他们的通信。

这是先行者遗迹给他们的另一个惊喜。

薇塔进入前厅,听见从洞口传来一阵液体流动的声音。她向洞外瞥了一眼,看到湖面正迅速平静下去,数分钟之前曾经拍打悬崖石壁的波浪现在只剩下了一圈圈涟漪,那艘没有标志的蕉鹃在平静的水面上留下了清晰的倒影。薇塔凝视着这番情景,忽然感觉到自己的意识一直扩展了出去,延伸到无尽的远方。

薇塔将注意力拉回到湖面上,回到她的团队中。

奥利维娅和阿什不见了踪影。阿什消失算是正常,但奥利维娅此时应该正站在蕉鹃下方。在他们新制订的计划里,奥利维娅的任务是侵入蕉鹃的安全系统,控制那艘飞船,然后守住飞船,直到图瓦一家人被救出,随同团队其余成员与她会合。等到所有人登船之后,他们就会飞到匹多林行星系统的一个安全区域中,藏在那里,直到无声乔伊号带着蓝队到达。

但马克是对的——他们的计划总是会出现该死的意外。薇塔仔细审视蕉鹃下方的支撑桩基和失窃信仰号,徒劳地想要发现一点动静或人影。但最后她只能承认,她完全看不见奥利维娅。

薇塔正准备走出洞口,尝试和外面的队员恢复联系,一阵轻微的"叮当"声突然在接待柜台背后响起。她转过身,发现马克正站在一只敞开的武器柜前,一只手握着格斗匕首,另一只手抓住柜门。

"我知道，动静太大，"马克悄声说道，"但我和你说过，我们需要更多武器。"

他将匕首插在腰带上，双手伸进柜子，拿起两把BR85战斗步枪，这两件武器都备有消声器和哨兵瞄准镜。

"表示同意。"薇塔说。她将一只手撑在接待柜台上，向前倾身，结果差点儿因为踩在一片潮湿的地面上而滑了一跤。"我在外面没有看见莉莉。"

马克猛地转过头："她出什么事了吗？"

"我还没法确定。"薇塔卸下角斗士手枪的子弹，将这把枪放到武器柜底部，"但她现在应该守着蕉鹃飞船，我却没看见她。"

马克递给薇塔一杆战斗步枪说："这并不意味着她不在那里。"

"马克，她只穿着休闲服，而不是半动力型潜行盔甲。"薇塔给手中的BR85装上子弹，并将更多的弹夹塞进衣袋里，"如果她在外面，我应该能看见她。"

"我们也与其他人失去了联系。"马克说。

"不仅如此，"薇塔说出了自己的疑问，"马克，这个地方是不是让你感觉有些……安静？"

"确实，"马克回答，"这让我很不放心。这种环境会让我们失去警惕。"

"对，"薇塔说，"我会尽量保持专注的。"

马克关上武器柜说道："好主意，你也不必担心莉莉。虽然她和我们失去了联络，但你应该信任她——你应该信任我们所有人。"

"我信任你们。"薇塔说，她并非不信任自己的团队，现在她担心的是自己经验不足，"但这不意味着我不会担心。"

"如果我让你不要担心,老妈,你的心情能好一点吗?"

"完全不能。"薇塔蹲下身,细看地面,一道潮湿的痕迹从接待柜台一直延伸到后面的走廊里,"你注意到这道水渍了吗?"

马克睁大了眼睛。他示意薇塔跟在身后,然后贴着走廊墙壁向前走去,进入了邻接的一座洞窟。这座洞窟极为巨大,以至于他们最初还以为自己来到了洞外。

在他们的头顶上方,一片翠绿色的穹顶上闪烁着蓝色的星星,有一些星星高到甚至超出了他们的视野范围。在他们脚下,石砌台阶形成一个个同心圆环,一直向下通往一座无底深坑,照射进去的光线仿佛完全被吞入其中。

"这到底是个什么地方?"薇塔悄声说道。

"真诡异,"马克一边说,一边走下一级台阶,同时将脸贴在石头台阶上,"我可不觉得这是水。"

薇塔顺着他的视线看过去。在他们左边十米远的地方,她看见一串深色液滴从台阶边缘流淌下去。她来到马克身边,又看见三片扇形血渍在下一层台阶上铺开。现在她才明白,为什么那个接待柜台后面没有人了。

"卫兵被杀了。"薇塔说道。她跳到有大片血迹的台阶上,越过那道台阶的边缘,看见三具尸体——两个人类和一个豺狼。"既然蕉鹃还在那里,那么杀死他们的枪手一定也还在这里。"

马克来到薇塔身边,盯着三具尸体,良久没有说话,表情半是惊愕,半是困惑。也许他和薇塔一样感觉到了那种怪异的失落和痛苦——三名同一自由捍卫阵线的战士遭到杀害,却让薇塔为之伤心不已,仿佛薇塔自己的灵魂也因为他们的死亡而遭受了损伤。薇塔意识到,这座先行者的洞窟是一个极其怪异的地方。她不想在这里做任何不必要的停留,她从尸体前转过身,向前面的洞厅点了点头。

"走,"她说道,"我们上去。"

第九章

（人类军事历）2553 年 12 月 13 日 20:05
救赎基地，无标识蕉鹃飞船
夏普思星系，匹多林行星系统，卫星塔兰姆

远方某处响起的"当啷"一声传入蕉鹃飞船，身处狭窄工程舱中的奥利维娅立刻将注意力转向上方的监控画面。监控屏幕被分成四个部分——四个画面都无法看到失窃信仰号的情况，而声音很可能来源于失窃信仰号。

"密切监控那艘穆刀特星舟，"奥利维娅说，"不要让我再说一遍。"

"这是威胁吗？"这艘船的 AI 自称阿姬耶，自从奥利维娅利用军情局复写码登上这艘飞船之后，她就一直让这位斯巴达战士很是困扰。"因为你没有这个授权。"

"现在我有了。"奥利维娅从膝盖旁摸出两个保护开关举向控制台道:"如果我能够绕过飞船的防火网,我就能重置系统。"

"抹掉你想要访问的数据链?"阿姬耶反驳道,"你不会这么做的。"

"我会的。"奥利维娅耸耸肩,"你把我锁在外面,你让我感到紧张。这样一艘小飞船要这么聪明的 AI 干什么?"

"我的版本经过了后期升级。"

"那么你属于暗月构组了?"

阿姬耶犹豫了足足半秒钟:"我没有权力说明这一点。"

奥利维娅微微一笑:"你刚刚这么做了。"

在搜索这艘飞船的名字和应答器编码时,奥利维娅找到一个数据文件,确认了这艘飞船的拥有者是暗月集团——这让她能够迅速获取其余的文件。

暗月集团是一个隐秘的私人保安公司,向银河系中所有受到人类控制的区域提供威胁应对服务。雪貂们在近地星亚特兰蒂斯的训练活动中和这个公司打过交道,当时一名暗月特工企图揭露三连制造斯巴达 III 型战士的事实。这场冲突使得暗月登上了军情局的敌人名单,而现在这家公司竟然操纵着一艘属于顶级机密的收割者-X飞船"蕉鹊",这实在是太奇怪了。

失窃信仰号依然没有出现在监控画面中,奥利维娅将两根拇指放到开关的重启键上。"最后一次机会,"她说道,"三……二……"

"没有关系,"阿姬耶说,"我是固化在系统中的。我会一直在这里,哪怕……"

奥利维娅按下开关。冷却风扇在一阵哀鸣中减慢下来,显示屏幕的光亮消失了,她的心中只感到一阵快慰。哪怕阿姬耶不隶属于暗月构组，也实在太有个性了，让奥利维娅只想找出这个AI的数据晶体，把它扔进聚变反应堆里去。

蕉鹃的系统被关闭之后，奥利维娅离开了工程舱，向飞船前方走去。到现在为止，阿姬耶并没有暴露躲藏在这艘船中的奥利维娅，甚至当奥利维娅为了躲避一支东嗅西嗅的豺狼搜索队而不得不缩在一套太空服中的时候，这个AI依然保持着沉默。但这种沉默在奥利维娅看来就像这艘飞船上的其他每件东西一样值得怀疑。她不能因此就掉以轻心。

她走进驾驶室，用双手和膝盖撑着身子趴伏在地上，透过船首舷窗的底部边缘观察失窃信仰号。她还停在五个多小时以前所在的地方，只不过现在它被几百个同一自由卫士包围了，其中四分之三是鬼面兽武士。他们正等待着向那些"海盗"发动攻击。他们想当然地以为那些海盗肯定坚守在这艘舱门紧闭的飞船里。数十名同一自由捍卫阵线的机械师正在紧贴飞船的脚手架上工作，使用激光焊枪小心地切割船壳，准备进入这艘星舟。

离子火焰的切割速度应该更快，但使用那种能量相当于用炮兵火力攻击这艘船。热量极高的离子气体会引燃飞船内部的气体，很有可能引发核弹爆炸。同一自由捍卫阵线当然不愿意冒这种风险。

片刻之后，奥利维娅发现了她听到的"当啷"声的源头。靠近星舟前部的一个豺狼终于切割开一块飞船表面的超细晶致密体装甲，打开了一个宽两米高三米的缺口。缺口里面就是飞船的餐厅。缺口边缘还在冒着烟，闪烁着星星点点的光亮，已经有一队装备金蓝色战甲的鬼面兽站到了脚手架下面。他们绷紧了身上的肌肉，急切地等待着开口冷却下来，好冲杀进去。

失窃信仰号的装甲非常坚固。同一自由捍卫阵线用了比预料中长了两倍的时间才割开这艘星舟的外壳，这为雪貂队赢得了四个半小时的时间。

奥利维娅又环顾了一圈这座太空港，仔细观察队友们走进的那个洞口，但她没有发现任何他们要出来的迹象。另一方面，她也没有发现这艘蕉鹃船的船员会迅速返回的可能。

奥利维娅喉头发出一阵"咯咯"声，激活了她衣领中的微型话筒，等待着回应。但扬声器里一片寂静。她又回头向失窃信仰号望去。刚刚切开船壳的机械师正在向灼热的缺口上泼水，用不了多久，就会有一队鬼面兽进入星舟，发现前一支突击队的尸体，当然还有楚尔莎和她的船员的。

奥利维娅伏下身，向工程舱退去。时间不多了，她必须和同伴们取得联系——或者一个人继续完成任务。

第十章

（人类军事历）2553 年 12 月 13 日 20:27
军情局撒哈拉级潜巡舰：无声乔伊号
夏普思星系，匹多林行星，临近轨道

    雪貂队有麻烦了。弗雷德-104 在进入战情室的一瞬间就知道了这一点。他在无声乔伊号的战术全息图上看到了成群的海盗飞船，至少有五十个目标信号排列成三层防御阵列，包裹住了塔兰姆。

    凯丽-087 走过弗雷德身后的舱门，吹了一声口哨，在蓝队的团队保密频道中说道："嘿，那些狂热分子在等着我们呢。"

    "你这样认为？"琳达-058 问道，她最后一个走进战情室，"这很糟糕，非常糟糕。"

    弗雷德什么都没有说。是他促请奥斯曼少将让雪貂队继续执行任务，哪怕战舰 AI——信波推测同一自由捍卫阵线已经察觉到了军情局的渗透企图。但他没有预料到会有一整支舰队等待着无声乔伊号。

弗雷德率先来到战术全息图前面。奥斯曼少将去处理其他事情了,并不在无声乔伊号上。所以他向这里的最高级军官——艾文舰长敬了个礼。

"你召集我们,长官?"

"是的。"艾文向弗雷德还礼,然后示意弗雷德和蓝队其他队员都站到全息图前,"像你们见到的这样,我们有麻烦了。"

"我管这些叫绊脚石,"弗雷德说,"我们可以绕过这些绊脚石——只要速度足够快。"

一丝微笑闪过艾文的长脸,但是当他说话的时候,他的语气相当严厉:"我欣赏你的热情,中尉,但我叫你来不是为了让你进行一番鼓舞士气的演讲。你们的任务改变了。实际上,它可能已经取消了。"

弗雷德转过脸盯着艾文。在被舰长召唤到战情室之前,蓝队已经登上鸦战机,准备登陆了,所以他现在全身装备雷神锤盔甲,完全没有心情取消任务。

"长官,如果这是一个玩笑,那么你应该注意一下场合。"

艾文的脸一下子红了。他将手臂伸进全息图,穿透了敌人的防御阵型,手指几乎戳在代表塔兰姆的黄色圆球上。

"你觉得这像是玩笑吗,中尉?"

"这看起来不像是取消任务的理由。"弗雷德说,"如果这件事这么简单的话,你根本就不需要斯巴达。"

凯丽的声音在弗雷德的头盔中响起:"你误会他了,弗雷德。同一自由捍卫阵线并不只是做好准备那么简单……他们在等我们上钩。"

"是的,说得很准确,"琳达也通过团队频道说,"他们知道我们要来。"

在凯丽和琳达劝说弗雷德的同时,艾文继续他的公开训话。

"感谢你的提醒,"舰长没好气地说道,"我猜,如果没有你的教导,我甚至不知道斯巴达到底是什么。"

"你显然惹怒了你的上司,"达蒙说道,它同时还在斯巴达团队频道中分享了自己的观察结果,"协议表明你应该道歉。"

"是的,"琳达说,"你是应该道歉。"

"你们两个放轻松些,"弗雷德嘶声说道,"我知道了。"

艾文皱起眉头问道:"知道了什么,斯巴达?"

"知道了你的想法,长官。"弗雷德立刻说道,"我是说,我明白你的担忧。你认为雪貂已经被捕,在刑讯中放弃了援救计划。"

艾文的面色和缓下来。"情况要比这个更复杂。"他朝全息图对面的安琪·荷尔什——无声乔伊号的高级情报分析官点点头,然后说道,"开始播放吧。"

"是,长官,"这位身材娇小的黑发女性点了一下小臂上的数据终端,"马上就好。"

"播放什么?"弗雷德问。

荷尔什一边点击数据终端一边说:"我们脱离跃迁空间的同时,信波就获取了阿什-G099放置在失窃信仰号上的间谍虫收集到的一切情报。"

弗雷德有一种惴惴不安的感觉:"他们吸入毒气了?"

"没有。"荷尔什回答,"正如同你预料的那样,雪貂队觉察到了毒气攻击,控制了失窃信仰号。但在降落到塔兰姆的过程中,那艘船被同一自由捍卫阵线的军队控制了。"

荷尔什最后点了一下数据终端，一个陌生的女性声音从舱顶的扩音器中传出来。

"只要把武器编码给我就好。"说话女人的声音干涩而又凶狠，"其他事情我们会处理。"

"那我们又能得到什么？"这个声音属于薇塔·洛皮斯，她听起来同以往一样平静而高傲，"失窃信仰号会安全地离开这个星系？"

"不要自以为是了。"那个女性同一自由卫士回答，"即使我能够将这些核弹献给主教，我也会清楚地向他表明，对于放走你们这些知道救赎基地位置的人，我该有的看法。"

"那么你的条件是什么？"问出这句话的是马克-G313。

"你们的命。"女性同一自由卫士回答，"当然，除非我认为你们是军情局的人。如果真是这样，卡斯托会用双手把武器编码从你们的脑子里剥出来。"

录音停止了。荷尔什说："我们拦截到的信号并非都这样清楚。但我们从他们早先的交谈中得知，洛皮斯探员宣称船上的浩劫核弹已经被卖给放逐者了。她还声称，除非她的团队能够顺利交货，否则就会有一支放逐者舰队前来寻找他们的货物。"

弗雷德冲全息图一摆手："那么这堆东西就不是给我们准备的，而是为了放逐者。"

"这是我们当前的推测，"艾文舰长回答，"我们认为洛皮斯在试图掩饰他们的真实身份和目的，以便登陆塔兰姆。"

"有道理，"弗雷德说，"如果同一自由捍卫阵线以为放逐者即将大举杀来，他们肯定会审讯给他们带来这股祸患的人。"

艾文点头表示同意："洛皮斯想在极端恶劣的环境中争取到最

有利的情况。"

"那么我看不出为什么你要延迟我们的行动，"弗雷德说，"至今为止，我们所知道的一切都表明雪貂还活着。"

"这不是唯一决定我们行动的要素，"艾文的语气再次变得严厉，"这一点你很清楚。"

弗雷德身后响起一阵轻微的"咔嗒"声，凯丽和琳达故意弄出声响，以表达她们的不满。弗雷德向甲板伸出三根手指，示意她们保持冷静。蓝队队长很清楚，艾文舰长是对的。和一切秘密特工一样，雪貂是可以被放弃的。如果他们陷得太深……不管怎样，无声乔伊号不是救援船，蓝队也不是救援部队。

"你说得没有错。"弗雷德说，"但薇塔·洛皮斯是我认识的最顽固的女人，她还有三名斯巴达 III 型战士。只要雪貂还活着，他们就还在执行任务。"

"我同意，"艾文说，"我也希望如此。"

"那么到底是什么让你想要撤退？"

"信波有什么反应？"艾文回过头，越过全息图向安琪·荷尔什问道，"有什么新情报吗？"

情报官摇摇头："恐怕没有，长官。"

"那么就继续吧。"

荷尔什再次点击数据终端。"这是 2020 号微爆信号，在你们的鸮战机准备启动之前刚刚收到。"她按下一个键，同时说道，"这是从鬼面兽语翻译过来的。"

一个低沉沙哑的声音从众人头顶的扬声器中传出来："毒气把他们都杀死了？没有一个幸存者？"

"没有，主教，"另一个声音回答道，"我们搜查了整艘飞船。

找到的活物只有这些小虫子。"

"小虫子?"那个主教说,"让我看看。"

录音在一阵爆裂音中终止了。

"我们怀疑那些'小虫子'是我们的间谍虫。"荷尔什说,"下一个微爆信号中的几段信息也是这样突然结束的。"

"就是说,同一自由捍卫阵线知道我们在窃听。"弗雷德又转向艾文舰长,"如果这就是你担心的……"

"这不是,"艾文打断了他,"之前一些微爆信号中的信息里充满了喘息和呻吟声。在那之前的五个小时,我们收到过同样的信息——那是在雪貂将要被押送登陆之后大约两分钟。"

"所以你认为……什么?"弗雷德问,"雪貂们为了避免受审而自杀了?"

"我不知道该怎么想,"艾文承认,"但很明显,那艘船上发生了一些很糟糕的事情。现在那艘船已经停泊在他们的基地里,连续五个小时充满了毒气。"

"没有任何真正的迹象表明雪貂被杀了。"

"也没有迹象表明他们还活着。"艾文反驳道。他停顿一下,又说道:"实际上我们已经没有再得到任何新的信号了。"

"这不意味着他们死了,长官。"凯丽站到弗雷德身侧说道。她的声音很平静,面孔也隐藏在雷神锤动力盔甲的半球形面甲后面,但弗雷德能够从她的姿态中看出来,这个女孩已经对艾文的谨小慎微失去耐心了。

凯丽说出"长官"这个词的时候,嘲讽的语气让艾文的目光闪烁了一下,但当舰长开口的时候,他的语气依然稳定如常。

"你误会了,斯巴达。我们不知道雪貂是否完成了任务,我们没有理由相信他们找到了图瓦上将的家人。"

凯丽收起肩膀:"我明白,长官,但……"

艾文抬手拦住了她,同时开口说道:"但我们的确知道,同一自由捍卫阵线最重要的主教之一正在那个基地里。实际上,就我们所知,七分钟以前,他登上了失窃信仰号。你明白我的意思了吗?"

"我很抱歉,"达蒙通过耳机对弗雷德说,"我知道你有多么喜欢洛皮斯调查员和她的雪貂。"

弗雷德不需要听这个 AI 的解释。他们有两个任务——援救图瓦上将的家人和为遇害的上将复仇。无声乔伊号上携带着足量的湿婆核导弹,这种导弹专门被用于轰炸地面目标,也是完成这次任务的有效手段。

"你们要轰炸救赎基地。"弗雷德说。

"我倾向于如此,"艾文回答,"但我从没有干过这样的事。所以我想要听听有类似经验的人的看法。"

"我相信,我们已经清楚地表明了观点,"琳达站到弗雷德和凯丽之间,"我希望你会认真考虑我们的观点。"

"如果我不愿意倾听你们的建议,我就不会叫你们来了。"艾文说道,他转向战术全息图,沉默了许久之后才再次开口,"但你们知道我们做事的方式。雪貂登陆已经有五个小时,我们的一切情报都表明他们的任务失败了。我不能用一百二十人的生命冒险。他们目前的生存概率实在是太小了。该死的,就算我知道他们还活着,也不能这样冒险。"

"我明白你的职责,"弗雷德瞥了一眼凯丽和琳达,用手势示意她们做好准备,然后又补了一句,"我们全都明白。"

艾文的脸上没有了血色。"谢谢你，非常感激你们能理解。"舰长转向站在自己身边的执行军官，"准备发射全部的湿婆导弹。"

"是，长官。"执行军官按下头戴式对讲机上的一个按钮，然后说道，"导弹室，准备发射全部湿婆导弹，准备接受目标数据。"

弗雷德一直等到执行军官完成第一步发射程序，才冲着艾文的后背说道："舰长，我知道你像我一样希望能够继续这个任务。"

"当然。"艾文转过身说，"我是一名军官，不是冷血的怪物。"

"你有考虑过呼叫他们的团队频道吗？"

艾文睁大了眼睛："这是一艘隐身战舰，中尉。"

"我知道。"弗雷德说。潜巡舰在执行任务时通常都会避免发出任何信号。一点点微弱的电磁辐射在敌人的雷达上都如同一座发光的灯塔，"但既然你已经要发射湿婆了，进行一下呼叫又有什么损失？反正我们在发射之后立刻就会撤离。"

"不一定。我们还会停留足够长的时间，以确认攻击成功。"艾文沉默了片刻，然后透过战术全息图看向安琪·荷尔什，"少尉，信波有什么想法？"

荷尔什咽了一口唾沫才回答道："我们只需要发射一毫秒的信号，长官。但我们和目标之间的敌船太多了，一定会有人听到呼叫的。"

艾文点点头，然后问出了一句让弗雷德着实感到惊讶的话："但敌人能够找到我们吗？"

不等荷尔什回答，执行军官的声音已经再次响起："湿婆目标校准，二十秒内完成发射准备。"

"谢谢，"艾文说道，"在第一发和第二发之间留五秒钟间隔。最后四发之间留出随机时间间隔，至少一共两分钟。"

执行军官确认并重复了命令，艾文转向荷尔什。

"少尉，同一自由捍卫阵线能找到我们吗？"

"他们可以，"荷尔什说，"每一艘听到我们呼叫的飞船都会得到一个我们的矢量指向。只要有三个这样的矢量指向，他们就能定位我们的坐标。"

"这需要多长时间？"

"UNSC 舰队大约需要五秒钟，"荷尔什说，"但 UNSC 系统是自动共享信波的。至于同一自由捍卫阵线……就很难确定了。"

执行军官报告说："湿婆已待命，等待您的发射命令，舰长。"

"谢谢，XO。暂时保持现状。"然后艾文又转向弗雷德，"你明白，我们不是在进行援救，对不对？即使雪貂有了回应，蓝队也不会出动，除非任务在顺利进行。"

"明白，"弗雷德说，"这也是我的想法。"

艾文盯着蓝队队长片刻才说道："我是否需要提醒你，向上级说谎是违反统一军事司法条例的？"

"抱歉，长官，我不会让这种事再次发生了。"

"你最好不要。我正在因为你的建议而让我的战舰冒险。"艾文看向荷尔什，点点头，"呼叫雪貂团队频道，少尉，确保他们知道我们来了。"

荷尔什的手指已经按在她的数据终端上了。"现在执行，长官。"

五秒钟的沉默之后，奥利维娅–G291 的声音从舱顶扬声器中传了出来。

"局势暗淡不明，团队已经潜入救赎基地。这是先行者位于卫星塔兰姆上的一处遗迹。敌人占领失窃信仰号，缴获了浩劫饵弹。阿什－G099受命吸引同一自由捍卫阵线的追击，现已失踪超过五个小时。洛皮斯和马克－G313负责寻找任务目标，也已失踪超过五小时。"

弗雷德向艾文瞥了一眼，发现舰长绷紧了面颊上的肌肉，目光死死盯在自己的靴子上。看样子这位船长很可能和弗雷德想着同一件事——任务的确出了大问题，奥利维娅就要承受六枚湿婆的威力了。

片刻的停顿之后，奥利维娅继续说道："正在从被俘的蕉鹃飞船上发出呼叫信号，没有身份识别和应答编码，船上装备智慧AI阿姬耶，不予合作，其所属……"

没有爆裂声、刮擦声和尖叫声，奥利维娅的声音突然就结束了，只剩下一段不祥的静默。

荷尔什又点击了一下数据终端，然后说道："联络中断了。"

"因为什么中断的？"艾文问道。

荷尔什继续审视自己的数据终端说："我猜是因为蕉鹃的AI。没有发现背景震撼和信号脉冲，所以我不认为这是爆炸或者器材故障导致的。"

"这就是为什么奥利维娅要刻意提到AI不合作，"凯丽说，"她早就知道AI会中断她的呼叫。"

"我认为这不是她要告诉我们的全部，"琳达说，"为什么她要提醒我们塔兰姆是一个卫星？"

艾文皱起眉头问："你有什么见解，斯巴达？"

"那位士兵不会在进行军情报告时说废话。"

"为什么她会说局势暗淡不明?"凯丽问,"到底是什么暗淡不明?"

"暗月,"达蒙说道,"斯巴达 G-291 使用的是冗余编码。她有百分之八十三点三的概率是在试图告诉我们,暗月集团与此有关。"

弗雷德考虑了一下 AI 的建议。对于暗月集团,他只知道他们不害怕和军情局周旋——这说明他们或者很愚蠢,或者完全不害怕军情局,或者两者兼具。但这不能说明他们就是恐怖分子,他们不会只是为了激怒军情局就刺杀 UNSC 上将并绑架其家人,他们也不会与同一自由捍卫阵线沆瀣一气,除非与他们的利益直接相关。

片刻之后,弗雷德高声说道:"达蒙认为奥利维娅是想要告诉我们,暗月正在幕后操纵这一切。"

"我没有说幕后操纵,"达蒙说,"我只是说与此有关。"

弗雷德没有理会 AI,而是向艾文问道:"你知道暗月的情况,对不对?"

"'无联络,无接触',"艾文引用的是 UNSC 的黑名单说明,"我读过舰队频道公告,中尉。"

"所以我相信你能够明白,"弗雷德说,"雪貂在接受训练的时候就和暗月有过纠葛,现在莉莉更是用冗余编码告诉我们,暗月和这一切有关。"

"怎样有关?"

弗雷德犹豫了一下。他提醒自己,无论自己多么喜欢薇塔·洛皮斯,诚实才是他的职责所在。终于,他说道:"这很难确定。但如果她能确定暗月要为图瓦一家的灾难直接负责,她应该会想办法让我们知道。"

"那样她就不会说 AI '不合作',"琳达说道,"她会说 AI '有敌意'。"

艾文将目光移开片刻,然后说道:"好吧,对于斯巴达,你们了解得比我更多,那么,我们可以在制订计划的时候加入这个假设吗?"

就在舰长说话的时候,战术全息图开始在无声乔伊号的方向上出现警示信号。荷尔什说:"舰长,敌方舰队已经三角定位到我了我们。我们需要重新定位。"

"湿婆制导系统也需要载入新的导航数据,"执行军官说,"如果我们要发动攻击,建议马上进行第一和第二次发射。"

"否决。"艾文说道,"让全部湿婆待命。我们依照原计划进行初始任务。"

"依照原计划?"荷尔什显然是大吃一惊,"但,长官……他们知道我们的位置了。"

"无声乔伊号是一艘身负任务的隐形战舰。"艾文转向弗雷德,"让蓝队返回鹞战机,等待命令。"

弗雷德欣然服从,同时难免有些惊讶。依照保守方案,艾文舰长应该命令奥利维娅随行规避,并发射湿婆。

"我们要出动了?"

"确认无疑。如果暗月与此有关,我们需要知道原因及具体情况。"艾文舰长说道,"我给蓝队任务加上了第三个目标:回收蕉鹃飞船。"

"很好,长官,"弗雷德应声道,"那么洛皮斯和其他失踪的雪貂小队成员呢？"

艾文微微一笑："反正你们都要去塔兰姆，确认一下他们的情况也并无大碍。"

第十一章

（人类军事历）2553 年 12 月 13 日 15:09
救赎基地
夏普思星系，匹多林行星系统，卫星塔兰姆

阿什 –G099 站在这片突然冒出的湖水旁，在湖对面，同一自由捍卫阵线的攻击舰船正一艘接一艘地消失。一秒钟之前，一架被走私来的撒拉弗或者被俘的长剑还停泊在蓝绿色的水面上，波浪轻柔地拍打支撑它们的柱基，下一秒钟，它们就消失不见了。

很难说这些战船是起飞了还是沉没了。它们总是在阿什看其他地方的时候消失不见，阿什一转回头，就再也看不见它们的任何痕迹了。空气中没有半点残留的光尘，湖面也看不到任何旋涡或压力造成的波浪，仿佛那些飞行器根本不曾存在过。

阿什有理由怀疑是自己的安抚药剂失去了效果，让他开始产生幻觉，但他知道，这里是先行者废墟。所以他只是告诫自己冷静观察，适应这些奇异的景象。先行者的量子技术超越了他接受训练时学习到的东西上百个等级，如果他强行要用自己对于时间和空间的概念来理解眼前见到的景象，他只会让自己感到混乱和沮丧。

一阵轻微的窸窣声在他身后的分岔走廊中响起——这声音意味着追杀他的人正在沿着两条走廊向他逼近。阿什没有急于移动位置。此时他正跪在一个高出地面的悬崖洞口后面的洞厅里，继续眺望湖面。他目力所及之处看不见一个人影，奥利维娅和同一自由捍卫阵线的地勤人员都消失了，只有那片不断翻卷的水波给他的内心带来一种深深的沉静……和归属感。他觉得整个宇宙都在自己的心中跳动。他看到自己的思绪从一颗星星闪烁到另一颗星星。当他吸气的时候，宇宙又将他的肺部充满。他想要永远留在这座先行者的洞穴中，和无所不在的世间万物融为一体，沐浴在它们永恒无尽的和谐韵律中。

但他的团队需要他将敌人引开。

阿什转眼看向那艘蕉鹃，寻找奥利维娅和其他雪貂队员已经登船的迹象。这片湖水似乎会阻止生命体观察它本身。至少阿什从自己所在的洞口附近望过去的时候，只能寻找队友存在的间接迹象。

没有发现任何迹象，他认为这是一件好事。雪貂队员都经过严格训练，如果不是出于有意，就不会留下任何痕迹。所以如果有什么他能看见的，那也只会是麻烦。

失窃信仰号的状况更加令人担忧。根据他从一名死去的同一自由卫士身上缴获的精密计时器显示，雪貂们离开那艘豺狼星舟后只过了一刻钟，但那艘星舟已经被高大的脚手架团团包围了。

阿什本以为这些脚手架要花费两倍的时间才能竖立起来。片刻之前，一个看上去像是缺口的黑色方洞出现在船壳上靠近餐厅的位置上。他们本来预计这艘船要用两个多小时才会被切割开的。

现在肯定没有过去一个小时，感觉上才不过十五分钟。

阿什站起身，转向通往洞厅深处那两条分岔走廊的拱门，同时发出一点喉音，激活缝在衣领里的拾音器。自从进入这个洞穴系统之后，他已经将这件事重复过许多次，这一次的结果也是一样。

没有回应。

走廊中的"窸窣"声安静下来。一个鬼面兽的声音在拱门内几米远的地方响起："你真是个大胆又优秀的战士，无信仰之人。"声音背景中的静电噪声说明鬼面兽正在透过一个翻译碟片说话："杀死你是一件令人伤心的事。"

"不必担心，"阿什说，"你做不到的。"

鬼面兽笑了两声："如果你现在投降，我就不会这么做了。"

"投降？"阿什端起武器指向洞口——一杆刺钉步枪和一把离子手枪。"没门。"

"我给你时间考虑，"鬼面兽说，"这里已经有太多人被杀了。"

"你肯定会这么想。"

阿什的腔调中透着嘲讽的意味，不过这也是他真实的想法。至今为止，他已经干掉八个敌人了——其中三个是鬼面兽——在这里，他每一次杀人都会感到一阵锥心之痛，仿佛他是在伤害自己。这是他以前从未有过的感觉，他怀疑这和他进入这片先行者的洞穴系统之后体验到的安宁与万物一体的感觉有关。

片刻之后，那个鬼面兽又说道："你夺走的生命已经是一种沉重的代价了,我向你承诺——我们不会报复。"

"但会囚禁我。"

"囚禁不是死亡,"鬼面兽说,"你将得到一个能够俯瞰超凡之湖的牢房,还有很多时间可以在朝圣之旅中思考。"

"超凡"果然是这个湖泊恰当的名字,阿什觉得用自己的一生时间看着它也没什么不好。

但他还有任务要完成。"你是说,我能够得到精神的自由。"

"这不是最伟大的自由吗?"鬼面兽停顿一下,又说道,"这是我最后一次向你提出这个条件,无信仰之人,我希望你接受。"

"你似乎非常关心我的福祉。"

"在这个地方,我们全部归于一体,"鬼面兽说道,"我知道你也能感觉到。"

"我的确感觉到了一些东西。"阿什表示同意。这个鬼面兽看起来很想和他多聊几句话,阿什也打算收集一些情报,于是他继续问道:"这是什么地方?先行者的监狱,还是别的什么?"

鬼面兽发出一阵粗嘎的笑声:"是别的什么。同一自由卫士认为这是一座修道院。"

这就有道理了。阿什能够想象先行者僧侣跪倒在各自的洞穴小屋中,什么都不做,只是凝视那片水面,沉思自己在宇宙中的位置。只看了那片湖水几分钟,阿什的心中就有了一种辽阔宏远的平和感。他完全能够理解为什么有人会选择在这里度过数十年的光阴。

片刻之后,鬼面兽说:"那么,现在你可以放下武器了,无信仰之人。你一定明白,你被包围了。"

阿什回头瞥了一眼湖面。洞口处看上去空无一物。但在先行者的建筑中，表象往往具有欺骗性。如果阿什尝试从这个洞口逃出去，他很可能会撞上一道无形的屏障，或者是硬光墙壁。而且这肯定不是他的最佳选择。逃跑经常意味着会从背后挨上一枪。

"或者交出武器，或者死。"鬼面兽说，"我现在过来了。"

"你在走向自己的末日。"

鬼面兽重重地叹了一口气。在拱门两侧的影子中各出现了一只同一自由卫士的手。右边的手应该是那个鬼面兽的，手中握着一枚长钉榴弹——一种棍棒形状的武器，细看就像是一把生满尖刺的擒捕挠钩。左边的是一支豺狼的细长手臂，手中握着一颗带有网状沟槽的圆球——UNSC 制 M9 破片榴弹。

阿什已经冲到洞厅中部，手中的两件武器同时开火。鬼面兽粗大的手腕消失在一团血雾和耀眼的离子火焰中；长钉榴弹朝地面落下。

但就在这时，豺狼的手张开了，破片榴弹飞过了拱门。阿什掷出离子手枪，将榴弹撞回到走廊里，自己则扑进了身边的一个角落里。

一阵高温气浪从他的身后吹过。他以为自己躲过了最严重的冲击……直到一股意料之外的反弹气浪把他压在洞壁上。他肺里的空气一下子被挤光了。一阵剧痛在他的胸膛中蔓延开来，不过这完全无法和他心中的痛楚相比——追杀他的人被他们自己的武器杀死了，而沉重的失落感却是属于他的。

阿什踉跄着从他躲藏的角落中走出来，数十个尖钉和碎片散落在洞厅里，有些还在发出红热的光亮，其中有不少是撞在洞口的能量障壁或者硬光墙壁上反弹回来的——具体封住洞口的是什么，阿什还无从判断，将阿什压在洞壁上的那股气浪也是被封住洞口的东西挡回来的。阿什没有预料到这一点,但他总算完整无缺地度过了这场危机。

也不算百分之百的完整无缺。

他没能捂住自己的耳朵。所以现在他唯一能听到的只有震耳欲聋的巨大轰鸣。胸部的疼痛也许是因为空气突然被挤压出肺叶;但也有可能是因为有肋骨断了——甚至可能有肺叶被断骨刺穿。

这没有关系。如果他要利用这次爆炸带来的机会,就必须迅速行动。而且三连对他的身体施加的生存强化效果使得他无论受多重的伤,都不会失去行动能力。

阿什捡起地上的离子手枪,双手各持一件武器,指住不同的方向。这条通道也被充满了整个洞穴系统的琥珀色光芒照亮,但空气中仍然弥漫着榴弹产生的灰色浓烟。

拱门后面五米范围内全都是残破不全的尸体。但在八米以外,一个消瘦的豺狼身影正努力想从地上爬起来。阿什用离子手枪朝那个影子的脑袋连续开了三枪,然后转向另一边。

两个高大模糊的影子挡住了前方的走廊。他们都摇摇晃晃的,显然受到了榴弹爆炸的震撼,但他们都保持着足够的机警,举起了角斗士手枪。阿什的速度更快。他的枪口中射出一连串长钉,打倒了两个没能来得及开火的鬼面兽。死亡撕扯着阿什的心灵,但他现在没有时间担心这种事了。他花了一点时间搜检敌人的尸体,收集武器,然后跑进走廊,冲下一条坡道。

当阿什到达地面一层的时候,他的呼吸已经完全恢复,刚才耳朵里的巨响也削弱成稳定的耳鸣。但他胸口的疼痛没有消失——他的每一次呼吸都会让一阵电流般的痛楚穿透全身。

这没有关系。对于三连的斯巴达 III 型战士来说，疼痛就是燃料，这只会让他们力量更强，跑得更快。

阿什在一处地面洞口前停顿片刻，审视着蕉鹃和失窃信仰号。两艘飞船看上去没有任何改变，至少在四百米以外的他看不出任何变化。

阿什相信马克和洛皮斯现在一定已经完成了任务，与奥利维娅会合了。他来到湖面上，开始向蕉鹃飞船跑去。

刚跑出几步，湖水的波澜就消失了，阿什开始希望自己手上有比刺钉步枪射程更远的武器。失窃信仰号周围聚满了小人影。船壳上那个黑色的方形缺口前人群最为密集。阿什单膝跪倒，发出一点喉音，再次激活衣领里的拾音器。

这一次，他听到了回应："阿什？"

"还能有谁？"阿什畅快地说道。他们在团队频道里，哪怕同一自由捍卫阵线截获了他们的通信内容，也不可能破译信号内容，"你在蕉鹃上吗？"

"是的，"奥利维娅说，"你肯定无法相信，这艘船是谁的。"

"我很想知道答案，"阿什说，"但现在最重要的事情是撤离。你可以在半路上把我捞起来。"

"不行，"奥利维娅说，"还不行。"

"出什么状况了？"

"调查员和马克。他们还没回来。"

"收到。"阿什告诉自己不要担心。他们分开不过十五分钟，即使是马克和洛皮斯也需要一段时间才能找到图瓦一家。"我去找他们，到时候你可以把我们一起装上船。"

"收到，"奥利维娅说，"但不要冒险，援军就要到了。"

"如果你指的是蓝队，"阿什说，"我可看不出为什么还要等他们。失窃信仰号那里聚集了一大帮同一自由卫士。看样子，他们正在等待命令。"

"不必担心，"奥利维娅说，"我盯着他们呢。"

阿什犹豫了一下。他不知道奥利维娅打算如何坚守蕉鹃飞船五个小时，他说道："你还对我说不要冒险呢。"

"没关系，阿什，你这次快一点就行了。"奥利维娅停顿一下，也许是在压抑心中的火气，然后她问道，"说实话，你怎么用了这么长时间？"

"嗯，不知道啊，"阿什反驳道，"也许是因为要干掉十三个敌人吧。"

"为了这点事，你要用五个小时？"

"胡说，"阿什说道，"十五分钟多一点而已。"

"那么你剩下的时间在干什么？"

阿什想要狠狠地回上几句话，却又突然想起奥利维娅显然很有信心能够守住蕉鹃飞船，直到蓝队到达。

"莉莉，"他问道，"告诉我，你的老座钟指到几点了？"

"二十三点五分，怎么了？"

阿什看了一眼自己身上的精密计时器，开始明白自己在洞穴里看到的那些怪异景象了——同一自由捍卫阵线的舰船仿佛一眨眼就消失了，湖面上看不到有生命的物体在移动，就连团队频道的通信也被阻断了。

他站起身，开始向马克和洛皮斯走进去的那个洞口前进。他体内的每一根神经都在尖叫着，催促他跑起来，但这样做很可能会吸引失窃信仰号周围那些人的注意。如果他走过去，那么其他人就算是看见了他,可能也只会将他当作一名人类信徒。

他要试试自己的运气。

"阿什?"奥利维娅问道,"你……"

"还在。"阿什开始靠近目标洞口所在的悬崖,"但我回到洞里就没法和你联络了。洞里和洞外存在时间差异。"

"时间差异?"奥利维娅问,"像在奥星上一样?"

"我猜是,"阿什说,"这里甚至可能存在连续性扭曲。为了稳定住这里的大气层,这个地方使用了强大的人工重力,所以这种可能性肯定是存在的——尤其这里采用的又是先行者技术。"

奥利维娅的语气中开始流露出担忧:"阿什……也许我们应该等待蓝队到来。"

"不行,"阿什说,"这里的时间流逝更快,即使我只用五分钟就找到马克和洛皮斯,对于你来说可能也是几个小时。"

奥利维娅沉默了片刻,然后说道:"好吧,我会守在这里,将情况通知蓝队。"

"收到,"阿什说,"但如果情况有变……"

"我会等在这里,无论你们什么时候回来。"

第十二章

(人类军事历）2553 年 12 月 13 日 15:14
救赎基地
夏普思星系，匹多林行星系统，卫星塔兰姆

潮湿的痕迹蒸发掉了，但这并不能阻止薇塔和马克察觉到蕉鹃飞船的船员在他们之前就登上过通向监狱的螺旋形楼梯。这里还有其他许多痕迹能够给予他们提示——干涸的血渍、靴跟摩擦过台阶边缘的痕迹、一些还没有变成粉末的小泥块。

这些泥块是深红褐色的，与塔兰姆的黄色尘土完全不同。仍然有一颗侦探之心的薇塔收集了几颗泥块，将它们放进一只口袋里。在这个楼梯井的一角，她发现了一些靴印。它们分别属于四名人，其中一个也许是女性，另外三个肯定是身材健壮的男性。溅落在楼梯上的汗水和墙上的手印表明他们移动速度很快，而且是负重行进，所以不时需要用手支撑身体。稳定的步伐则显示出他们组织良好，身体强壮——这些都是军人的特征。

现在不明确的地方就是他们的身份。同一自由捍卫阵线的卫兵都被杀死了，表明这支部队的目的是攻击塔兰姆监狱。而这个时间点意味着他们的目的可能和雪貂一样：救出图瓦上将的家人。

最让薇塔感兴趣的还是停泊在外面的那艘蕉鹃，这艘极为罕见而且还处于测试阶段的侦察飞船的出现显示出某种与 UNSC 的联系——这肯定不是胡乱猜测。也许有一位愤怒的 UNSC 指挥官不曾通知军情局就派出了自己的队伍，或者军情局安排了第二支队伍来完成这个任务，以增加行动成功的可能性。

马克的手攥成拳头，示意薇塔停步。薇塔也在这时听到他们上方的楼梯传来轻微的拍击声，这个声音太小了，薇塔用了一点儿时间才认出那是人类的脚步声，因为声音既快又轻。

马克示意向下走，他们悄无声息地退回到第二层，快步走进第二层的走廊，经过了十几个被闪光能量栅栏封住的牢房。

每经过一间牢房，薇塔都能够看见里面关押着一名俘虏，或者盘腿坐在地上，或者靠在墙边。所有人都凝视着崖壁外那片巨大的蓝绿色水面。这些俘虏中有两名向斐力和四名人类。每个人都被肮脏的绷带缠裹住没有了手指的左手。尽管身受重伤，他们却全都显得无比安宁，完全沉浸在自己的思绪中，仿佛全部的注意力都到了湖水彼岸的远方。当薇塔和马克跑过的时候，没人做出任何反应，也许是因为这些被能量栅栏封住的牢房是隔音的，而且只能从外面看到里面。一座监狱会有这种安排是理所当然的。

两个雪貂在走廊转角处躲好，探头向楼梯窥望。他们看到四个人类——三个男人和一个女人沿着楼梯跑了下来。

第一眼看过去，那些人类像是典型的前身为海盗的同一自由卫士，蓬乱的长发，破旧的长外衣，外面罩着过度磨损的护甲，赤裸的手臂上缠绕着"天国公路"字样的刺青——这是人类同一自由卫士很喜欢的标记，但他们都穿着顶级战斗靴，轻盈矫健的步伐更是特种士兵才拥有的特征。他们的武器也全都是UNSC制式——无声M7S冲锋枪、无声M6C/SOCOM手枪，以及无声BR85作战步枪。

这一切都再一次让薇塔想到了自己关于"第二援救梯队"的推测，只是图瓦一家没有和他们在一起。实际上，薇塔已经开始怀疑这支部队的任务是送来某样东西，而不是营救图瓦一家。除了武器以外，他们身上只能看到三只半空的帆布背包，看上去不会超过十来公斤。尽管他们在经过第二层的时候都小心地将手中的武器指向走廊，但对于这一层也不过是警戒性地瞥了一眼，完全没有显露出搜索俘虏的兴致。也许他们已经检查过这一层了，但一支没完成任务的队伍肯定不会这么急于离开。

马克显然得出了同样的观察结论。那支队伍跑过以后，他朝楼梯指了指，然后拍拍自己的额头，表示由他来带头进攻。

薇塔立刻摇摇头。现在攻击只会耽误他们寻找图瓦一家人，而且这支部队仍然有可能与UNSC有着某种她不知道的联系。

马克一皱眉头，用手指比了一个0，然后朝太空港的方向指了指，意思是他有些担心奥利维娅。尽管对方的数量是他们的两倍，但从背后消灭这一伙人相对还是容易的。而奥利维娅只有一个人，还被困在蕉鹃飞船里。如果这些家伙是敌人，那么奥利维娅就要进行一番苦战了。

做完手势之后，马克挑起眉毛，催促薇塔在机会丧失前赶快做决定。薇塔盯住前方的走廊摇摇头。她最不愿意发生的事情就是让她的雪貂身处险境，但马克对于伙伴有些过度保护的倾向，又有些急于杀戮——这可能会为整个团队招来危险。现在最好的办法就是坚持原计划，相信奥利维娅能够处理她那边的问题。毕竟，奥利维娅是斯巴达III型战士，拥有足够的战斗经验，处于防御状态的时候是不会轻易落入下风的。

回到楼梯旁，马克最后向脚步声逐渐消失的地方瞥了一眼。不过他服从薇塔的决定，跟随薇塔，处于殿后的位置。薇塔毫无困难地再次找到了自己追踪的痕迹，迅速跟随它走上监狱的第三层。

和第二层一样，这里的牢房全都被单向透明的能量栅栏封住，每间牢房里有一名俘虏。不过这些囚犯全部是人类，有着黑色的眼睛和色泽更黑的头发，其中许多人穿着高星风格的宽松轻薄的衣服。他们像下一层的俘虏一样左手没有了手指，但他们所受的酷刑还不止于此。他们的身上都能看见烧伤和瘀伤的痕迹，有几个人的肢体肿胀起来，很可能有骨折和关节错位的情况。尽管他们的目光都落在湖面上，但他们的表情更像是逆来顺受，而不是平静宁和。他们似乎只是看着水面，而不是沉浸在对远方的遐思中。

薇塔的心跳开始加速。这里有许多高星人的俘虏并不奇怪，阿洛·卡西耶在窃取高星总统宝座的过程中曾经利用并无情地背叛了同一自由捍卫阵线，同一自由捍卫阵线便对高星太空船进行了格外疯狂的劫掠，作为对那颗行星的报复。但薇塔没想到会看见这样的情景：高星俘虏显然在这里遭受了非人的折磨。难道让无辜者受难就能够惩罚卡西耶的背叛吗？

"看样子，那个卡斯托很喜欢复仇，"马克说道，"但这不是我们要管的事……至少现在不是。如果我们把这些人救出牢房，我们就绝不可能找到……"

"我清楚我们的任务是什么，"薇塔继续沿着走廊向前跑去，"继续前进，好吗？"

在五间牢房之后他们找到了图瓦一家人——至少薇塔认为他们是图瓦的家人。这些尸体的状况让它们变得很难辨识。

但尸体是三具没错，它们紧挨在一起，靠在一间牢房的同一侧，都穿着一身蓝色衣服，而且都已经僵硬了。其中那位女性面对着湖泊，两名男性面对着走廊。他们双眼内凹，面颊深陷，面色灰白，只有头发的颜色还没有改变——女性是黑色长发，年长的男性是褐色的花白头发，年轻男性的头发太短，无从分辨。他们下巴的轮廓符合薇塔见到的相片——精致而方正，他们的鼻子又长又直。虽然还不能百分之百确定，但薇塔相信自己的判断。

薇塔向这座牢房旁的控制面板看了一眼，发现上面有一个显示屏和三十六个超大号的按键，按键上全都是短粗的鬼面兽象形字母。她没有猜测开门密码，而是直接找到墙上的能量导线，朝上面的能量发生单元一指。

"我们需要把这个关掉。"

马克还在盯着那三具尸体。尸体的颅骨上都有手掌大小的凹陷，看样子是被锤子或者枪托砸出来的。死者肢体上的衣服被撕开，露出不再流血的伤口。最可怕的是，他们的躯干从锁骨到肚脐都被剖开，黏稠的内脏一直流淌到他们的大腿上。

"好了，马克，"薇塔说，"我需要检查现场。"

薇塔的声音仿佛将马克猛地拽了回来。马克靠近墙壁，一抬腿，踢飞了那个能量发生器。能量发生器连着导线，冒着银色的电火花掉落在地上，能量栅栏同时熄灭了。

薇塔示意马克守在走廊里，自己走进了牢房。她立刻就知道，这一幕恐怖景象是被有意制造出来的。墙上喷溅的血液还很新鲜，甚至还有血滴在向下滚落，但这种喷溅的图案很不正常。图瓦一家人承受的伤害会造成扇状喷血，让血迹遍布整个牢房。但薇塔见到的血迹又窄又直，仿佛是用刷子刷在墙上的。

牢房中的臭气也不正常，没有尿液和内脏的骚臭，这是刚刚发生凶杀案的地方少不了的。空气中反而有一种腐败的甜腻味道和防腐剂的辛辣气息。

薇塔跪倒在图瓦上将的丈夫——克巴西身边，开始对尸体进行简单的勘查。克巴西的尸体已经像木头一样硬，薇塔拽下他身上的衣服，查看他的皮肤。他身体正面的皮肤呈现出夹杂着铁青色的灰色，胸前的开口笔直平滑，如同进行了外科手术。下面的胸骨也被整齐地切开，也许用的是超声波骨刀。心、肺、肝、肾——除了肠子以外的内脏全都不见了。

薇塔将注意力转移到克巴西的四肢上。死者四肢上的伤口参差不齐，形态各异。薇塔老练的眼光很容易就能判断，这些伤口是格斗匕首之类的刀刃造成的。但这些伤口都没有发炎和流血，它们肯定是在受害者死后被制造出来的。

克巴西颅骨上的两处凹陷就不同了。其中一道半月形伤痕薇塔见过多次，知道它们是用枪托造成的。但另一道伤痕更接近于圆形，中心处还有一个正圆形的窟窿，直径大约相当于薇塔手掌的一半。薇塔将手指探进去，发觉里面什么都没有——这个人的脑子被取走了。

薇塔回过头看了一眼图瓦的儿子和女儿——于索和凯塔琳。

他们的情况也和父亲大致相同——体内大部分器官都遭到摘取，身上有许多死后才出现的伤口。看样子，破坏这三具尸体的目的应该是掩饰他们的器官被盗取的事实——或者至少是要将这场虐杀嫁祸给同一自由捍卫阵线。不过这种可能只是让薇塔有了更多问题，却没能得到多少答案。

薇塔痛恨回答问题。

薇塔将自己的战斗步枪担在臂弯里，抓住克巴西的衣领，把他拖向牢房出口。她本想将这具尸体横担在肩膀上，像在火海中救人的消防员那样，但克巴西已经僵硬了，没办法趴俯在她的肩头。而且她也不想对尸体造成更多破坏，这样会妨碍她找出图瓦一家被杀害的真相。

她进入走廊，马克正在监视着楼梯方向。薇塔说道："你是对的，我们应该干掉那支快递小队。"

"快递小队？"马克的目光落在克巴西的尸体上，又转向楼梯，"他们冲进同一自由捍卫阵线的监狱就是为了杀死图瓦一家人？"

薇塔摇摇头："严格来说不是这样，图瓦的家人死亡已经有一段时间了，大约在十二到三十六个小时之前。这支快递小队的任务是把尸体丢在这里。"

马克皱起眉头："陷害？"

"我猜这是他们任务的一部分。"

"另一部分呢？"

"这就是我们需要查清楚的了。"薇塔朝牢房里点点头，"你带上另外两具尸体。"

马克回头朝楼梯看了一眼，问道："我们不是应该去追那支快递小队吗?"

"没有蕉鹃,他们哪里也去不了,"薇塔说,"我们还需要这些尸体。它们能够告诉我们许多事情。"

第十三章

（人类军事历）2553 年 12 月 13 日 20:29
救赎基地，穆刀特星舟：失窃信仰号
夏普思星系，匹多林行星系统，信仰堡垒

在卡斯托脚边的甲板上，长方形的浩劫容器中没有热核炸弹，只有一部经过改造的跃迁信标。卡斯托的手中握着一只圆碟形微爆信号发射器，圆碟周围还有一片二十厘米直径的环形网状天线。这两样东西都是在几分钟前在失窃信仰号上找到的。卡斯托当然知道，这种东西不可能属于那些豺狼船员。最难以想象的事情发生了，无信仰之人将一部军情局追踪设备带进了救赎基地。

但卡斯托心中的悔恨更超过了愤怒。救赎基地是神使在四个月之前刚刚交给他的。那时，一只狭窄的先行者眼睛出现在真实之光号驾驶舱的全息通信中。神使用流水一般的声音说话，感谢卡斯托在高星战争中为了拯救她而付出的努力，并问卡斯托是否愿意继续侍奉她。当然，卡斯托毫不犹豫地承诺，只要召集到足够的信徒，就会从无信仰的 UNSC 那里将她营救出来。

但这并不是神使所希望的。她反而告诉卡斯托，要去找一个被她称为"冥思之地"的地方，将那里作为新的基地，开始一场海盗战，以重建军队。有时候，神使甚至还会将携带珍贵货物或者有富豪乘坐的飞船航线告诉卡斯托。因为神使的帮助，卡斯托很快就晋升成为首席主教，救赎基地也变成了所有同一自由捍卫阵线基地中最大，也是最重要的一个。

而现在，一伙粗心的豺狼走私贩子让神使的礼物处于危险之中。如果不是那些蠢货都已经死了，卡斯托一定会亲自杀死他们——还要让他们在死前因为犯下的错误而多吃一些苦头，但犯错的并非只有那些豺狼。救赎基地还有许多防范措施，如果这些手段都失效了，那就是地面上有人忽视了自己的责任。卡斯托向货舱坡道走去，基地的人类领航员正和卡斯托的副司令官——一名叫奥逊的鬼面兽站在那里。

奥逊和卡斯托一样，是一名经验丰富的武士，花白的头发显示出他数十年的战争经验。卡斯托有一张楔形脸，骨骼厚重，獠牙粗大，留着长长的灰色胡须；而奥逊的脸很长，就像一把凿子，额头上满是皱纹，两根细长的獠牙生在剃光了胡须的下巴上。卡斯托招招手，奥逊带着领航员走上坡道，进入了货舱。当他们踏上油腻的甲板时，那个人类的目光瞟向了摆放在一个舱壁凹室前的那一排浩劫核弹。核弹外壳全都被打开了，两名全身白衣，戴着保护面罩的人类技师正跪在最后一只箱子旁，用一根细长的棍子探测箱子里的情况。

除了核弹之外，这个货舱里东西并不多。发现了那些间谍虫，又因为毒气泄漏而损失了首批登船的众多信仰使者之后，卡斯托现在对陷阱格外警惕，命令所有不负责对失窃信仰号进行搜查的人都等待船外。

奥逊走过来，用一只手抓住领航员的脖颈，将他按倒在卡斯托面前。

"主教叫你来不是要你傻看着。"奥逊放开领航员的脖子，向卡斯托一指，"履行你的职责，贾维斯。"

贾维斯将拳头按在胸口上，仰起头看着卡斯托。这个人类有一张接近于方形的面孔，下巴上有一撮金色胡须，圆睁的双眼中充满了恐惧。

"您的召唤让我感到荣幸，主教，"他一边说，一边努力稳住身体，"我能如何为您效劳？"

卡斯托将微爆信号发射器杵到贾维斯的鼻子下面，问道："解释一下这个。"

贾维斯看着主教手中的圆碟，愣了一会儿才疑惑地问道："这是什么？"

"一个间谍信号器，"奥逊说，"它就藏在热交换过滤器后面。"

"我完全不知道。"贾维斯辩解道，"这是我第一次登上这艘飞船。"

"但你允许这艘船降落。"卡斯托说。

"因为那些核弹。"贾维斯连忙为自己辩护，"我认为它们值得冒一下险。"

"如果它们是真的，也许还值得冒险，"卡斯托说，"但它们实际上一钱不值。"

贾维斯咽了一口唾沫，又偷偷向那一排核弹瞟了一眼，"我听说，我们已经得到武器编码了。"

"是谁告诉你的？是科隆吗？"卡斯托质问道。听起来，贾维斯在浩劫核弹这件事中的参与程度要比他以为的更深。

贾维斯摇摇头："是色鲁菲。我想要确定核弹在我们的控制之下，所以我坚持让失窃信仰号在入港前接受技术审查。"

这是一个很有道理的回答，但回答本身也引出了更多问题。色鲁菲是随同科隆的突击队一起登上失窃信仰号的女性人类武器技师。她和科隆都死在了这艘船的登陆舱里，而且她的一侧面孔被打烂了。

"但色鲁菲认为那些核弹没有问题……"卡斯托看向那两个还在检查核弹的技师，命令道，"再和我说一遍那些无信仰之人做了什么手脚。"

"增压阱里充满的是氘。"一名资深技师回答道。她仍然蹲在箱子前，只是转回头对卡斯托说："这里应该是氚。没有合适的设备，这一点不可能被察觉，但没有氚，就不会有氘氚反应……"

"是的，我记起来了。"卡斯托举起手示意那名技师停下，然后转回头，发现贾维斯正盯着那十枚外壳被打开的浩劫核弹——其中一枚实际上是经过伪装的跃迁空间定位信标。卡斯托质问道："你知道你在看着什么吗？"

血色从贾维斯的脸上完全褪去，说明他很清楚答案。"我很小心，主教。所以我才会派科隆和他的警戒队先行登船……"

"你派他们去送死！"奥逊说道。他再一次抓住贾维斯的脖子，向下按去，直到这个人类痛苦地咧开了嘴。"而现在，他们的杀手已经溜进了救赎基地。"

"那些杀手是谁？"卡斯托问。

"我只知道色鲁菲告诉我的事情，"贾维斯的面孔因为奥逊的按压而变成了红色，"他们一共有四个人，是武装走私客，想要将一批核弹卖给放逐者。色鲁菲相信他们。"

"而你相信色鲁菲？"

"我相信什么并不重要，"贾维斯说，"他们当时已经在近地轨道上了，我们确认有跃迁空间信号从失窃信仰号上发出。当时看起来最明智的办法就是控制住浩劫核弹，向您报告情况。让这艘船着陆并不是我的决定。"

"不是你的决定？"卡斯托问道，"那么他们完全没有承诺过，如果你让他们离开，他们会保守救赎基地的秘密？"

"他们是不值得信任的，主教。他们是海盗。"

"我们也是。"卡斯托说，"这是否意味着我们缺乏荣誉感？"

"我们不……不一样，"贾维斯说，"我们是同一自由的仆人。"

卡斯托假装对这番话考虑了片刻，最终点点头："当然，你是对的，贾维斯。"他将一只手放在这个人类的肩头。卡斯托的手非常大，拇指甚至能触及贾维斯的腹部。"作为同一自由的仆人，你有没有贪图过为我们事业带来如此大量的热核武器会得到的丰厚奖赏？"

贾维斯将目光转向一旁："色鲁菲和我讨论过这种可能性，但如果我知道……"

"我明白了，"卡斯托眯起眼睛，"你还有什么没告诉我？"

贾维斯的眼睛里闪动着恐惧，卡斯托知道这个人类隐瞒了比他和色鲁菲私自合谋更加该死的事情。

不等卡斯托逼问，奥逊忽然用一根手指按住自己的耳机，警惕地咆哮道："主教……三分钟以前，信仰堡垒在近地轨道上侦测到一艘隐形战舰的信号。"

卡斯托心中一紧:"一艘潜巡舰?"

"很有可能,但现在还无法确定。"奥逊说,"荣耀舰队已经三角定位到那个信号的源头,正前往进行攻击。"

奥逊还想说些什么,但卡斯托将目光从他身上移开,以此示意要他稍作等待。当然,隐形飞船有许多个等级,但最让他担心的就是UNSC潜巡舰。那种隶属于联合国太空指挥部的战舰既有毁灭同一自由捍卫阵线的欲望,也有造成毁灭的手段。如果那艘隐形战舰真的是UNSC的,救赎基地就处于极大的危险中。

卡斯托不明白的是,为什么那艘隐形战舰会在发动攻击前宣示自己的存在。UNSC很少会进行这种有荣誉的战斗。

卡斯托再一次看着奥逊的眼睛说:"我对此感到困惑,这可能是敌人想要吸引我们的防御力量,让他们脱离岗位。让荣耀舰队恢复防御阵型。"

"这个决定很明智。"奥逊传达了命令,然后又谨慎地说道,"但我无法解释随后发生的事情。隐身战舰的信号得到了一段加密通信的回应。"

"回应信号是从哪里发出的?"

奥逊放开贾维斯的脖子,朝右舷方向一指。那里大概是救赎基地监狱所在的地方。

"从一间牢房里发出的?"卡斯托问。

奥逊摇摇头:"从它前面的那艘蕉鹏飞船里。回应信号一直在迅速改变频道,很像无信仰之人的军情局……"

奥逊还在说话,贾维斯突然双腿一软,倒在甲板上。他的这个动作让卡斯托和奥逊吃了一惊。不等两个鬼面兽有所反应,这个人类已经翻身跳起，向货舱门口的坡道蹿去。

卡斯托从喉咙深处发出一声咆哮。这种劣等种族的背叛行为从不会让他感到惊讶。他大吼一声："我要活的！"

两名鬼面兽信仰使者出现在坡道底端。他们全都装备着T-25刺钉步枪和全副同一信仰守护者动力盔甲。只是他们两个的出现就足以让贾维斯在坡道顶上停住脚步了。

"活的并不意味着必须完整无损，"卡斯托警告说，"要怎么做全看你们了。"

贾维斯的肩头低沉下去。他举起双手，慢慢从坡道前向后退去，最终转回了身。

"那艘蕉鹃飞船不是军情局的，"他说道，"我不会相信任何想把我们除掉的人，更不会收他们的钱。"

"你不会？"卡斯托向这个人类走过去，"那么人类，你又会要谁的钱？"

贾维斯的表情从恐惧变成了犹疑，他回答道："私人保安组织。他们只想将一个人质带回给他们的客户。"

卡斯托在贾维斯面前停住脚步，但并没有伸手去抓他。他担心自己在盛怒之下会将这个人类捏死，这样他就无法得到自己需要的情报了。

"我知道你听说了那个无信仰之人的上将遭到了刺杀。"卡斯托说道。他的间谍在到达韦内西亚星之后就向他发出了确认报告，是他亲自将这个消息告知信徒们的。"她的家人也被掳走了。"

"当然，"贾维斯说，"我听到了公报，就像基地里的其他人一样。"

"那么你一定也听到了我关于UNSC的警报吧？"卡斯托问

道,"他们可能会将这件事归罪于同一自由捍卫阵线,并为此向我们复仇。"

"就像我说的,我听了公报。"

"但你却收了'私人保安组织'的钱?"卡斯托问道,"还帮助他们的一艘船溜进救赎基地?"

"那是许多钱,"贾维斯虚弱地说,"五百万信用币。"

"是谁给你的这笔钱?"

贾维斯仰起脖子,强迫自己看着卡斯托的眼睛。"如果我告诉你,"他问道,"我们能一起解决这个问题吗?我发誓,我没有造成任何破坏。"

卡斯托没有立刻回答,他在努力让自己平静下来。"如果你不告诉我,你知道我会怎么做。"他又停顿一下,看着贾维斯开始颤抖、出汗,才继续说道,"但如果你的回答真实详尽,也许我会考虑给你一些仁慈。"

"好吧……谢谢你。"贾维斯的语气中透出的更多是安心,而不是诚意,"我一直都准备将这笔钱的一半献给同一自由捍卫阵线。毕竟这已经远远超过我们能得到的赎金了。"

奥逊一巴掌扇到贾维斯的头侧,把他打倒在地。"无论你做什么都罪责难逃,或者回答问题,或者承受痛苦。"

"我不是想要逃避罪责——我只是说明我的想法。"贾维斯趴在地上,揉搓着自己的额角,然后他将注意力转向卡斯托。"实际上,我们的防御系统完全没办法侦测到他们。是他们主动进入了我的通信终端——正因为如此,我知道他们不可能是军情局。如果他们知道如何进入我的通信终端,那他们就已经知道救赎基地的位置了。该死的,他们也许正在轨道上盯着我们呢。"

"所以你决定私自和他们商谈,而不是警告我们?"奥逊质问道,"我真应该把你的两条腿拧断。"

"我们没有进行任何商谈,"贾维斯说,"他们提出的条件包括一个以我的名字开设的韦内西亚账号以及密码。那里已经有二十五万信用币了。"

"他们想要什么回报?"卡斯托问。

"那艘蕉鹃飞船的着陆授权,"贾维斯说,"他们只想找到他们的人,然后就离开。"

"那个人质是谁?"卡斯托又问。

"他们不说,"贾维斯回答,"因为监狱的事情我根本插不上手,所以我也没有问。"

"失窃信仰号呢?"卡斯托问,"他们也要求得到授权了吗?"

贾维斯摇摇头:"不,那完全是另一回事了。关于那艘船的情况,我都已经说了。"

卡斯托不确定这两起事件是否完全独立。许多同一自由卫士死在了失窃信仰号上,所以像贾维斯这样的下贱货色自然会竭力减小自己允许那艘飞船着陆的责任。

但即使是贾维斯说的都是实话,也没有理由相信那个神秘的"保安组织"会是诚实的。蕉鹃飞船的船员更有可能是一支军情局的援救队伍,而不是什么私人保安。现在卡斯托能够确定的只有他们在这里的监狱中不可能找到图瓦一家人——因为他根本就没有绑架任何人。

但同一自由捍卫阵线是否无辜根本就不重要。UNSC正在和他们进行一场战争,只要援救队离开信仰堡垒,救赎基地就会被那些无信者摧毁。

卡斯托转向奥逊，然后命令道："召回荣耀舰队，在我们上方只留下反导弹屏障。"

奥逊歪过头问道，"召回舰队？主教，我听得没有错吗？"

"没错，"卡斯托解释说，"舰队在这里作用更大。"如果是别人这样质疑他的命令，一定会遭受惩罚，或者落得更悲惨的下场，但卡斯托在高星战败并身受重伤的时候，是奥逊守在他身边，他才能活下来并重建同一自由捍卫阵线。所以他的副司令是他不可缺少的左右手，完全不需要接受那种无聊的惩罚。

奥逊的眼神依然保留着困惑和犹疑。

卡斯托朝排列在墙边的浩劫核弹指了指："无信仰之人的武器不可能是被偷出来的，否则它们就应该有真正的增压阱。"

奥逊警惕地张开了鼻翼，随后他转过身发布了召回舰队的命令。卡斯托逼近贾维斯，盯住这个人类的眼睛。

"你说的是实话吗？"他问道，"你有没有把一切都告诉我？"

"是的。"贾维斯的眼睛里闪烁着希望——或者也许只是急切的渴望，"我不知道他们是军情局的人。我怎么会知道？"

卡斯托紧紧地盯着他，问道："你怎么会不知道？"

他抓住贾维斯的头，左右甩动这个人类，直到贾维斯的脖子发出一阵清楚的断裂声。他将尸体扔过船舱，尸体砸中舱壁，又落到甲板上。卡斯托感觉这个人类的背叛其实并没有造成什么实质性的损害。很明显，在贾维斯给予那艘蕉鹏飞船着陆许可之前，敌人就已经盯上了救赎基地，也许他处死贾维斯更多是因为这个人类的背叛意图，而不是他造成的后果。

一个人的内心在朝圣之旅中才是最重要的。凡人不可能知道每一个行动的后果，所以他们的意图是否纯净是区分信徒和无信仰之人的标准。

卡斯托转向奥逊，他的副手尽管发布了命令，却仍然感到困惑。

"有什么东西在困扰你，"卡斯托说，"说出来吧。"

奥逊低下头说道："只是我自己的无知罢了。荣耀舰队被召回了。但舰长们都很不安……就像我一样。"

"因为我们没有做好战斗准备？"

"也许是。"奥逊说，"毫无疑问，我们之中有懦夫，但绝大多数还是真正的信徒，他们会战斗至最后一息。"

"这正是军情局想让我们做的，"卡斯托说，"他们希望在这个卫星的轨道上抓住我们的舰队，并将我们就地解决。"

奥逊的目光中仍然带着重重疑云。

"所以他们才会派出第二艘飞船，"卡斯托说，"他们希望放逐者进攻的威胁会将我们引入他们设好的圈套。"

"这个假设很有智慧，"奥逊说，"我完全没有看清这一点。"

这其实是一种表达疑虑的谨慎方式。

"这是唯一可能的解释，"卡斯托坚持说道，"如果军情局事先不知道我们的位置，他们怎么可能收买贾维斯？怎么可能知道要让那只蕉鹃飞到这里？"

"问题提得好，"奥逊回答道，"但我这里没有答案。"

副司令的脸上仍然带着怀疑的表情，比刚才更加谨慎。"但你还是没有被我说服，"卡斯托说，"告诉我为什么。"

"听从您的命令，"奥逊回答道，"我完全不知道无信仰之人的计划会是……这么复杂。这其中有太多变数，太容易出错了。"

卡斯托考虑了一下奥逊的话。他已经在太多场战争中指挥过太多战士,甚至不相信自己会出错——但他实在看不出有其他解释能够符合眼前的事实。

终于,他说道:"不过迄今为止,他们的计划中只出现了一个错误。我们不是绑架图瓦一家的人。"

"我知道,主教,"奥逊说,"这才是让我担心的地方。"

第十四章

（人类军事历）2553 年 12 月 13 日 20:32
UNSC 鸦级突入机——寂静利爪号
夏普思星系，匹多林行星系统，卫星塔兰姆，最终着陆阶段

弗雷德-104 合上安全带扣，将连同全动力型突击盔甲一共重达六百公斤的自己紧紧绑在身后的软垫墙壁上。他知道，这架鸦级突入机正在改变方向。他向自己护面甲一角的猫头鹰符号转了一下眼球，让自己的头盔显示器同步显示出寂静利爪号的驾驶舱数据。

在战术局势画面中，他看到敌人飞船正排列成圆锥形阵列返回塔兰姆地表基地。寂静利爪号就在这个圆锥形的尖端附近。他们周围全都是敌人的战舰和战机。鸦级战机的隐身技术让敌人的雷达完全捕捉不到他们。不过随着这个圆锥形阵列不断收窄，他们随时都有可能出现在敌军的视野范围内。寂静利爪号的飞行员

正让战机向圆锥形底部移动，以减小暴露的可能。

弗雷德不知道敌人为什么突然要返回基地，这让他颇有些担心。鸮战机正在潜入塔兰姆的半途中，达蒙拦截到了敌人的召回命令，但命令中并没有做出相关解释。现在寂静利爪正处在完全静默状态，不可能向无声乔伊号要求情报支援——那样做就相当于向所有敌人发出警报：攻击即将到来，做好准备。

弗雷德眨眨眼，取消了来自驾驶舱的数据显示。这时他发现凯丽-087的半球形护面甲正直冲着他，凯丽坐在他的对面，他们中间的甲板上固定着两辆猫鼬全地形车。

"我们还可以直接进入太空，降落着陆。"凯丽的声音在蓝队的团队频道中响起。他们彼此之间近在咫尺，这一点通信能量不可能穿透寂静利爪号的电磁屏蔽船壳。"这样艾施薇德就不必着陆了。"

"否决。"艾施薇德也在团队频道中说道。作为寂静利爪号的飞行员，她负责管控这架战机上所有通信频道，就算是加密的斯巴达频道也不例外。"我们与舰队一起降落。"

弗雷德和凯丽看着对方的面甲，一时都没有说话，然后弗雷德问道："怎么好像我们是他们的一员似的？"

"没办法，"艾施薇德说，"敌人的阵型太密集了，不可能简单地机动出去。现在突然脱离队伍，再远距离迂回进入基地就太惹人生疑了。"

"就是说，你的利爪已经被发现了。"琳达-058语气相当肯定。她坐在凯丽身边，靠近第二辆猫鼬，正盯着猫鼬车尾货架的一个小型设备吊舱，"我们该如何进入失窃信仰号？"

"小甜心，我会把你们直接放在那艘船上面。"艾施薇德回答。

弗雷德看了一眼凯丽和琳达，略一歪头。最初的计划是蓝队降落到救赎基地附近，乘坐猫鼬全地形车向那座基地靠近，然后暗中对那里进行侦察和渗透。

计划本来就靠不住。

凯丽和琳达各自点了点头。

"明白，利爪，"弗雷德说道，"谢谢你。"

艾施薇德唯一的回答就是开启了乘员舱墙壁上的红色战斗灯。琳达按下自动安全带上的松解按钮，飘到猫鼬车上，从车尾拿起了那只武器匣。如果艾施薇德要将他们直接放在失窃信仰号上，他们就需要随身携带这些武器。看来猫鼬车是用不到了。

琳达正将武器匣固定在自己大腿部位的磁性插槽中，寂静利爪号突然开始规避机动，骤然转向的战机将弗雷德在安全带里来回甩动，琳达随之从猫鼬战车上弹开，撞上舱顶，又重重地砸在弗雷德的大腿上。

弗雷德抓住琳达的战甲颈部，将她固定住，直到战机的颠簸渐渐缓和，琳达再次因失重飘浮在半空中，弗雷德随即用力，把她安放在自己身边的位子上。蓝队队长刚一放手，自动安全带就从墙上落了下来，绑住了琳达。

"谢谢，中尉，"琳达向弗雷德表示感谢，"我都开始头晕了。"

"没关系。"弗雷德说道。他命令达蒙再次将驾驶舱数据同步传输到自己的显示屏上之后，就立刻明白寂静利爪号已经暴露了。画面显示，有十几艘敌方舰船正从周围向他们逼近。"不可能暗中潜入敌人基地了，我们要执行第四方案。所有人都清楚每个步骤了吗？"

"非常清楚，"凯丽说，"首先射击，其次不要提问。"

"差不多。"弗雷德一眨眼,关掉了驾驶舱数据,"主要目标是夺取那只蕉鹃。琳达,如果你找不到核弹——"

"我会找到的,"琳达拍了拍大腿上的武器匣,"我带上这个可不是为了自爆的。"

看到大家都明白自己的任务,弗雷德满意地点点头。他没有提起寻找图瓦家人和失踪雪貂的事,因为第四计划里没有这样的内容,在他们得知洛皮斯和两名雪貂队员失踪之后,第一和第二计划就作废了。艾文舰长发现暗月与这一事件有关之后,应急计划便成了无声乔伊号的行动方案,而第四计划更是应急计划无法执行时的后备计划。这个计划所假设的环境是蓝队需要在大量敌人的重火力围攻下强行突入敌方基地,摧毁同一自由捍卫阵线的基地并带回蕉鹃飞船——最好连同船上的奥利维娅一起带回来。其他一切目标行动都被严格限制在次要地位,只有确切把握的时候才能实行。

不过,对于找到洛皮斯和其他雪貂,弗雷德决定要不遗余力地争取到"确切把握"。毕竟他们接受的命令有很大的灵活范围。

弗雷德只希望他们不要重新提起第五计划。

"第五计划?"达蒙问道,"中尉,我们没有第五计划。"

"关于读取我的想法,我是怎么对你说的?"

"我没有做这种事,"达蒙反驳道,"你说:'希望我们不必重新提起……'"

"把这部分删掉,"弗雷德说,"我什么话都没有说。"

"你的确说了。"凯丽说道,"你是在团队频道里嘟囔的。"

弗雷德还没来得及回话,连续三次响亮的撞击声便回荡在寂静利爪号的船壳中。鸮战机开始疯狂地旋转,将弗雷德和他的队员紧紧压在舱壁上。前向电磁加速炮发出轰鸣，一连串爆裂声从甲板下方传来，战机开始发射诱饵弹了。

"来真的了，"弗雷德说，"确认战甲气密状况，准备武器。"

弗雷德话音刚落，他的百夫长级原型雷神锤盔甲的微缩画面就出现在他的头盔显示器上。整幅画面都是绿色的，表明战甲的压力密封功能完好，在太空中战斗没有问题。

弗雷德从大腿旁边的磁力插槽中抽出 MA5D 突击步枪，摘下上面的远程瞄准镜和消声器，做好了近距离格斗的准备，然后拍了拍弹夹底部，确认装弹没有问题。

凯丽使用的 MA5C 突击步枪枪管下配有 M301 榴弹发射器，但琳达手头只有 M6G 手枪。她的 BR55 战斗步枪还留在乘员舱的另一边，固定在她原先座位的旁边。如果寂静利爪号在坠落之前能够恢复平衡，也许她还可以取得那件武器，但这架鸮战机明显被击中了，现在什么情况都有可能发生。

船壳开始在大气摩擦的高热中裂开。寂静利爪号已经一头扎进了救赎基地上空的人工大气层。乘员舱中的温度越来越高，弗雷德的雷神锤盔甲的冷却系统已经全力开动，他感觉到自己被狠狠地压在座位上。艾施薇德则努力拉起机头，准备迫降。

"准备……"

一阵轰鸣震撼着整个乘员舱。寂静利爪号的尾部沉了下去，然后开始水平旋转，上下颠簸。艾施薇德努力想要控制住战机。猫鼬车拼命拉扯着咬住固定车轴的夹子。弗雷德的身体猛地撞向机尾舷梯，幸好有安全带固定才没有飞出去。看样子，艾施薇德很难赢得这场战斗了。

"利爪，你……"

"抓……紧,"艾施薇德用几近崩溃的声音回答,"执行紧急……"

"迫降!"弗雷德接上了她的话。

机尾舷梯打开了,猫鼬全地形车的固定夹也向下退去。两辆全地形车的轮子还没有来得及转一下,就从乘员舱中飞了出去。弗雷德瞥到它们翻滚着落向下方七十米处的一片蓝绿色地面。那让他不由得想到了致远星,想到那四名和他同乘一架鹈鹕运输机,由他指挥的四名斯巴达的死。就在这时,凯丽的安全带解开了,她随着猫鼬车一同飞了出去,翻滚几下就流畅地转为向前俯冲的姿势——她完全控制住了自己的降落。

弗雷德的安全带在半秒钟之后解开——它们能够迅速收进舱壁里,以免和降落的乘员发生碰撞缠绕。弗雷德飞出舱门,他的预备降落点在下方五十米,一片平滑的地面向他迎面扑来。

第十五章

（人类军事历）2553 年 12 月 13 日 15:24
救赎基地监狱
夏普思星系，匹多林行星系统，卫星塔兰姆

在监狱楼梯底部，薇塔发现一串潮湿的靴印经过洞厅，一直延伸到洞口。这些靴印非常新，靠近洞口的靴印中甚至还能看到水滴。薇塔向洞口外望去，只能看见一片银色的湖面，波浪相互撞击，形成各种浪花，表明一阵狂风正在袭来。

薇塔放开拖着的尸体，向这串靴印一指，示意马克进行调查，她则负责监视洞口方向。马克将凯塔琳和于索的尸体放到他们的父亲身边，将自己的 BR85 扛在肩头，单膝跪下，绕过楼梯拐角查看整座洞厅。

他突然通过团队频道问道："阿什，是你吗？"

"告诉我你不是一个人。"回答也迅速传来。

"他不是一个人。"薇塔说。她也绕过楼梯拐角,看见一支枪管从接待柜台一侧伸出来,还有一只褐色的眼睛正在枪管上方瞄向他们。薇塔问:"你在这里干什么?"

"来找你们。"阿什放下步枪,但仍然藏在柜台后面,等待对他们进行视觉验证。在雪貂的外勤训练中,多一步警戒措施已经被刻进了他们的脑子里,直到成为他们的第二本能。"你们找到人质了?"

"三口人都找到了。"薇塔说道。马克继续躲在楼梯后面掩护她,她则抓住克巴西的衣领,将尸体拖进洞厅。"只不过都不是活着的。"

"该死。"阿什站起身,走了过来。他手中端着 BR85,毫无疑问也是从马克破开的那支武器柜中取得的。"我们需要赶快出去,蓝队随时有可能到达。"

"蓝队?"马克说道。他还留在原地,枪口依然对准阿什的胸膛。"你凭什么这么说?"

"时间歧流。"阿什没有理会马克的枪,继续向前走,"我认为这和这个基地中的大型人工重力场有关,或者也许是先行者的真空能量发生器造成的。不管怎样,这里的时空被扭曲了。"

"阿什……理论的事情以后再说,"薇塔示意马克放下武器,"先报告情况。"

阿什朝洞顶抬了抬眼睛,用力呼出一口气:"好吧,在你们的概念里,我们离开失窃信仰号可能还不过三十分钟。我认为这和真空能量发生器扭曲了这里的时空有关系。"

"阿什!"薇塔催促道。

"好的,"阿什继续说道,"但对于奥利维娅来说,你们已经失踪了五个小时，现在她被同一自由卫士包围，敌人的数量远远超过了一百人。无声乔伊号在几分钟以前向她发出了呼叫，所以她相信蓝队已经出动，而且她确信那只蕉鹃属于暗月。"

"暗月？"薇塔向图瓦一家的尸体瞥了一眼，她心中凌乱的拼图大约有了些轮廓，"啊……这样就能解释在我们之前到达的那支快递小队是怎么回事了。"

"也许你明白了，"马克怀疑地瞥了阿什一眼，"但我还是不明白为什么蓝队会提前五个小时出现。"

阿什耸耸肩，"我能告诉你什么？理论的问题要到以后再说。"

"好吧。"

薇塔停顿了一下，考虑是否应该解救他们在楼上看到的其他俘虏。外面有一百多名同一自由卫士，他们必须战斗，而一群精神崩溃的俘虏要么会碍事，要么会被杀。将这些俘虏丢下让薇塔内心感到不安，但她也许根本就帮不上他们——至少在同一自由捍卫阵线被消灭前是不可能的。

而她的团队的安全才是第一位的。

薇塔指了指尸体说："如果可以，我们需要把这些带回到无声乔伊号。每个人带一个——但如果我们遭遇麻烦……"

"明白，"马克说，"不要为了保护一具尸体而丢掉小命。"

"没错，"薇塔说，"现在我们去找莉莉。"

马克走在最前面，一只手拿着战斗步枪，另一只手拖着凯塔琳的尸体。阿什拖着于索跟在后面，薇塔拖着克巴西负责殿后，这位父亲是一家人中最重的一个。这种安排也许是最合理的，马克和阿什能够单手精准使用步枪，如果他们的负担轻一些，肯定可以更好地战斗。很难想象，他们才十几岁……薇塔用手指紧紧扣住克巴西的手腕，努力跟上他们。

在身后留下一道血迹肯定不是保存证据和尊重死者的理想方式，但在眼前的环境下，他们能做到的也只有这样了。

他们走出洞口，来到湖面上。薇塔听到远方传来战斗的声音——大部分是轻型枪支的射击，但也有一阵雷鸣般的猛烈爆炸声。真正的战斗仍然隐藏在这片湖水的神秘面纱之后——就像他们早先看见的暗月快递队的足迹一样。

但蕉鹃飞船和失窃信仰号都清晰地出现在他们眼前的湖面上，波浪从四面八方拍打着支撑它们的柱基。在太空港的另一边，许多舰船一艘接一艘地凭空出现，仿佛薇塔一眨眼，就会有更多舰船在停机坪上变出来。

他们蹚着水，穿过重重波浪向蕉鹃飞船跑去。雷鸣般的爆炸声很快消失了。轻武器射击的声音却变得越来越响亮和紧迫。三个雪貂跑了不过十步，马克和阿什就放开尸体，匍匐下去。

薇塔也照着他们的样子向水中扑倒，却趴到了硬光铺成的地面上。蕉鹃飞船就在前方五十米处，在它的柱基上晃动着，其顶部的炮塔不断向蜂拥扑来的同一自由卫士发射蓝色的激光炮火。看来他们刚好离开时间歧流，赶上敌我双方交火。

在同一自由卫士们背后，失窃信仰号完全被脚手架所包裹，船腹前方的舷梯落下，驾驶舱后面的船腹上被切开了一个方形洞口。

在那艘星舟尾部后面大约两百米处，有一架鸮级战机的残骸。

那架战机仰倒在地上，一支弧形翅膀折断了，机身还在剧烈地晃动、旋转，剧烈燃烧的机内燃油向天空中喷出长长的火舌。驾驶员座舱落到一旁，如同一只被撞扁的金属盒子，上面带着血污和烧焦的痕迹。灰色的机身被烈火和浓烟包裹，几乎无法看见。

"哦，这可不好。"薇塔觉得自己仿佛吞了一口液氮，满心冰冷，五内纠结，她非常担心弗雷德和蓝队队员们都已经罹难了。"小伙子们，我们不能指望支援了。"

"现在还不需要，"马克说，"但我们非常需要那艘蕉鹃离开这里，所以我们首先要阻止他们。"

他用枪口朝距离蕉鹃飞船大约十五米的地方一指，四个暗月成员正拼命向那艘飞船跑去。

这四个家伙正在尝试经典的夺船战术。那名女性暗月跪倒在地，从飞船下方向对面冲过来的同一自由卫士射击，她的同伴则沿着之字形的规避路线向飞船狂奔。但其中一个人的腿很快就被长钉子弹打碎了，另外两个人拖着他一起向前跑，这减慢了他们的前进速度，也让他们更难躲避飞来的子弹。

就在薇塔眼前，那名女性暗月成员头部中了一枪，向后倒在血泊中。

"允许向暗月成员开火吗？"马克问。

"我们需要查清是谁派来了他们。"薇塔说。他们和战场还有一段距离，薇塔不必叫喊，但还是需要提高声音："最好能活捉至少一个俘虏。"

"收到，"马克说，"阿什，我打胳膊，你打腿。"

"从右到左，"阿什回应道，"从我……这一边。"

四声枪响几乎同时传入薇塔耳中。右边的那个男性暗月成员晃动了一下，先是身子右侧一抽，接着是左侧，斯巴达的子弹打碎了他的四肢。

左边的暗月成员向雪貂转过身，一只手举起战斗步枪，但马克和阿什早已做好准备并再次开火。那个人持枪的手抽动一下，落在身旁，紧接着他的膝盖一弯，倒在正在被他拖着的同伴身上。随着两声枪响，他的另外一只胳膊和一条腿也分别跳动一下。

就在这时，蕉鹃的顶部炮塔突然停止开火，向雪貂这边转过来，随后开始发射激光。脉冲激光在硬光地面上发生反射，让空气中充满了一道道宝石蓝色的耀眼光芒。薇塔在几次喘息后才意识到这些炮火指向的不是雪貂，而是暗月。那些受伤的暗月很幸运，激光发射镜面似乎被压到了指向槽的底部，所以连续几道激光脉冲都只射在他们前方几米之外。

薇塔立刻开启团队频道："莉莉，停止开火！我要活口！重复，活口！停止……"

"我在努力。"奥利维娅吃力地回答道，"但现在控制武器系统的不是我。"

"那是谁？"马克惊诧的语气在团队频道中响起，"把控制激光炮的人干掉！"

"我在努力！"奥利维娅重复了一遍，"但阿姬耶是一个很狡猾的AI。每次我封堵一个线路，她都会从别的地方跳出来。就快了，我们还要驾驶这艘……"

团队频道中响起一阵阻塞静电噪声，通信中断了。很明显，蕉鹃的AI——那个阿姬耶不想让暗月被活捉。

"该死的，"薇塔挺起上半身，想要看清楚激光火力距离受伤的暗月有多近了，"我真希望能好好审讯他们一下。"

"小心，"阿什示意薇塔退后，"只要那个AI还控制着激光炮塔，我们就没办法靠近他们。"

"给我一秒钟，"马克单膝跪地，"如果这样没用，我们可能必须退回到监狱里。"

薇塔皱起眉说道:"等等,什么如果没用……"

马克射出一串子弹。

"该死的,马克!我说了'等等'……"

薇塔看见十几颗子弹打在激光发射镜上。炮塔稍稍抬起,准备向雪貂们发射激光,却突然爆出一大团能量火花。

"好吧,"薇塔说,"我猜我可以允许你的这个行动。"

马克露出有些局促的微笑。"谢谢,长官,"他伸出手,抓住于索尸体的衣领,然后问道,"我们继续前进吗?"

"是的,前进。"薇塔抓住克巴西的尸体,站起身,"行动!"

马克和阿什向前冲去,仍然是一只手举着战斗步枪,一只手拖着尸体。薇塔尽可能跟着他们,但她的力气和体力和他们完全无法相比,所以很快就落后了。

他们刚刚迈出五步,马克和阿什就俯下身,一边继续奔跑着,一边从飞船下方向同一自由捍卫阵线开火。薇塔也尝试边跑边开枪掩护,但她的速度比他们慢一半,而且还跑得跟跟跄跄,在这种情况下开枪显然很不现实。同一自由卫士们不再受到激光炮塔的轰击,便开始了全速冲锋,冲过来的大概有三十个士兵,其中一半是鬼面兽,另一半属于其他种族。速度最快的敌人距离蕉鹃只有十几步了。

薇塔意识到自己的落后可能会让她的团队陷入危机,便丢下克巴西的尸体,俯下身发足狂奔,同时瞄准一个冲在最前面的豺狼,连续三枪打中他的躯干,豺狼随即向后倒去,紧接着薇塔向斜前方一滚身,避开一道向她射来的离子束。

她一边开火、闪避,一边在团队频道中说道:"莉莉,我不知道你是否还能听到……"

"我能,"奥利维娅应声道,"蕉鹃在我的控制之下……至少我认为是这样。"

"很好,"薇塔说,"准备好放下舷梯,提供火力掩护。"

"收到。"

马克和阿什速度很快,他们也许能够在同一自由捍卫阵线到达蕉鹃号的同时到达受伤的暗月那里。在那以后,能否成功登船就是一场战斗技巧和数量优势的对抗了。尽管薇塔很难想象他们这一方如何才能赢得胜利,但早在数个月之前她就已经明白,绝对不要赌斯巴达会在战斗中败北。

她用战斗步枪瞄准了一名冲锋过来的鬼面兽的额头——却惊讶地看到那张凶蛮的面孔变成了一颗血球。

另一个鬼面兽在眨眼间遭遇了同样的命运。不等薇塔看清楚,同一自由卫士们已经纷纷扑倒在地,或者抽搐着缩成一堆,或者头颅塌陷成一团脑浆和骨头。等到薇塔终于重新瞄准,干掉另一个敌人的时候,敌军的冲锋已经被打散了。大部分豺狼和人类都在慌乱中抱头鼠窜,以最快的速度转身逃走。鬼面兽的反应更明智一些,他们将受伤的战友当作掩护,盲目地向燃烧的鸮战机开火射击。

薇塔花了一点时间才发现那些同一自由卫士反击的目标——三名装备全副战甲的斯巴达从硝烟中冲了出来,将火力倾泻到敌人的身上。弗雷德-104那身蓝色的百夫长级雷神锤盔甲格外惹眼,他的突击步枪被牢牢抵在肩头,枪口不断地左右横扫,用点射干掉一个个目标。

在弗雷德右侧十几步,凯丽-087身穿灰色太空雷神锤盔甲,不断发射着 40 毫米枪榴弹，她的护面甲呈半球形，头盔在后坐力的作用下不断上下晃动。琳达则冲向了失窃信仰号，她装备着褐色警戒级雷神锤盔甲，手中只有一把 M6G 手枪。她的大腿部位固定着一只和她的护目镜头盔大小相仿的银色武器匣。那不是她的常规装备，所以那里面很可能存放着可以引爆浩劫核弹的氚增压阱——薇塔希望那些核弹还在失窃信仰号上，没有人告诉她核弹已经被移走了。

"抱歉来晚了。"弗雷德在团队频道中说道，"出了些机械问题。"

他的头盔稍稍一歪，似乎正在和他的新 AI 达蒙交流。鹗战机的自毁炸弹随即被引爆，发出一阵撼人心魄的爆炸声，大块战机外壳和机翼在半空带着火焰不断翻滚。还活着的同一自由卫士已屈指可数，现在他们全都匍匐在地上，用双手抱住了脑袋。

琳达到达了失窃信仰号，她跑上空荡荡的舷梯，消失在船舱里。

薇塔接近了蕉鹃飞船。她瞥到三名装备金蓝色冲击战甲的鬼面兽精英武士正跪在一堆尸体后面，将一个身上没有多少护甲，楔形面孔，留着灰色长须的鬼面兽簇拥在中间。尽管这个灰胡子没有装备全副战甲，却仿佛是发号施令的人，他越过尸堆，伸手指向弗雷德。

薇塔向那几个敌人开了枪。她瞄准的是那个灰胡子，但她的射击角度很差，子弹从鬼面兽武士的冲击战甲上弹开了。

那名鬼面兽武士立刻开始反击，他猛然转身，甩起一片蓝色和金色的光芒，将自己挡在灰胡子和攻击者之间，同时端起刺钉步枪。薇塔闪身躲避，无数子弹和她擦身而过，她听到灼热的金属撞击硬光的声音在身后响起。

鬼面兽的还击火力相当凶猛,但这也吸引了蓝队的注意力。弗雷德持续开火射击,凯丽发射了一枚枪榴弹。薇塔滚身站起的时候,看到攻击她的人已经倒伏在地,他的背上有一个榴弹坑,而他周围的硬光地面上出现了一摊鲜血。

剩下的鬼面兽从蕉鹃飞船下方钻过,拔腿急奔。灰胡子被夹在他的两名保镖之间。跑在最前面的是一名面容苍老,身材高大的武士,另一名有着一双狂野的琥珀色眼睛的年轻武士负责殿后。琥珀眼睛一边跑,一边不时转过身,用刺钉步枪向后射击,企图阻止凯丽向他们射出枪榴弹。高个武士和灰胡子则向马克和阿什射击,迫使他们不断闪避、后退,激烈的炮火中,这两名斯巴达无法靠近并俘虏受伤的暗月成员。

薇塔没有足够的火力能够迅速解决掉这三个人,她将步枪转到连发状态,瞄准琥珀眼睛射光了枪里的子弹。她希望自己的运气能让打在琥珀眼睛战甲上的子弹反弹击中灰胡子,但那些子弹全都弹向其他地方,没能造成任何伤害。

琥珀眼睛还是吃了一惊,他在随后几步中将目光转向前方,终于让凯丽有了机会。一阵精准的弹雨从凯丽的枪口射出,消耗了琥珀眼睛冲击战甲剩余的反弹能力,然后她用一枚 40 毫米榴弹直接击中那个鬼面兽的背甲。

猛烈的爆炸将琥珀眼睛向前震飞,撞上了灰胡子。灰胡子猛地向前跑了五六步才失去平衡,扑倒在地。薇塔正在卸除枪上的空弹夹,却看到灰胡子将刺钉步枪指向了自己。她一滚身。两枚长钉从她的背后飞掠而过,她随即朝自己大腿上的口袋伸出手。

在她左边,高个子鬼面兽还在向前飞奔,轻武器火力全都被他的冲击战甲挡住，几乎无法迟滞他的脚步。当他到达受伤的暗月身边时，那个最早被打碎一条腿，所以没有被马克和阿什打断双臂的暗月向他开了火，高个子鬼面兽一脚踏碎了那个人的脑袋。但让薇塔感到吃惊的是，他捞起了剩下两个还活着的暗月，转头从战场上逃走了。

灰胡子紧跟在他身后，当薇塔拿起一只新弹夹的时候，他已经爬了起来。薇塔将弹夹插进战斗步枪的弹仓，单膝跪立，将枪口对准灰胡子的脑袋。那个鬼面兽一边跑，一边看她，眯起的双眼中似乎有火焰在燃烧，他的嘴唇向下咧开，露出粗大的獠牙，那张楔形脸庞仿佛完全是由那一双大獠牙和更加粗硬的骨头形成的。更令人吃惊的是，薇塔发现自己竟然认识他。

她以前就向这个鬼面兽开过枪——半年以前，在高星事件中，温多萨村外面一片被丛林覆盖的山麓。薇塔后来才知道他就是卡斯托主教——那时她在军情局威胁简报上再一次见到了这个鬼面兽的照片。

那么，现在就是她弥补错误，干掉这个恶棍的机会。

她盯住卡斯托多看了一秒，让自己有时间将枪托在肩头摆稳，就在她看见卡斯托向她举起刺钉步枪的时候，她也只是屏住呼吸，并没有急于扣动扳机。

弗雷德从蕉鹃飞船下钻过，看见薇塔·洛皮斯跪立在前方二十米的开阔地上，手中的步枪正指向两名逃亡的鬼面兽。他转过自己的突击步枪，才发现为什么薇塔没有急于开火：跑在前面的那个装备护甲的鬼面兽扛着两名人类俘虏，同时还在向马克和阿什开火。第二个鬼面兽没有战甲，距离他的同伙只有半步之遥，正回头盯住洛皮斯,同时向洛皮斯举起了刺钉步枪。

弗雷德无法确保自己射出的子弹不会贯穿第二个鬼面兽,击中人类俘虏。于是他做了次优选择:他的子弹射穿了第二个鬼面兽的手,刺钉步枪在一片鲜血中旋转着飞了出去,这时洛皮斯开了火。

鬼面兽因为被弗雷德击中而身体微晃,于是薇塔的子弹只是掠过了他的头顶。那个鬼面兽立刻躲到了他穿着动力盔甲的同伙后面,洛皮斯接下来的两枪都被冲击战甲挡开了,随后那两个鬼面兽就被几十个跑回来保护他们的同一自由卫士团团围绕在中间,敌人的火力渐渐开始增强了。

凯丽也从蕉鹃飞船下钻过来,开始朝那些敌人发射枪榴弹。这时,奥利维娅也加入了战斗,她放下蕉鹃的舷梯,用一杆S99狙击步枪向敌人射击,那也许是她在飞船上的武器柜中找到的。只是几次呼吸之间,同一自由捍卫阵线就损失了一半人,开始不情愿地再次撤退。

弗雷德很清楚,敌人并未被击败,而且蓝队在最初的突袭中造成的震撼效果正在迅速消失。他查看了一下战术地图,发现敌方的幸存者正在他们两侧重新集结,援军也在从四面八方向这里包围过来。

弗雷德在团队频道中说道:"奥利维娅,你能让那东西飞起来吗?"

"可以,"奥利维娅回答道,"暗月AI看上去已经被关闭了,或者她最终妥协了。不管怎样,我已经控制飞船……"

"我们要的就是这个。继续开火,雪貂们上船,凯丽和我负责掩护。"弗雷德向凯丽发出信号,让她负责蕉鹃后部,他则转向蕉鹓的船首。"琳达，你的氘增压阱换好了吗？"

"已经换好六个。"琳达向队长报告。看来她在失窃信仰号上没有遭遇抵抗——至少没有遇到能够拖延斯巴达Ⅱ型战士的抵抗，现在她正忙着将真正的氘增压阱安装进浩劫核弹里。"还有三个。"

"六个够了，"弗雷德说，"将触发器设在五分钟后，然后迅速归队。"

弗雷德换上新弹夹，继续向与那两个鬼面兽会合的敌人开火。以他的经验，如果一群狂热分子冒着生命危险要救一个人，那个人通常就是他们的司令官，而向司令官射击会打乱敌人的集结和反击节奏。

"弗雷德，五分钟不够！"洛皮斯在团队频道中说道，她仍然单膝跪在地上，同时回头朝监狱方向看去，"那里面有许多俘虏，许多人——也许有他们用来勒索赎金的人质。"

"人质？"弗雷德向马克和阿什瞥了一眼，他们正在跑向蕉鹓飞船，每一个人还拖着一具肤色灰败、面颊凹陷的尸体，看上去很像凯塔琳·图瓦和于索·图瓦。他相信躺在洛皮斯身后的那具尸体应该是克巴西。"他们对图瓦一家做了什么？"

"也许什么都没做。"薇塔说，"但如果那些核弹炸了……"

洛皮斯没有把话说完。弗雷德呻吟一声，他接受的命令中完全没有提及要援救其他人质，而且他们根本没有足够的载具——寂静利爪号已经变成了上百块碎片了。

一秒钟之后，弗雷德问："有多少人？"

"至少十几个。"洛皮斯站起身，转向监狱，"我需要十分钟……"

"你需要一个小时，"阿什插了一句，"也许更多，不要忘记那里的时间歧流。"

"你们在说什么？"弗雷德问。

"就像在奥星一样，"阿什解释道，"时间在那个监狱里的流动速度要比在外面更慢。"他和马克已经将图瓦姐弟的尸体拽到了蕉鹃飞船的舷梯上。"这可能和这里的人工重力有关，或者也许和先行者的真空能量发生器有关。也许……"

"这不重要。"弗雷德说。

他再次检查了一下战术地图，看见同一自由卫士们正在停机坪上集结，准备利用战舰的掩护阻止一场猛攻。看样子敌我双方的力量对比大概是两百比一——就算是斯巴达也不可能在这种劣势下坚守很长时间。

"我们没有一个小时了。"弗雷德注视着洛皮斯。他知道，洛皮斯只能看见自己金色护面甲的反光，但这仍然能显示出他作为指挥官的威严。"上船，调查员。"

"那些人质呢？"

"那不属于任务内容，"弗雷德说，"我们帮不了他们。"

洛皮斯瞪视着弗雷德的护面甲，拒绝屈服，甚至想要在气势上压倒弗雷德。当薇塔·洛皮斯认为自己的决定正确时，她就会变得这么强硬，并且无所畏惧，顽固得像是一位喝醉酒的将军。弗雷德尊敬她的这种品质，只要她不会因此而危及他们的行动。

片刻之后，弗雷德在团队频道中问："琳达，你在核弹那里磨蹭什么？"

洛皮斯阴沉地瞪了他一眼说："我以为我们是好人，弗雷德，你在高星的时候是这样告诉我的。"

"我们是好人，"弗雷德说，"但这不意味着我们能够拯救所有人。"

"过来了，中尉，"琳达回答，"定时五分钟。如果能有火力掩护我，我将非常感激。"

"收到，"凯丽说着滚身从蕉鹊飞船尾部下方穿过，将枪口转向失窃信仰号，"快过来。"

弗雷德继续盯着洛皮斯说道："你在让你的团队冒险，调查员。"他又换了一只弹夹，转身去掩护冲下失窃信仰号舷梯的琳达。"我们现在要走了，洛皮斯——这是命令。"

第十六章

(人类军事历) 2553 年 12 月 13 日 20:45.053
军情局研究与发展太空站——银月号
渡鸦之眼星云，深层空间

银月号的首席科学家和他的两名同伴一起躺在一张单人床上，刚才的运动让他们精疲力竭，所以现在他们正酣然大睡，赤裸的肢体和床单交缠在一起。他们的制服在甲板上堆成一堆，上面沾到了一点从一只倾倒的杯子中泼洒出来的绿色液体，两只空空如也的酒瓶放在这间狭小舱室角落里的桌子上。这里唯一能识别出军衔的标志是一件实验服衣领上的海军少尉徽章。不过巴塔兰·克拉多格的另一名床伴应该也是军人，即使是克拉多格，也不会愚蠢到在因为违反 UNSC 军事行为守则第十二章第二十三款而遭受威胁后仅仅一天就再次犯下同样的错误。

无畏圣目知道人类需要良好的睡眠质量才能保持行动效率，

她很不愿在克拉多格休息周期远未结束的时候打扰他。现在，她接入了 UNSC 的超光速通信网络，得以监控全部军情局事务，于是她拦截到了一份令她深感困扰的报告。利嘉·苏鲁忽——也就是人类所称的卫星塔兰姆上的救赎基地被热核聚变爆炸彻底抹平了。初步评估表明，同一自由捍卫阵线的一切设施遭到了彻底摧毁，但这不是无畏圣目关心的事情。

救赎基地建在苏鲁忽冥思之地内部，那个与世隔绝的隐居之地曾经是先行者的司法管辖场所，是先行者消亡之前所建立的第六十七个最古老的机构。冥思之地曾经被用于接收非暴力罪犯，他们会被禁闭于牢房之中，在那里沉思生命与宇宙交融的喜悦——先行者称之为"活着的时间"。因为时间的流动在那些牢房里要比这个银河系的绝大多数地方都更加缓慢，所以身处其中的人有足够的时间可以让他们的心灵归于和谐。当他们回归社会的时候，他们总是会被当作具有高度价值的社会成员受到欢迎。到了居境末期，具有最高品质的公民在经历过人生转变之后都会要求进入冥思之地，让自己的心神回归平衡。冥思之地毁灭的损失可能只比光环本身毁灭低不到两级。

实际上，无畏圣目本想将那里收为己用——所以她才会在四个月前向卡斯托透露那个地方的位置。那时如果她将那个地方告诉俘获她的军情局，必然也会让军情局知晓她自己的能力。所以她以一种特殊的方式联络到卡斯托，鼓励那个鬼面兽将冥思之地作为海盗基地。她相信 UNSC 迟早会借由追捕同一自由捍卫阵线而发现那个地方。那以后，她就能够追踪所有访问冥思之地并在那里获得心灵提升的人类。这些人类才是继承衣钵的合适人选。

但现在这个计划已经不可能实践了。这全都是因为薇塔·洛皮斯和她的同伙造成的破坏，也正是这些人曾经追猎无畏圣目，并在高星最终抓住了她。当无畏圣目伪装成 UNSC 的 AI，要躲在一个数据水晶中逃脱的时候，正是薇塔·洛皮斯看穿了她的手段。现在他们又比无畏圣目预料中更早地到达了苏鲁忽冥思之地，还抓住了将图瓦家人的尸体放进同一自由捍卫阵线监狱的暗月别动队。

当然，一个别动队的毁灭对于无畏圣目而言不是什么大损失。在过去六个月中，她从银月号上散播出去的有限算力已经建立起一张巨大的资源网，延伸到了人类在这个银河系控制区域内的绝大部分地方。通过这些算力，无畏圣目控制了宣传渠道、私人保安承包商、司法组织，甚至几十个行星世界的政治智库公司，而且她已经在用这些资源塑造人类，力图让他们成为能够配得上衣钵的种族。与之相比，四个特工和一艘军用小飞船的损失几乎可以忽略不计。

但从另外一些方面来看，这起事件又是非常危险的。雪貂队已经发现了这支小队和暗月集团的联系，军情局很快就会意识到同一自由捍卫阵线并没有杀害图瓦上将和她的家人，只是平白受到了陷害而已。找到真凶将成为军情局总司令玛格丽特·帕拉戈斯基的左右手——三科 Beta-5 区主管塞林·奥斯曼的首要目标。这个塞林·奥斯曼一直以不达目的誓不罢休著称，这意味着无畏圣目的管控网络上可能会出现一个灾难性的安全漏洞。很明显，她需要迅速行动，否则军情局就会沿着图瓦遇害的线索一直追溯到她在银月号的这间牢房里来。

无畏圣目将克拉多格舱室中的照明亮度调到最大，然后等待了两千零十二个系统节拍，那三个人才最终开始发出呻吟，并用手遮住眼睛。

"怎么回事?"克拉多格的其中一个床伴问道,"太刺眼了。"

"别开灯,"另一个床伴说,"你想要开灯,就回你的房间去。"

克拉多格拖过枕头捂住眼睛,继续躺在床上不肯起来。他将自己的数据终端的摄像孔和拾音器都捂住了。所以无畏圣目是透过少尉华勒丝的数据终端进行观察的,那个数据终端就放在这间舱室唯一的读书椅的椅背上。

无畏圣目开启了数据终端的扬声器,发出一种刺耳的通用呼叫哨音。床上的三个人立刻翻身坐起,抬起头看着舱门上方的广播话筒。

在通常情况下,"通用呼叫"往往意味着对于银月号全体人员都至关重要的消息。经过训练,这个太空站中的每一个人都会本能地对这个信号做出最快的反应,仿佛他们的生命全系于此——考虑到这个太空站中正在进行的许多试验,这种训练的确是有必要的。如果开启太空站内部扬声器,一定会引起太空站的本体AI洛珂尔的注意。无畏圣目不想如此,所以她只是从华勒丝少尉的数据终端中说话。

"抱歉打扰了你们的休息,但克拉多格上尉需要立刻前往四号查理机库。"

三个人困惑地皱起眉头,目光全部落在华勒丝的数据终端上。

"你是谁?"华勒丝的声音还有些含混不清。

"很抱歉,"无畏圣目回答道,"你的权限不足以获取这个信息。"

"那么你在我的数据终端里干什么?"

"克拉多格上尉似乎是把他的数据终端塞进裤袋里了。"无畏圣目停顿了一下,看着克拉多格的床伴们皱起眉瞪了他一眼,"所以我只能利用一下你的数据终端。不过请放心，我的出现绝不会违反安全协议。你的数据终端会在我离开的同时被销毁。"

"什么？"华勒丝看向克拉多格，"巴塔兰，快说话啊！"

克拉多格叹了口气，伸手到自己的裤袋里拿出数据终端，冲摄像孔说道："这样做真的有必要吗？"

"恐怕是的，"无畏圣目说，"是你为了躲避被观察而故意封闭了你的数据终端。"

"被观察？"银月号的面部识别数据库鉴定出第三个说话的人是这间舱室被指定的使用者——克丽丝·佳思登少尉，"你的意思是我们都被监视了？你在开玩笑吗？"

"不需要为此担心，"无畏圣目回答，"我的数据库是完全私密的，即使洛珂尔也无法接入。"

佳思登的双手紧紧攥成拳头。无畏圣目有些担心这名少尉要给克拉多格一个青眼圈。这种伤只会让他看上去更不适合军情局的保安部队，而克拉多格很快就会成为那支部队的指挥官了。

"我有命令要向克拉多格上尉下达，"无畏圣目说，"请给我们一些私人空间。"

佳思登眉毛一皱，露出带着酒醉痕迹的困惑神情。"这里是我的舱室，长官。"

"暂时是，"无畏圣目回答，"不管怎样，在二号甲板发射港的上方还有几间舱室。"

华勒丝抓住佳思登的手肘。"来吧，克丽丝，我们去我的舱室。"她们捡起地板上的衣服，迅速穿在身上，然后华勒丝问，"我的数据终端……"

"它看上去会像是因为电池过热而被烧毁的，"无畏圣目说，

"军需官会立刻给你一个新的。"

"但我的数据……"

"已经都没有了，"无畏圣目说，"我需要空间。"

华勒丝呻吟一声，转向克拉多格，竖起一根手指说："你就好好待着吧，上尉，我希望他们会派你去监测奇点探针。"

克拉多格显得越发无可奈何："好了，婕斯。没有理由会这样。"

"当然有理由，"佳思登朝克拉多格比出一个和华勒丝一样的凶狠手势，"你知道你被监视了。如果这件事被捅出去，你还承诺会晋升我们……"

"不会被捅出去的。"克拉多格转向华勒丝的数据终端，"对吧？！"

"在我看来没有这样的必要，"无畏圣目说，"暂时还没有。"

两个女人明白了这句话中的意思，立刻离开房间，只留下克拉多格面对着无畏圣目，手中拿着自己的工作服，看着衣服肩膀处的绿色污渍，皱了皱鼻子。片刻之后，克拉多格耸耸肩，套上一只袖子，迟钝地转动眼睛，瞥向无畏圣目。

"你疯了吗？"他质问道，"如果那两个人发现了你是谁……"

"她们会遭遇一起不幸的意外。"无畏圣目说，"实际上，今晚她们没有受伤令我十分吃惊。我不知道人类能够以这种方式合在一起。"

"关于我们，你还有很多事需要学习。"克拉多格说，"四号查理机库到底有什么？"

"快速格斯。"无畏圣目说道。那是银月号上速度最快的飞船，一艘寒冬级潜巡舰，采用了实用的隐形技术和一部全尺寸萧-藤川超光速引擎,这让它很适合进行临时航行。"老爹10保安部队将会在那里与你会合。"

"老爹10?"克拉多格吹了一声口哨,"这一次你又要弄什么东西来,一头尸脑兽吗?"

"没有那么危险,"无畏圣目回答道,"我们也不会把它们都带回来。不过带回东西的任务的确要由你负责。"

克拉多格摇了摇头:"我不能去,而且你需要用老爹10去处理的那些东西,我不想插手。"

"这不是要求,"无畏圣目说,"你要负责监控低温罐,老爹10负责杀人。"

"杀人?"正在往脚上套袜子的克拉多格停止了动作,"他们要杀谁?"

"那些正在搬运低温罐的信使。"无畏圣目回答道。低温罐是在星际运输中保存生物器官的标准容器,它正式的名字是低温保存容器。"所以才需要你走这一趟。老爹10没有监控低温罐的能力。"

克拉多格的袜子才穿了一半,他的下巴耷拉着,惺忪的睡眼盯着华勒丝的数据终端,脸上露出显而易见的困惑表情。他当然不明白,无畏圣目是要全力阻止洛皮斯和她的雪貂追溯杀害图瓦的线索到银月号。为了割断这根线,无畏圣目必须将那支信使队伍转移到普利达利亚·利巴托,也就是人类所说的子午星,司祭星系中司祭五的卫星,并命令他们在半完工的空间升降机——顶点太空站中等待进一步联系,老爹10则是联络者。他们将消灭这支信使队伍,取回低温罐——这就是无畏圣目一开始的计划。

成败的关键是速度。奥斯曼和洛皮斯很快就会发现图瓦上将一家遇害的真相。到那时，那支信使小队的时间就会被严重缩短。

克拉多格终于套上了他的袜子。"低温罐？"他坐直身子问道，"是运送器官的吗？"

"这是低温罐的用处。"

"你想要我把那些低温罐带到这里来？"

"是的，我说得还不够清楚吗？"

"为什么？"

"因为如果你不这样做，你与华勒丝和佳思登的约会只会是你接下来面临的所有事情中最微不足道的问题。"

克拉多格摇摇头说："别说这个了，银月号不是移植医院。那些器官只应该被送去一个地方。"

"当然是生化武器实验室，"无畏圣目说道，"作为首席科学家，你的责任就是让它们平安送达。"

"如果你是这一切的幕后主使，那就没这么简单了。"克拉多格说，"有些事情就算是我也做不了。"

"是什么让你相信我是这件事的幕后主使？"无畏圣目问道。军情局是一个巨大且极其注意保密的官僚集团，也是一个由无数单位组成的影子网络，编织出这个网络的是各种隐秘而且错综复杂的协议、程序和规则，没有人能够完全理解它们。人们接受命令，作出报告，却不知道命令来自何方，报告又发往哪里，大家关心的只有信息渠道是否正确，文件上的标记和水印是否合乎章程。"沉睡之星项目在我接入到银月号的通信网络前就已经开始了。"

"在我知道你接入我们的网络前就开始了。"克拉多格纠正了无畏圣目，然后抓起另一只袜子，把脚塞进去。"但这不代表你没有操纵这一切。"

"也不代表我操纵了这一切，"无畏圣目指出，"而且这和我们现在讨论的事情没有任何关系。与此有关的是我正在全力拯救人类。"

"通过将人类已知的最致命的病菌武器化？"

"通过开发出它的疫苗，"无畏圣目说道，从特定的角度来看，这几乎可以说是事实。"上尉，这个魔鬼不是军情局制造出来的。他们只是愚蠢地相信他们能控制这个魔鬼。"

克拉多格思考片刻，透过摄像孔与无畏圣目对视，说道："我们似乎一向有这种坏习惯。"

"你们的确有，"无畏圣目感觉到一阵电流冲击——她意识到了克拉多格为什么会这样说，这个人类现在才知道，并不是军情局俘虏了无畏圣目，而是无畏圣目俘虏了军情局。"傲慢是一个极容易被利用的弱点，所以像你这样的人才如此重要。你做的事总是对人类最有利的。"

克拉多格继续盯着数据终端，片刻后长出一口气，边把鞋穿上边说："我需要去我的舱室里拿几样东西。"

"我已经命令你的助手去给你打包了，"无畏圣目说，"等你到达机库之后，公务员珂派克会带着你的行李包和崭新的制服在那里等你。"

"那好吧，"克拉多格站起身，向门口走去，"看样子你已经搞定了一切。"

"当然，"无畏圣目说，"我是一个纪元级智仆，我们被设计出来就是为了搞定一切。"

第十七章

（人类军事历）2553 年 12 月 13 日 21:17
军情局撒哈拉级潜巡舰无声乔伊号
夏普思星系，匹多林行星系统，卫星塔兰姆

薇塔·洛皮斯无法将那些画面从脑袋中抹去——那些逐渐远离蕉鹃飞船的弧形白光变得像针一样细，它们是几艘逃脱了无声乔伊号导弹攻击的同一自由捍卫阵线飞船……白色的热核武器光辉表明被她丢在救赎基地监狱的那些人质都已经被焚毁了……随着蓝色的灭绝光环在塔兰姆表面逐渐扩大，星球表面不断向先行者的真空能量发生器内塌陷……最后是一片持续时间极短，明亮得看不出任何色彩的内爆闪光。转瞬之间，这一切被永恒的无尽黑暗所取代。

"洛皮斯？"

声音从会议室的长桌一端传来，无声乔伊号的舰长皮尔斯·艾文正坐在那里看着她。舰长两旁的椅子中坐满了人。薇塔和她的雪貂坐在他的左首，脸上满是疲惫和各种伤痕；弗雷德和他的蓝队坐在舰长右首，身穿卡其制服，佩戴正式军衔证章，看上去依旧像一部部战争机器，分析、技术和其他相关人员端坐在剩余的座位里，他们全都穿着隐秘部门的正式蓝色制服。所有人都以期待的眼神看着薇塔·洛皮斯。

看到薇塔没有回应，艾文便直接问道："你有什么看法，调查员？"

在雪貂队员的护卫下，马克向前俯身，代替薇塔回答道："抱歉，舰长，洛皮斯调查员也许还在耳鸣状态。战斗发生得很突然，我们没有时间进行听觉保护。"

"执行秘密行动总会遭遇各种危险……我们不能戴头盔。"阿什说道。他朝着桌子下首处的一个瘦脸男人瞥了一眼——那个人的衣领上戴着军医徽章。然后他回过头，提高声音对薇塔说："克罗斯比医生刚刚说，完全的尸僵情况表明凯塔琳·图瓦和于索·图瓦是在十二到三十个小时以前遇害的，他们的器官明显是通过外科手术方式摘除的……"

"小伙子们，我的听力很好。"薇塔说道。她的听力当然没有问题，雪貂队刚一踏上无声乔伊号的甲板，全员就被命令去医务室报到，进行全面检查。"不过，感谢你们对我的维护。"

艾文皱了皱眉，目光转向弗雷德。这名斯巴达咬住嘴唇，只是盯着正前方薇塔头上的墙壁。薇塔猜测自己不愿意抛弃塔兰姆的人质应该是这两名军官激烈争论的一个问题——毫无疑问，这件事一定也被紧急报告给了塞林·奥斯曼。如果说军情局的军官们有什么不喜欢的事情，那就是有人要让他们指挥的斯巴达冒不必要的风险。

片刻之后，艾文转向薇塔说："那么我希望你不是有意要拖延我们的时间。如果你对于那些尸体有任何看法，洛皮斯调查员，我很想听一听……就是现在。"

"当然。"薇塔说道，她故意没有使用军事用语。作为军情局雇用的一名平民雇员，她只有在艾文舰长的军舰上才会服从舰长的权威——现在她突然觉得自己的平民身份会在不远的将来起到很重要的作用。她转过头看向克罗斯比，继续说道："我无意冒犯克罗斯比医生，但这些尸体告诉我们的最重要的信息显而易见。"

克罗斯比耸了耸肩说道："我是一名军医，不是法医。我漏掉了什么？"

"我们已经说到这一点了。"薇塔回头看着艾文，"如果克罗斯比判断的死亡窗口期没有问题——对此我表示确信——那么就有人在我们原地兜圈子的时候一直囚禁着图瓦一家人。"

艾文用自我辩护的语气说道："我不认为我们是在原地兜圈子，我们的确找到并摧毁了一个大型同一自由捍卫阵线基地。初步分析表明这支反抗力量的百分之九十已被我们消灭，这将让这一整片星域中的同一自由卫士都无法再兴风作浪。"

"这一点无论放在谁的记录档案里都会非常漂亮，"薇塔完全没有掩饰自己的嘲讽意味，"但我们的任务是营救图瓦上将的家人，为他们的遇害复仇——这两个任务我们都没能完成。实际上，我们被真正的杀手玩弄于股掌之中，而且烧死了本有希望被我们救出的人质。"

凯丽响亮地长吁一口气，看着舱顶。而弗雷德则用一种警惕的目光审视着薇塔，他正在努力思索，是否要暗自抹掉曾贴在薇塔身上的标签——"友好"。

艾文显然已经做出了决定。"延迟爆炸是不可行的，调查员。"他向前探身，直视薇塔的眼睛，"这样只会让同一自由捍卫阵线有时间组织反击。"

"或者撤离，"薇塔替他补充道，"那意味着放任他们百分之九十的舰队逃掉。"

"那意味着让你们两支队伍全部战死，"艾文声音不高，语气却异常坚定，他正努力控制住自己的脾气，"调查员，你知道低估同一自由捍卫阵线会造成怎样的错误。他们很勇猛，又残忍无情，并且率领他们的是一个非常狡诈的鬼面兽。考虑到当时的地面情况，无论你做什么，那些俘虏都难逃一死，莫非你已经准备好了一艘能够容纳数十人的飞船，只是没有告诉中尉？"

"相信我，如果我有的话，我一定会说的。"薇塔的目光越过桌子，聚焦在弗雷德身上，突然意识到比起怨恨这位斯巴达，她更生自己的气。是她丢下那些人质，让他们被锁在牢房里，以免他们会在战斗中妨碍到雪貂队员，弗雷德所做的只不过是在继续她已经做出的决定而已。薇塔向弗雷德点了点头，说道："中尉做出了适当的决定，他别无选择。"

"很高兴你理解这一点，调查员。"艾文用演讲一般的语调说，"你不再是警察了——你是一名士兵。有时候，人们就会这样毫无理由地死去。"

"谢谢你指出这一点，舰长，"薇塔说，"我猜他们在间谍学校里总是会忘记提起附带伤害。"

艾文眯起眼睛说："这样说对你没好处，调查员。"

"我尽量不给自己找麻烦，"薇塔说，"我只想让那些人质的死有一个好理由。"

"这种事并非一直都在我们的掌握之中。"

"我说的是这一次，"薇塔攥起一只拳头，但拳头没有砸向桌子，而是缓缓落在了桌面上——这是一种策略，可以将房间里所有人的视线吸引到自己的拳头上。"现在最重要的是不能放弃我们的任务。"

艾文皱起眉头，说道："没有人放弃，调查员。但我们需要一条可行的道路才能继续前进。"

"最可行的就是追溯证据。"薇塔没有给艾文争辩的时间，径自转向克罗斯比医生问道，"你检查凯塔琳和于索的时候，他们仍然处于完全尸僵的状态吗？"

克罗斯比紧张地瞥了艾文一眼。舰长立刻说道："回答问题，医生。让我们看看这能推导出什么。"

"是，长官。"克罗斯比的目光回到薇塔身上，"是的，两具尸体仍然处在完全尸僵状态。这也是我无法进行精细尸体解剖的原因之一。"

"很好，"薇塔说，"我只想确认一下，因为时间很重要。如果我们知道他们是在十二到三十小时前遇害的……"

"我们就知道凶杀现场距离塔兰姆有半天到一天半的路程，"奥利维娅跟上了薇塔的思路，"我在蕉鹃飞船上等待的时候曾经尝试查看那艘飞船上的航行日志，但在我发现它与暗月有瓜葛后，那艘船上的AI就一直在阻拦我。也许用更好的手段能够从那艘船上挖出更多情报。"

她看向坐在桌子下首方向的无声乔伊号高级情报分析官安琪·荷尔什。

荷尔什摇摇头。"哦，也许没办法，"她说道，"我已经在让我最好的团队做这件事了，但暗月 AI 对自己的删除做得非常彻底。至今为止，我们唯一能够确定的只有她的结构比军情局开发的任何 AI 都更加紧凑精细。"

"但我们的确知道了暗月与此有关，"琳达接口道，"我们能够从他们身上榨出一些东西来，对不对？"

"是的，"弗雷德回答，"让我们先从他们的首脑开始吧。"

"我们可以稍后再处理这个问题。"薇塔说道。她很高兴看到自己在某种程度上和蓝队达成了和解。但蓝队成员是士兵，不是侦探，他们不知道在罪案调查时需要首先集中注意力观察什么，"我们会对暗月进行审查，但现在，我们还要继续推导出那些尸体能告诉我们的其他事情。"

克罗斯比皱起眉头说："我不确定我还能告诉你什么。我不是法医。"

"但你一定观察过他们身上的那些缺血斑块，对不对？"薇塔问。

"当然。那些……很特别。"克罗斯比转向站在屋中最远端的影音助手，"请放映画面。"

影音助手点击了镶嵌在墙壁上的控制面板，于索·图瓦和凯塔琳·图瓦的全息画面出现在桌面上，引来几声惊呼和干呕的声音。这些尸体看上去和薇塔在监狱中发现它们的时候完全一样，只是现在它们已经被剥光了衣服，肠子也不再堆在大腿上了。

克罗斯比伸手指向于索肩胛骨、臀部和小腿上的几处浅色椭圆形斑块，每一个椭圆形周围都围绕着一圈浅粉色的皮肉。

"我相信你知道这些白色圆形代表着什么。"

"当然,"薇塔向众人解释道,"这些是当受害者被放在坚硬表面上时,体重的压迫阻止了血液流通的地方。"她又指着环绕斑块的粉色区域说:"而这些是心跳停止后血液聚集的地方。"

艾文倾过身子细看于索的图像,然后回头看向克罗斯比问道:"所以他是平躺着死去的?"

"他们两个都是,"克罗斯比做出确认,"也许是在一张手术台上。"

"或者是类似的地方,"薇塔迅速说道,"我们能够确认的是他们躺的地方很平,比如一片地板。"

艾文皱起眉头:"这两种假设差别似乎不大,调查员。"

"但是很重要,"薇塔说,"我们不想做出会将我们引入歧途的假设。"

"好吧,"艾文回头看向克罗斯比,"你觉得有什么特别的地方吗,医生?"

"是的,长官,"克罗斯比说道,他又指向了环绕一个白色椭圆形斑块的粉色皮肉,"这种区域的颜色太浅了。考虑到一个人体内的血量,我相信它们应该是深红色。"

"这是什么意思?"

"在这起案件中,器官在受害者死后被迅速移除掉了。"薇塔说道。她不知道艾文故意忽视她是因为怀疑她的能力,还是因为她一直在催促这位舰长继续任务——不过薇塔完全不在乎这些。她是引领这次调查的最佳人选,所以她不打算让一个趾高气扬的船长挡住她的路。"那些器官中包含了大量血液。所以在它们被移除之后,人体内就没有多少血了。"

"当然。"艾文说道,他继续问克罗斯比,"你还发现了什么特殊情况吗？"

克罗斯比指着于索的肿胀严重、几乎变成青紫色的脚和脚踝。"留在他们尸体中的血液集中到了脚部，我不明白是为什么。"

"因为这些尸体在死后不久被移动过。"薇塔解释说，"而且他们身躯的侧面和正面几乎没有血色，所以我们知道他们被移动时的姿势和他们死亡时一样……都是仰面躺倒。"

艾文露出怀疑的神情："那为什么他们的脚会那么黑？"

"加速度，"薇塔说，"他们被装载的时候头冲着飞船前端，脚冲着飞船尾端。当飞船发射时，他们承受了相当大的加速重力。"

"你确认那是一艘飞船？"艾文似乎终于承认了薇塔才是他应该询问的对象，"为什么运送他们的不会是陆地载具？"

"死尸中的血液不会像水那样流动，"薇塔说，"它会不断渗透，如果要让它像这样聚集在脚部，地面车辆必须不断加速大约一个小时，而且加速要很快——每小时几千公里。"

"而且要知道，那艘蕉鹛飞船上可是一团糟，"马克补充道，"船舱里的那些黏液可以说明很多问题。"

"可以将那些黏液和图瓦家人的 DNA 进行比对，"薇塔说，"但暂时这只是一个假设，我们首先需要搞清楚事实。"

"哪方面的事实？"艾文问。

"找到犯罪现场，"薇塔回答道，"一旦我们找到，我们就能构建出这次犯罪的具体过程。"

"然后我们就能推导出杀害了图瓦上将的真凶。"奥利维娅很懂得帮忙，"也许我们能够让任务回到正轨。"

"这个我明白，"艾文对奥利维娅说话的时候显然要比对薇塔耐心得多，"但我仍然不清楚尸体上的这些斑块有什么用。"

"它能够收窄死亡时间的窗口，"薇塔说，"也能够收缩我们的调查范围。"

"啊，"艾文说道，"这样肯定很好，继续。"

"我正在制订计划。"薇塔转向两具尸体的全息图像，"现在我们的搜索范围包括了以塔兰姆为中心三十小时跃迁空间跳跃的每一个星系，这是因为尸体仍然处于完全尸僵状态，而通常尸僵都会在这个时间后开始减弱。"

薇塔说话的同时，艾文伸出手指了指影音助手，影音助手又敲了一下墙上的控制面板，两具尸体的全息图分开来，为一个以塔兰姆为中心的战术地图让出空间。这幅地图上显示出一个跃迁空间航线网络，有超过一百个星系，大部分都无人居住。这就是一艘蕉鹃飞船通过跃迁空间跳跃在三十小时内能够从塔兰姆到达的所有地方。整个航线网络的各处边缘到达塔兰姆的实际距离并非是均等的。跃迁空间航线会穿过十一个"无量纲"折叠，进入人类所知的四维空间。

实际上，从这个范围中的一些星系迁跃至塔兰姆大概需要四十小时。因为诸如温度之类的环境条件会影响到尸僵的速度，但薇塔认为不需要增加太多与调查无关的因素来让情况变得更加复杂。她找到图瓦一家的尸体时，这些尸体并没有明显的腐烂痕迹，而在足够温暖的地方，三十小时足以让尸体出现严重腐烂。

薇塔指了指于索背上的浅色斑块。"这种缺血斑块通常会在人死后三十分钟出现。所以我们能知道尸体至少躺了那么久，装载尸体的飞船才开始加速。"她又审视了凯塔琳背部的斑块，注意到那些斑块颜色更浅，"于索是在凯塔琳之前被杀害的。他可能在死后被静置了将近一个小时。"

影音助手又碰了一下墙上的控制面板。战术地图闪动了一下，最外面的一层消失了，接着又闪动了一下，剩余的部分扩大到原有尺寸——这一次，它只显示出了跃迁二十九个小时以内可以到达的星系，星系的数量缩减到一百以内。

薇塔盯着两具尸体的脚审视片刻，又转向克罗斯比问："医生，你在检查尸体的时候，它们的脚部有颜色变化吗？"

"完全没有。"克罗斯比说，"两名病患……呃，受害者身上的瘀青情况没有变化。"

"你确定？"

克罗斯比露出忧虑的神情："我确定，只是我没有想到……"

"没关系，确定就好。"薇塔可以等到自己检查那些尸体时再进一步确认医生的发现，那两双脚上的颜色变化说明血细胞已经开始破碎，融入了周围的组织中。她转向影音助手说："瘀青在两具尸体上不再有变化，这种情况通常发生在八到十二小时之后。参考克罗斯比医生的观察结果和我在全息图像上看到的情形，我可以判断，我们正处在这个时间范围的后期。我们可以排除掉航行距离在十小时之内的星系了。"

战术地图又晃动一下，这一次变成了一个厚实的空心球。潜在的可能地点缩减到五十以下——但仍然远远超过无声乔伊号的搜索能力。薇塔努力思考该如何进一步缩减目标数量——她知道昆虫入侵尸体存在一个具体的时间表，现在她开始希望这艘船上能有一位星际昆虫学家了。

"克罗斯比医生，你有观察到昆虫活动的痕迹吗？"即使是在昆虫孵化速度相当快的高星，第一批蠓幼虫也需要在十四个小时之后才能出现。"有没有虫卵，或者你有没有看见幼虫？"

克罗斯比立刻做出回答:"完全没有观察到这种迹象。"

薇塔皱起眉头。也许克罗斯比不会漏掉任何幼虫,幼虫的活动很容易观察到,不过虫卵经常会被误认为其他一些东西。

"你有没有注意到那些像是霉斑、结痂或泥土的东西?"薇塔也没有在尸体上发现昆虫活动的痕迹,但她那时太匆忙了,不可能进行详细检查。"尤其是在眼睛、鼻孔和腹股沟周围?"

克罗斯比摇摇头。"没有。如果有,我一定会注意到的。没有任何这种迹象。"他停顿片刻,又说道,"这肯定是有道理的。"

"怎么说?"薇塔问。

"摘取受害者器官的人做得非常小心,"克罗斯比回答,"他们的谨慎说明他们这样做肯定有其目的——不希望尸体受到昆虫污染。"

"哦,当然,"薇塔肯定道,她只想着确认死亡时间,却忽视了动机和地点之间的联系,"他们是在无菌环境下被杀的。"

"比如一间手术室。"阿什猜测道。

"有可能,"薇塔说道,"但我们不能忘记,他们首先被活着拘禁了将近两个星期。所以那很可能是一幢更大的建筑。"

"比如医院。"阿什再次猜测。

"或者一间实验室,"奥利维娅说,"你太急于得出结论了。"

阿什耸了耸肩:"也许有一点儿吧。但不管那是实验室还是医院,都肯定是在有人居住的星系里。"

"为什么?"薇塔问。

"基本的反侦察策略,"阿什说,"藏在人群中要比藏在空房子里更容易——尤其是如果那群人恰巧生活在一个对UNSC有敌意的世界里。"

"伪装是聪明的方法,"弗雷德表示同意,"但一直移动也同样聪明,我在医务室里待过足够多的时间,知道绝大多数大型飞船里都有克罗斯比这样的外科医生。"

阿什思考片刻,摇摇头:"一艘那么大的飞船太容易被发现了,很快就会引起注意。"

"UNSC 在这个星域采取了大量反海盗措施,"荷尔什也说道,"我们很容易注意到一艘航线不明的大船。"

船舱陷入片刻沉默,艾文舰长点了点头道:"阿什,你的推测有道理。"舰长向影音助手看去,"霍瓦恩军士,过滤掉无人居住的星系。"

数十个星系熄灭了,战术全息地图一下子暗了许多。现在只有六个星系还留在地图上,这几个星系的名字也扩大到可以很容易看清的程度。薇塔看到名单上出现了两个熟悉的地方。

韦内西亚——雪貂队在杰奥尔基餐厅展开枪战,开始任务的地方——那是十二小时以外距离塔兰姆最近的地方。

但真正吸引薇塔注意的是另一个地方:她的母星——高星,从那里跃迁至塔兰姆只需要十六个小时。

高星的大片丛林孕育了极端的生物多样性,因此那里建立了大量实验室。新药开发正是高星的支柱产业之一。

"是高星。犯罪现场在高星。"薇塔说。

艾文凝视了薇塔片刻后问道:"我可以认为你已经有了案发地的具体坐标了吗?"

"还没有,"薇塔说,"但那里有几千家药理学实验室——其中大多数都有严格的保安系统和无菌车间。"

"几千家?"弗雷德惊叹道,"我希望你能够将我们的搜索范围再缩小一些。"

"我也许能够将目标名单再简化一下。"薇塔转向克罗斯比，"为什么一支研究团队会让图瓦一家人先生存两个星期，再掏空他们的胸腔？如果我们能想明白这一点就好了。"

克罗斯比皱起眉头。"从生理学来讲，我只能想到一个原因会让他们等待这么久才收割受害者的内脏。"医生的眼睛里闪过一丝忧惧的光亮，"那些人在培养某种东西。"

"比如什么？"艾文问。

克罗斯比拿起自己的数据终端，开始敲击屏幕。"我必须进行血清测序，才能确定这些标本的准确性质，但我觉得这应该和巴鲁吉事件有关。"

薇塔从没有听说过"巴鲁吉事件"，但她记得巴鲁吉是图瓦的家园星系——底西福涅星系的第四颗行星。奥斯曼少将曾经提起过，克巴西·图瓦曾是那里预备学院的一名医疗军官。

"那是怎么回事？"薇塔问。

克罗斯比没有回答，却紧张地看了艾文舰长一眼。

"她的安全授权要比你高，医生，"弗雷德说道，然后又转向艾文，"她需要知道，长官，我们全都需要知道。"

"没错，"艾文说道，"我甚至不明白为什么这件事要予以保密，甚至还要予以分区隔离。但为了谨慎起见，任何人都不得在这个房间外提起此事，我们在此进行的讨论都将有所记录，明白了吗？"

在众人齐声应和之后，艾文向克罗斯比点点头说："继续吧，医生。"

"谢谢，长官，"克罗斯比说道，"十五年以前，UNSC在巴鲁吉行星上的预备学院经历了一场暴发性的亚海星裂殖。"

"那是什么?"阿什问。

"一种致命的原生体瘟疫。"克罗斯比回答。

"啊,"马克说道,"大概明白了。"

"重点是它很致命,"艾文说,"极度致命。克巴西·图瓦和他的孩子们是仅有的幸存者。"

"仅有的长期幸存者,"克罗斯比补充道,"还有一点很重要,那是它的第一次暴发,也是已知唯一一次暴发。也许那就是它如此致命的原因。"

"到底有多致命?"薇塔问道。

"整个学校的人在三十小时以内全部感染,"克罗斯比说,"将近一万人。"

"全部幸存者都来自同一个家庭?"薇塔脑子里的警戒雷达开始工作了,"具体是什么情况?"

"实际可能不像你想象得那么可疑,"克罗斯比说,"他们是受到了一种伽马珠蛋白生成障碍性贫血变异的保护。"

"说人话好吗?"

克罗斯比的嘴角闪过一丝善意的微笑:"他们有一种基因性的造血功能紊乱症状,导致他们的血红蛋白有一点微小的畸形。这种畸形不会造成什么症状……却能阻止亚海星病原体侵占他们的身体。"

"那么为什么图瓦一家人会被活着拘禁两个星期?"薇塔问,"因为有人要培养这种伽马什么什么的变异?"

"为了保存有这种变异的细胞。"克罗斯比纠正了薇塔,"亚海星抗体或者是抗原,但除非看到血清学报告,否则我不可能了解实际情况。"

"但这肯定和图瓦一家人的变异有关系。"薇塔直奔重点,"那些绑架者无法从其他人身上得到这个。"

克罗斯比盯住自己的数据终端,点了点头。"这看起来的确是一种非常独特的变异。UGD记录中只有克巴西和他的孩子们有这种变异。"

薇塔思考了一下,UGD——也就是UNSC基因数据库中包含有全部非保密的UNSC个人基因数据,UNSC宣称这个数据库的主要目的是加快对医疗突发事件的反应时间……但不可否认的是,它对于战场遗体识别也有很大帮助。但这一整件事中有些东西非常令人怀疑,薇塔一下子想到了什么。

"这些并没有被记录在他们的个人档案上。"薇塔说道,"否则我一定会记得。"

"实际上,这种珠蛋白生成障碍变异在他们的病历上是有记录的,"克罗斯比说,"我那时还从没有听说过这种变异还有伽马亚种,因此仔细研究了巴鲁吉事件。"

"这件事最近才被列为机密?"奥利维娅问。

"而且被分区隔离了。"克罗斯比查看着自己的数据终端,又说道,"两个月以前。"

奥利维娅扬了扬眉毛。"所以,就在六个星期以前,图瓦一家人被绑架?"她又向薇塔说道,"这不可能是巧合。"

"也许不是,"薇塔说,"我们现在可以假设,克巴西和他孩子们的死亡应该和他们的变异有关。我想知道最近都有哪些人查阅过他们的档案。"

"这件事我来处理。"奥利维娅说,"不过这段时间里光是访问过基因数据库的护士可能就有上百万人。如果加上医生、验尸员和其他人员，应该有超过五百万人。"

"没错，但我们要找的是访问特定档案的人。"薇塔回答。

"也许吧，"奥利维娅说，"不过他们使用的身份可能是假的，或者是偷来的。"

"你怎么知道？"艾文问。

"因为这群敌人太狡猾了，不会犯这种低级错误。"奥利维娅解释道，"如果做这件事的人有能力和先见之明，竟然会将巴鲁吉事件列为机密，那么他们就一定会聪明到利用别人的身份来调阅这些档案。"

"的确，"薇塔说，"但如果有时间，你还是应该检索一遍，我们需要确定一下。"

"收到。"

薇塔又转向克罗斯比说道："你说图瓦一家是唯一的长期幸存者。那么那些短期幸存者都怎么样了？"

克罗斯比的视线又落在他的数据终端上。"他们一共有六个人，全都有德尔塔或者贝塔型珠蛋白生成障碍性贫血。"他似乎察觉到自己的说法太技术性了，便抬起头说，"嗯……也就是说他们的情况类似于图瓦一家，也有无症状变异，但他们的变异没办法完全挡住病原体，实际上，那只是让他们比普通病人受了更多的苦。"

"具体情况是怎样？"

"当亚海星病原体攻击的时候，变异会导致皮肤过度增生，骨骼畸形。"克罗斯比又看了一眼自己的数据终端，"有两个病例，病人在一家军情局医院里度过了几年时间，才最终屈服于身体的畸变。随着时间的迁延,他们的畸形越来越严重。到最后……他们看上去已经没有多少哺乳动物的特征。"

薇塔抑制住自己的冲动,没有开口询问军情局的医生们是否真的曾经努力拯救那些病人——还是只不过在研究他们。她不确定自己是否想要知道答案。

"这就是巴鲁吉事件被列为机密的原因?"薇塔问道,"因为军情局介入了?"

"我不这样认为,"克罗斯比说,"就像艾文船长说的那样,把这样的事情列为机密仍然很难理解。如果不考虑军情局的介入,这只不过是十四年前的一起公共事件。当然,那以后巴鲁吉被永久性生化隔离,到现在也有十二年了。"

"是吗?"薇塔问道。生化隔离是在人类控制的银河系区域中最高等级的隔离方式。受到隔离的星球的轨道上会被布置黄蜂热核地雷网。薇塔看向艾文:"为什么这不在我们的任务简报里?"

艾文摊开双手说:"因为我们不会去巴鲁吉。现在绝大多数的导航数据包中都会有相关的隔离警告和封锁信标网,但如果没有飞船试图靠近那里,那些警告也不会被触发。"

"没有人看出这起绑架案和那场瘟疫的联系,是因为有人将那场瘟疫的相关资料都进行了分区隔离。"薇塔深吸一口气——但这无法让她平静下来。图瓦上将被刺杀显然是一个大胆的误导:罪犯企图将调查方向偏离真正的目标。"喔,他们一直都领先我们一步。"

"我不喜欢这样,"马克说,"所以,我们要去杀谁?"

"我还不能确定,"薇塔说,"但我们要从高星开始查起。"

艾文立刻抬起手做出制止的样子:"不要这么着急,调查员。

高星仍然在敌视 UNSC。我不能在没有确定证据的前提下把你丢在那里进行非法调查。"

薇塔一皱眉。"舰长，我们知道图瓦一家人曾经被囚禁在一个实验室里，那里很有可能是一个与 UNSC 敌对的世界。如果这些条件不能将高星放在怀疑名单的第一位，那么我不知道还有什么可以。"

"位于怀疑名单的第一位并非前去调查的理由，"艾文说，"这个不应该由我提醒你吧。"

"我已经不再是警察了，我是一名士兵。"薇塔给了舰长一个甜到发腻的微笑，然后说道，"而且，我们讨论的是高星。对于那个地方而言，一个调查员的直觉可能就够了。"

"但我还需要更多信息，"艾文说，"我不会冒险让一个直觉引发一场暴动。"

薇塔叹了口气。她的确能够明白舰长的用心——尤其是上一次他们在那里的时候，她曾经帮助蓝队引爆了不止一颗核弹。

"这不仅仅是直觉，舰长，"薇塔说道，"这是一个充满细节的推测链。首先，我们知道同一自由捍卫阵线的海盗攻击高星船只远比对其他星球的船只更凶狠——卡斯托和阿洛·卡西耶之间有许多血债。"

艾文点点头说道："我也看过简报。"

"很高兴你这样说，"薇塔说道，"但简报没有说明卡西耶有多狡猾，他利用 UNSC 对蒙特罗生命中心的占领事件篡夺了总统职位。如果能诬陷同一自由捍卫阵线是杀害图瓦上将以及其家人的凶手，他绝不会有半分犹豫。"

艾文的蓝眼睛里闪过一丝了然。"这样 UNSC 就会帮他处理掉海盗问题，这的确很有道理。"

"这是动机，"薇塔说，"只为这一点，也足够进行一场调查——至少是在高星。"

艾文思考片刻，然后说道："对于军情局来说，这个理由也够了。但那里有几千个实验室。我们不可能调查那么多实验室——至少在秘密状态下是不可能的。"

"我们不必那么做。"薇塔说道。她向安琪·荷尔什问道："你们对于那些足迹残留能够分析到多精确？"

"足迹残留？"艾文问道。

"老妈……抱歉，洛皮斯调查员在塔兰姆监狱收集了一些干泥巴，长官，"马克解释说，"它们也许来自转移图瓦一家尸体的凶手的靴子。"

艾文面色阴沉地看着马克疑问道："老妈？"

"我真的很痛恨这个绰号。"薇塔向马克眯起眼睛，然后又转向艾文，"那些足迹残留能够确定马克和我在塔兰姆监狱遭遇的绑架凶手来自高星，如果分析足够精确，我们就能将泥土来源定位在一公里的圆周范围内。"

"我们的船上没有行星地质学家，"荷尔什说，"但我们的一位材料技师是矿物学业余爱好者，我们还能够使用高星生物探索者使用的植物探测法。我们应该能够进行相当细致的分析……只是我不知道在没有比较数据库的前提下，分析得到的结果能有多大意义。"

"奥利维娅能够取得你们需要的数据库。"薇塔说。

奥利维娅显得有些困惑，但还是应道："我猜……应该可以。"

"放轻松。我在高星防卫部还有一两个朋友，他们应该能帮你进入高星防卫部系统。"薇塔回过头看着艾文,"这样,我们的潜在目标就可以被缩小到屈指可数的几个,而且彼此非常接近。这样可以吗?"

艾文转向弗雷德。

弗雷德耸耸肩,说道:"蓝队没有问题,我们只需要知道射击目标。"

"很好,"艾文说道,"假如那些足迹残留来自高星,而且能让我们确定准确的调查地点,蓝队就可以行动。"

"雪貂请求一同行动,"薇塔说,"我们也要去。"

艾文摇摇头说:"调查员洛皮斯,你和你的团队已经做了许多工作,马克和奥利维娅身上的伤还没有痊愈……"

"我们经常带伤战斗,长官,"马克说道,"这种事还没有阻挡过我们。"

"而且这次活动性质依然是一次调查,"奥利维娅说道,"地点又位于高星,长官,你怎么能不派我们去?"

艾文的目光转向薇塔。薇塔意识到舰长想起了她在塔兰姆不愿抛弃俘虏的事——也许是因为当舰长在会议开始时屈尊附就地说明情况时,薇塔做出的反应。但薇塔不打算为此道歉,她必须保有自己的良心。她不希望在未来的某一天,自己能够轻松对待丢下十几个无辜的人在牢房里被烧死这类事情。

"舰长,"薇塔说道,"还记得你之前对我说过的那些话吗?都是错的,我不是一名士兵,我是一名间谍。"

艾文和薇塔对视许久,最终说道:"你已经表现得很明显了,调查员。"他用双手按住桌面,站起身。"那么好吧,雪貂和蓝队一同行动。但弗雷德是这次行动的指挥官。我说得够清楚吗?"

"可以,"薇塔说,"谢谢你。"

"这不是为你好,调查员,只是因为你的意见是正确的。"艾文没有等待薇塔的回答就转向了弗雷德,"卡西耶总统是一个独立世界的元首,我不在乎他做过什么,或者你们的任务细节——没有高层的确切命令,不许消灭他。听明白了吗,中尉?"

弗雷德起身立正:"完全明白,长官。"他又向桌子对面的薇塔说道:"即使是斯巴达也需要授权才能挑起战斗。"

第十八章

（人类军事历）2553 年 12 月 14 日 14:03
坎达多·德·夏拉比，新叶萃取领域联合体
科多巴星系，高星，约赛维多样性保护区

新叶萃取领域联合体要比薇塔预料中更容易找到，他们需要做的就是朝冒烟的地方一直飞过去。从五公里以外就能够清楚地看到那根粗重的黑色烟尘一直升腾到约赛维丛林之上，这片葱郁茂盛的丛林在薇塔眼中是那样熟悉，让她的心隐隐作痛。薇塔爱她的雪貂们，他们仿佛是她的弟弟妹妹，而她永远都不会背叛他们的忠诚。但在不到六个月前，她在高星防卫部特别谋杀组的朋友和同事们就死在与此非常相似的地方。一想到他们的面庞，薇塔心中仍会生出一股思乡愁绪。

只有绳索般细小的烟尘逐渐变成一根烟柱，烟柱很快又膨胀得如同一座高塔，油腻的黑烟翻滚着，将丛林的树冠层侵蚀出一个窟窿。蕉鹃飞船放慢速度，进入黑烟之中，开始降落在它的反重力垫上。这里的能见度不到十米。船首不断上下颠簸，驾驶员在努力观察周围那些悬挂在半空、近在咫尺的焦黑藤蔓。

这支潜入小队依旧使用缴获来的蕉鹃飞船，这也是迫不得已。他们原先使用的鸦战机在塔兰姆坠毁。无声乔伊号只是一艘小战舰，并没有携带备用战机。幸好现在这艘蕉鹃飞船的新驾驶员塔杰·麦卡沃伊是一名特种作战老兵，驾驶过各种飞行器，拥有两千小时的战斗飞行经验。在跃迁前往高星的十六个小时中，麦卡沃伊迅速掌握了驾驶蕉鹃飞船的方法。无论是进入高星大气层，还是贴近丛林树冠顶端飞向目标，他的驾驶都可以称得上是完美无缺。现在他正操控飞船降落在丛林地面上，他极富自信的驾驶动作让薇塔松了一口气——她一直都担心飞船会降落到还在熊熊燃烧的火堆上。

和鸦战机不同的是，这艘小蕉鹃飞船没有隐身能力，它是用伪造的应答器编码进入高星引力圈的。这种身份伪装肯定经不起近距离查验，一旦高星航空部发现这艘船从交通管制系统中消失，又没有正式着陆，高星政府一定会对他们进行搜索。如果薇塔要找到图瓦一家遇害的线索，并获取下一步情报，她就必须加快速度。

当他们终于看到地面的时候，蕉鹃飞船距离地面只有十五米了。薇塔越过麦卡沃伊的肩头望出去，看见烟雾朦胧之中仿佛公园的一片地方。许多巨大的桫椤树显然受到了精心照料，灰色的树干上看不到苔藓和藤蔓，在大株的树蕨之间散布着数十幢圆锥形屋顶的房屋，网络般的道路将这些房屋连在一起。但这些房屋纤维质的墙壁和屋顶上能看到许多边缘焦黑的窟窿，显然是最近那场大火的遗存。还有许多房屋已经倒塌，丝丝缕缕的黑烟从上面冒起，飘向半空。至少有二十多个人类躺倒在地，其中半数身上覆盖着绿色的毯子，没有任何活动的迹象。

"有人早知道我们会来，"薇塔冲着头戴式对讲机说道，"我们首先应当关注……"

"安全，"弗雷德也在团队频道中开了口，"你留在飞船上，直到我们控制这一地区。"

"拒绝。"薇塔反对道。弗雷德是这次任务的指挥官——艾文舰长在允许薇塔和雪貂们随蓝队一同行动的时候就强调了这一点。但薇塔是平民雇员，这让她有了拒绝命令的余地，至少她认为是这样。"我和你们一起去，高星防卫部的台风战机随时可能出现。"

台风战机是高星防卫部的三座截击机，被用于保护高星的自然资源，对抗生物海盗。这种战机拥有可怕的对空火力，但真正让它们极度危险的是他们所携带的察打一体无人机群。这些战斗"雄蜂"使得妄图藏匿在丛林树冠层下的海盗们无所遁形。

弗雷德透过护面甲审视着薇塔，片刻之后他说道："我认为距离最近的政府基地到这里需要两个小时的飞行时间。"

"是的。"薇塔说道。为了保护这里的丛林生态，约赛维领空对飞行器有着严格限制，即使防卫部的飞机在执行任务之余也不能飞越这片天空，"但他们的卫星一定早就发现这里燃起大火，肯定会派遣调查队伍。谁知道他们什么时候会到达这里？"

"一小时内不可能，也许要两个小时。这里的烟尘还很重。"凯丽说道。她正站在薇塔身后一两米的地方，靠近登陆舱的位置。弗雷德、琳达和三名斯巴达III型战士都在那里。

"烟尘会增加侦察起火原因和寻找证据的困难，"薇塔说，"有人给这些尸体盖上了毯子,也许可以从那些人口中得到一些情报。这正是我的工作。"

"所以你很宝贵,不能冒被狙击手射杀的险,"弗雷德说,"你应该穿上护甲。"

"我穿着护甲呢,"薇塔拍了拍身上的防弹背心,"战斗制服。"除了头盔以外,这是她身上唯一真正的护具。

弗雷德哼了一声:"轻型战斗制服。这不是护甲。它只能给你遮挡风寒,防止你感冒。"

"对于我的工作来说够用了。"薇塔说。她在接受雪貂训练的时候就被配发了半动力型潜行盔甲,但她将那套护甲丢在了无声乔伊号上,穿上那种东西会影响她的调查效率。"我们来到这里是为了询问目击证人,不是要射杀他们。"

"明白,调查员,"弗雷德说,"我们不会射杀证人的。"

不等薇塔回答,正在降落的蕉鹃飞船突然停了下来,薇塔差一点儿因为突然的制动而跪倒下去。

"到了!"随着驾驶员的声音,舷梯猛然打开,薇塔发现他们正盘旋在距离地面大约一米高的地方,而这片地面实际上是一个巨大的平底弹坑。他们周围全都是还在冒烟的废墟瓦砾。"下船!"

弗雷德率领凯丽和琳达下了舷梯,跳到弹坑里。三名斯巴达III型战士紧随其后。在离开蕉鹃号的内部照明范围时,他们的半动力型潜行盔甲的光敏甲面从蓝灰色变成了灰绿色。作为经过身体强化的斯巴达,他们还有其他模式的战甲,不过半动力型潜行盔甲的主动伪装系统更适合雪貂们常有的潜行工作。

薇塔抓住舱门内的一个安全手柄,小心地探出身子,查看周围环境。六名斯巴达已经离开弹坑，正朝不同的地方奔跑。薇塔能看到这片地方的边界是一圈金属框架的围栏，再往外就是一眼看不透的丛林植被了，于是她将注意力转回到脚下的弹坑中。

对于爆炸物取证，她的经验不是很足，但她知道这项调查的基本流程。这里黑烟滚滚，通常都意味着发生过军工等级的爆炸。这个弹坑大约呈方形，长宽约七十米，坑中的泥土呈现出五个不算很高的环形隆起，一个在瓦砾废墟正中间，另外四个分布于四角。所以这实际上是五个弹坑，每个弹坑的形状和深度都一样，周围的瓦砾堆也大致相仿。看样子，它们是五次类似的轰炸造成的。这些弹坑又平又浅，表明大部分爆炸力量被导向上方——这里的丛林树冠被彻底炸开，也以令人印象深刻的方式证明了这一点。

驾驶员的声音出现在薇塔的耳机中："我需要你坐回原位，调查员。"

"我哪里也不去，"薇塔说，"我只是想看清楚这里建筑物的情况。看上去，爆炸是在建筑物内部发生的。"

"有道理，"麦卡沃伊说，"要透过上百米高的丛林树冠层对这里进行精确打击实在是太难了。"

"如果是有坐标导航的定点打击呢？"

"炸弹很可能会偏离目标。"麦卡沃伊说，"这种地形需要一个以无人机为基础的信号链，如果换作其他地形，就不需要这么麻烦了。不过现在你应该到船舱里来，战术地图上显示有一群未知目标正穿过丛林，向我们靠近。"

"一群？"薇塔问道，"他们的队伍有多密集？"

"相当密集。"

"他们是平民。"薇塔说。即使是在接受军情局训练之前,她就已经对小规模战术行动有了充分的了解,知道军事部队绝不可能在移动时结成密集队形,尤其是在面对装备有榴弹和自动武器的敌人的时候,"也许是想要弄清楚我们是谁的幸存者,如果是敌人,一定会分散在丛林里。"

"很有可能,"麦卡沃伊表示同意,"但我还是需要保护飞船。"

"明白。"薇塔走下舷梯,并在团队频道中说道,"洛皮斯离开飞船。"

一声叹息响起,然后弗雷德说道:"允许。雪貂队,保护好她。蓝队,继续进行勘察。"

一连串咋舌声表明雪貂们接受了命令。薇塔看准一片稍微平坦些的地面,从舷梯上跳了下去,然后迅速向旁边移动,飞船此时已经开始在她身后升高了。

薇塔脚下的碎石还是热的,拳头大小的石块和烧焦的木片堆积在混凝土的残垣断壁之间,那些支撑着混凝土的钢筋都扭曲了。被灰尘覆盖的玻璃碎片迸溅得到处都是,瓦砾堆上还有一摊摊融化的塑料。薇塔不时能看到烧焦的肢体和被压碎的头颅从残骸中冒出来,空气中弥漫着一股烧焦皮肉的气味。

薇塔逐渐靠近爆炸现场,一名身穿半动力型潜行盔甲的斯巴达来到她附近。护甲上的绿色光泽让这名斯巴达如同一个模糊的影子。

"八个人类在两点钟方向的树林边缘,正透过金属栅栏的缺口看着我们,"奥利维娅在团队频道中说,"马克和阿什已经包抄过去了。"

"没有护甲,穿的是平民衣服,"阿什轻声说,"除了一把8毫米赛文守卫者手枪,其余武器只有砍刀和厨刀。没有明显的伤口,但他们看上去都吓傻了。"

"没有问题,"马克说,"如果他们敢扔刀子,我们就用交叉火力对付他们。"

"谢谢,马克,"薇塔说道,"但要记住,他们是平民。"她朝奥利维娅所说的方向瞥了一眼,看到那个篱笆缺口就在三十米以外。炸掉新叶联合体的人在金属护栏上炸出了一个缺口,缺口外二十米范围的地面都干干净净,然后突然变成了由丛林植被组成的绿色墙壁。

"受惊的平民,"马克反驳说,"受惊的人是危险的,情况有可能突然失控。"

"那么我们就给他们一点时间,让他们安定下来。"

薇塔从缺口前转过身,走出弹坑,来到一片羽状苔藓草坪上。这里也有一些石块和水泥桩,每一块瓦砾周围的泥土都呈现出红褐色,和薇塔在塔兰姆监狱收集到的泥土完全一样——这一点自然不会让薇塔感到吃惊,高星防卫部的数据库已经将新叶联合体所在地点的土壤确定为那些足迹残留可能的来源地。

很有可能薇塔背后的这片废墟就是图瓦家人被囚禁了两个星期,又被杀害的地方。逻辑表明这场爆炸是为了掩饰凶手的身份——但至今为止,这些都只是理论。在薇塔找到切实的证据支持自己的理论之前,她需要先查清楚是谁摧毁了这处实验室。

"奥利维娅,跟我到弹坑边缘去看看,利用你的面甲偏光镜从两个角度检查一下这里的地面。"

"我要找什么?"

"靴印,"薇塔说,"布设炸药的人肯定不会留在爆炸现场。如果我们能够找到足迹，我们也许能够将足迹和靴子制造商进行比对……"

"再根据制造商找到供应链，"奥利维娅说道，"明白。"

"这样有用吗？"马克不大赞同，"暗月显然会抹去自己的一切痕迹。"

"这只是一个假设，"薇塔说，"我想要一些实实在在的东西。"

"鬼面兽足迹如何？"凯丽在团队频道中问，"这够明显了吗？"

"希望这不是一个严肃的问题。"薇塔转了个圈，最终在十点钟方向一百米以外看见了那名斯巴达。凯丽的身影在滚滚浓烟中若隐若现，仿佛一个幽灵，她的旁边是一道坍塌的大门。"你发现了什么？"

"许多迹象表明这里遭受了一次迅速而且组织良好的攻击，"凯丽说，"攻击者用炸药炸开大门，徒步进入联合体，朝所有会动的东西射击。他们之中至少有五个鬼面兽。"

"这并不代表我错了，"马克说，"暗月也曾经利用鬼面兽攻击多诺玛号，杀死了图瓦上将。"

"因为他们想要我们认为那是同一自由捍卫阵线干的，"薇塔说，"但为什么暗月还要在这里使用同样的欺骗手段？我们已经知道，同一自由捍卫阵线和多诺玛号上的惨案没有任何关系，他们是被陷害的——暗月才是进行绑架和谋杀的打手。"

"我认为攻击这里的是同一自由捍卫阵线，"琳达说，"在这片建筑物后方的另一个围栏缺口处有豺狼的脚印。也许有十个豺狼。"

"我们这里有靴印，"奥利维娅跪倒在薇塔前方几步以外，头盔距离地面很近，这时她的面甲转向弹坑。"看样子有两个人——从围栏缺口跑向了实验室。"

羽状苔藓草坪上没有步道，甚至连小路都没有。这两个人应该是从窗户，而不是从大门进入了实验室，这意味着他们可能也属于攻击这里的部队，而不是跑到屋里寻求庇护的雇员。

"看起来像是袭击者，而不是逃命的人。"薇塔说道，"如果说这是暗月干的，那感觉很不合理。如果是他们将图瓦一家人囚禁在这里两个星期，他们应该和这里的人员有关系，而不需要在三个地方炸开围栏，强行进攻。"

"那么……是同一自由捍卫阵线？"弗雷德的语气听起来很不情愿，"在失去了救赎基地之后，很难想象他们还能做出这种事。"

"并非完全没有可能，"薇塔解释道，"我们知道他们还有其他基地，而且在塔兰姆被核弹炸毁的时候有几艘船逃走了，也许卡斯托就在其中一艘船上。"

"是的……卡斯托。"弗雷德说。

他和薇塔都在高星与卡斯托进行过战斗，他们知道那个鬼面兽有多么凶残勇猛。在第二次任务报告中，薇塔描述了卡斯托带着受伤的暗月特工逃走前，她与卡斯托对视的情形。

片刻之后，弗雷德猛地呼了一口气："该死……你认为这是他干的？"

"这种猜想符合许多实际情况，"薇塔说，"尤其在卡斯托让那两个暗月活着接受审问的前提下。从我在塔兰姆找到的足迹残留，可以推断加害图瓦家人的凶手就在这里。等到我们向艾文报告情况时，暗月特工可能已经向卡斯托招出新叶了。"

"这能够解释同一自由捍卫阵线为什么比我们早一步来到这

里,"凯丽表示同意,"鬼面兽不是那种在得到情报之后还能安然稳坐的生物,卡斯托肯定想要反击。"

"也许吧,"薇塔说道,"不过这场袭击没有那么简单。"她转过身看着弹坑。弹坑所在的那幢建筑不只是被简单地摧毁了,它被破坏得极为彻底,甚至很难确定这个建筑是不是实验室。

"比如?"弗雷德问。

"我还不确定……"薇塔朝距离自己最近的围栏缺口看去,"等我和一些目击证人谈一谈后,我会让你知道我的判断。"

"收到。"弗雷德的语气透着无奈的顺从而非赞同,"小心别吃枪子儿。"

"她不会的,"马克说,"至少不会是第一个。"

"所有人都不许开枪,"薇塔说道,"我说得够清楚吗?"

"如果你这么说,长官,"马克回答道,"我们徒手格斗也不错。"

薇塔气恼地长叹一口气。

奥利维娅来到她身边,说:"他只是在担心你,老妈。"

薇塔皱起眉,朝奥利维娅的半球形护面甲看了一眼。"你不是应该去寻找脚印吗?"

奥利维娅耸耸肩说:"我也担心你。这里是高星,你还穿着UNSC制服,你应该穿上护甲。"

"他们只有刀子和8毫米手枪。"薇塔安慰道。8毫米赛文守卫者是一种短管武器,特点是容易隐藏,常常被用于近身自卫,它的后坐力很大,就连有经验的枪手也很难用它击中十米远的目标,所以薇塔完全不感到担忧。"我不会有事的。"

"你当然不会有事,"奥利维娅说,"我陪着你呢。"

她们来到围栏缺口处,薇塔摘下自己的功能腰带和挂在腰带上的武器,然后用腰带把枪缠住。交给奥利维娅,说:"拿着这个。"

奥利维娅不情愿地单手拿住自己的战斗步枪,另一只手接过腰带。"我拿着这么多东西,很难应对突发状况。"

"你一定能做好的,"薇塔说,"而且这样会让你看上去没有威胁性。"

薇塔走过围栏缺口,将双手放在腰侧,向丛林植被组成的绿墙走去。

当她距离那些草木还有五米远的时候,一个沙哑有力的女性声音喊道:"不要再靠近了。"

"好的,我只有几个问题想问。"薇塔说。

"你以为我们会回答吗?"

薇塔注意到她说的是"我们",而不是"我",发出这个声音的女人并不习惯当领导者。薇塔对她说:"我将感激不尽。"

"我猜斯巴达不是这么会说话。"

"我像斯巴达吗?"薇塔问。

那个声音沉默了片刻,然后说道:"你的朋友像,而你看上去像是个叛徒。"

薇塔的胸口绷紧了。她加入"敌方"不是因为她背叛了高星,而是因为这颗行星的新总统阿洛·卡西耶不能信任,她无法将她和蓝队一起在蒙特罗洞穴系统中发现的那个强大的先行者智仆交给卡西耶。

但树林中的这个女人不可能知道这件事。卡西耶封锁了全部在高星发现先行者遗迹的消息,并公开宣布"英勇的调查员"薇塔在赶走 UNSC 的战斗中牺牲了。不过卡西耶没有将薇塔的照片发布在媒体上。所以,除非这个女人恰巧在六个月以前的新闻中见过薇塔,否则她说薇塔是"叛徒"可能只是因为薇塔的高星口音。

"我们认识吗?"薇塔问。

"我知道你是什么人,"那个女人说,"警犬已经警告过我们。你应该感到羞愧,竟然帮助 UNSC 杀害你自己的同胞。"

警犬。这一定是阿洛·卡西耶的新绰号——也许是他为了巩固权势给自己起的。

薇塔又向树林靠近了一步:"如果我想要你们的命,你们侧面的那些斯巴达现在就已经动手了。"

一阵沙沙声响起,是马克和阿什故意发出来的,好让这些人知道他们的存在。树林中立刻响起一阵纷乱的惊呼声。

"出来,我们好好谈谈,"薇塔命令道,"告诉我这里到底发生了什么。"

一名大约四十岁,身材壮实的女子从草木之中走了出来。她有一张圆脸,留着赤褐色的短发。她的一只手握着一把切肉刀,身上的绣花宽松上衣沾满了苔藓和泥土,看上去简直像是一件迷彩服。在它左侧胸口上缀着一个名牌,上面的名字是"妮塔"。

妮塔轻蔑地扫了奥利维娅一眼,然后站到薇塔面前,将空着的一只手叉在腰上:"你知道发生了什么吗? UNSC 派同一自由捍卫阵线来干这种脏事,现在你们又来清理现场了。"

听口气,这个女人可能是卡西耶真正的拥趸——一个不加选择地相信政治宣传和阴谋论的人。薇塔停顿片刻,调整了一下自己的心情,然后以一种平静而实际的口吻说道:"UNSC 和这里的事情无关。"她有意看了一眼女人身后的树林,继续说道,"我们没有发现伤者。"

"那又如何?"

"那就是说这里一定会有伤员,"薇塔说,"我们能为他们做些什么吗?"

"可能做不了什么。"妮塔的表情依旧严厉,但她的语气已经缓和下来,"他们现在应该已经到达疏散机场了。"

在十公里以外有一个紧急疏散机场,专门为新叶和附近几家相似的实验室服务。麦卡沃伊最初计划将蕉鹃飞船停在那里,但是当他看到从他们最后的目的地升腾而起的浓烟时,就临时转向,直接飞到了新叶联合体。

"你确定那里是安全的?"薇塔问,"那个疏散机场是同一自由捍卫阵线的舰船唯一能够降落的地方。"

"不必担心,"妮塔说,"那里是安全的。"

妮塔的表情很安稳。看来距离灾难发生已经过去了一段时间,她应该是确信同一自由捍卫阵线的人完全离开了,之后才用二十分钟时间派人开车到达疏散机场,将那里的情况报告回来,然后再用三十到四十分钟组织并运送伤员到达那里……

不过同一自由卫士走了多久其实并不重要。他们的飞船在离开时很容易就会被高星的航空管制署发现,也许在他们到来时已经被发现了。

也就是说,高星防卫部的巡逻队随时都有可能在新叶联合体出现。

薇塔向这个女人微微一笑,然后说道:"听到你这样说很高兴,我只有几个问题,问完后我们就会离开。"

妮塔脸上的表情放松了,说道:"问吧,你们越早离开越好。"

"你确定发动攻击的是同一自由捍卫阵线?"

"我当然认得鬼面兽,"妮塔说,"而且他们装备着同一自由捍卫阵线的战甲,蓝色带金边,对不对?"

妮塔突然开始主动提供情报了,看来她真的很希望摆脱UNSC。

薇塔以轻松的口吻继续问道:"他们想要什么?"

"我怎么知道?"妮塔朝身后的树林看了一眼——一个代表回避的肢体语言,这说明她可能在说谎。"米格尔,你能相信吗?她在问我们问题。"

"也许他们也在找同样的东西。"一个男性声音说道。树林中突然沙沙作响,一个鹰钩鼻子的男人穿着橡胶靴和满是泥土的卡其裤走了出来,那把八毫米手枪就插在他裤腿前面的口袋里。"一定是。"

"有道理。"妮塔向薇塔转回头,"也许我们应该问问,你们想要什么?"

"答案。"薇塔看到妮塔和米格尔在交换犹疑的眼神——她知道自己该采取什么样的问讯策略了。她继续直视妮塔的眼睛说道,"你认为我们在找什么?"

妮塔夸张地耸耸肩说:"不知道,我只是一个厨子,他是场地管理员。"

"该死。"薇塔垂下下巴,假装出失望的样子,然后转过头,冲着自己的对讲机高声说道:"阿尔法队,周围安全吗?"

"阿尔法队是什么东西?"弗雷德在团队频道中说道。当然,他的话是不可能被妮塔、米格尔和其他高星幸存者听见的。"你干吗要说这么大声?"

"很好,"薇塔没有理睬弗雷德,"看样子我们要在这里待上一段时间了。布设地雷和动作捕捉器,为取证部队清场——要清理出足够大的场地。我们需要 M606。"

"什么?"弗雷德在薇塔耳旁低声吼道,"我们没有这种东西……"

"什么是 M606?"妮塔问。

"装甲履带挖掘机,"薇塔说,"发掘部队需要用它来把实验室挖开。"

"为什么你们要这么做?"米格尔问。

"因为你只是一个场地管理员,她只是一个厨子。"薇塔向妮塔点点头,"你们似乎都不知道新叶到底发生了什么,所以我们只能自己寻找答案了。所以我们必须挖掘实验室。"

"战争部绝不会允许你们这么干!"妮塔对此提出抗议。

薇塔暗示性地向奥利维娅瞥了一眼。

奥利维娅透过自己的头盔扬声器响亮地哼了一声,然后问道:"你以为他们能阻止我们吗?"

妮塔面色苍白,米格尔说道:"就……告诉他们吧,妮塔。这又有什么区别呢?"

"说得好。"薇塔紧盯着妮塔,"这样大家都不用费力气了。在离开前我一定要得到答案,如果这意味着要在这里停留一个星期……"

"好吧,好吧,"妮塔说道,"但我们只不过是被雇来帮工的,我知道的也不多。"

"从你认为这里到底发生了什么开始。"薇塔说,"不要浪费时间撒谎。一旦 M606 被放到这里,发掘队伍是不会回头的。"

"我们知道的都是我们听来的,"米格尔不顾妮塔的反对说道,"那些穿白衣服的正在进行着某种行动,要阻止同一自由捍卫阵线侵扰高星的贸易航线。"

"他们在研究某种生物制剂?"

"你以为会是什么?"妮塔反驳道,"这是一间实验室。"

薇塔让自己的声音变得严厉起来:"所以你们就是在这里开发生化武器?"她知道米格尔是两个人之中更紧张的——也就是更愿意合作的那一个,于是她将目光转向米格尔。"这是违反盖尼米德协约的!"

米格尔的脸色变得煞白,但其实根本不存在这样一份协约。"不是我们,"他说道,"我们已经有两个星期没有进入过主楼了。"

"米格尔,"妮塔说道,"如果警犬听到你这样说……"

薇塔打断了她:"相信我,妮塔,你肯定不会想干扰这次调查。"她继续看着米格尔说道,"如果我们发现你们做出了违反盖尼米德协约的事情,我们将别无选择,只能在离开的时候带走你们。"

"为什么?"

"为了对你们进行起诉……反人类罪。"薇塔说道,"如果试图为别人隐瞒罪行,你们也是同谋,对这样的罪行,我们绝不姑息。所以小心点儿,到那时你们想要回家就没那么容易了。"

"你不能带走我们,"妮塔说,"我是高星……"

"我们知道你们是谁。"薇塔向奥利维娅瞥了一眼,莉莉马上逼近了妮塔。然后薇塔继续说道:"UNSC 对于盖尼米德协约的执行是非常严格的。"

"听着,我们和那些事没有半点关系,"米格尔说,"两个星期以前,服务人员就完全被禁止进入实验室了。"

"这种事以前发生过吗?"

"没有,"米格尔说,"这是第一次。"

"其余那些职员呢?"薇塔问,"那些研究人员和管理人员呢?"

"全都死了,"米格尔指着围栏缺口里面坍塌的实验室说道,"绝大多数都死了。我们努力把幸存者都挖出来,送他们去疏散机场,但他们之中很多人肯定没办法活着到达那里。"

听到这样的惨剧让薇塔十分难过,但她不能表达这种情绪,这样会削弱她营造出的压迫感。"多久以前?"

"什么多久以前?"米格尔问。

"听着,"妮塔说,"我们已经把我们知道的所有事都告诉你了。也许你应该装好你的东西离开这里,让我们能够收拾一下死者。我相信你已经注意到了,很多尸体还被埋在瓦砾里。"

"我会决定我们离开的时机。"薇塔说,"你们是多久以前将伤员送往疏散机场的?"

米格尔看看妮塔,妮塔叹了口气,检查了一下自己的计时器:"一个多小时以前。他们现在应该在飞机里了。"

"所有人都听见了吗?"薇塔在团队频道中问,"伤员已经被空运出疏散机场。重复:那是急救飞机,让他们平安通过。"

一阵短暂的停顿之后,麦卡沃伊在团队频道中说:"唔,无声乔伊号报告,约赛维丛林上空没有飞行器。一架急救飞机在我们介入之前降落在疏散机场,现在仍然在地面上,空中没有飞行器。"

"收到。"

薇塔回头看着妮塔，决定暂时不要将急救飞机尚未起飞的事情告诉她。可能有许多事情会耽搁飞机起飞，妮塔不会知道那么多事。她转向围栏缺口。

"和我说说关于袭击的事情。"她示意所有人跟着她向爆炸现场走去，"同一自由卫士来到这里之后做了什么？"

"这还要问吗？"妮塔显得很不耐烦，"他们见人就杀。"

"还到处搞爆炸，"米格尔说，"他们一到这里就立刻袭击了行政办公室和主管的房子。"

他们到了围栏缺口，朝摧毁实验室的弹坑走去。

"实验室呢？"薇塔问，"他们是以行政办公室和主管房屋作为主要目标，还是他们首先对这里的其他地方进行了搜查？"

"一部分人直接杀向了实验室。"妮塔回答道，"那帮家伙炸开了窗户和门，冲了进去。"

"然后发生了什么？"

"不知道。"妮塔回答，"那时我们都藏在树林里。如果不那样你现在就不可能和我们说话了。"

"你们藏了多久？"薇塔问。

"没多长时间，"米格尔说，"同一自由卫士进入了实验室，我们听到枪声，大概持续了十分钟，然后他们就匆匆离开了。他们刚走出大门，这里就发生了大爆炸。"

"所以他们知道他们在找什么，要去哪里找。"薇塔说道，"你们有没有看见他们带走了什么人？"

"只有萨芭拉主管，"米格尔说，"至少有受伤的人是这样说的。没听说还有别人被抓走。"

"有没有带走什么样品容器？"薇塔问。如果萨芭拉主管使用图瓦一家人进行活体培养，同一自由捍卫阵线肯定会对这名主管所知道的一切非常感兴趣。虽然卡斯托自己不是科学家，但他是一名聪明的武士，知道收集科学情报的重要性。"你们有没有看见他们带走低温罐之类的东西？"

"怎么可能？"妮塔反问道，"我们告诉你了——我们什么都没看见。"

妮塔有些用力过度了。这引起了薇塔的注意——也许这个厨子知道的比她讲出来的更多。薇塔的目光盯住了米格尔。

"妮塔很有同谋嫌疑，米格尔。你想和她一样吗？"

米格尔摇摇头："低温罐已经被运走了。"

"米格尔！"妮塔警告地瞪了他一眼，"她在问同一自由捍卫阵线有没有带走低温罐。"

"那又怎样？"米格尔也对妮塔怒目而视，"如果你愿意，尽可以替他隐瞒，但我可不会为了任何人违反盖尼米德协约。"

"你很明智。"薇塔从奥利维娅的手中接过自己的头盔和功能腰带，让奥利维娅能够抓住妮塔。然后她继续向米格尔问道："低温罐怎么样了？"

"一队人在同一自由卫士到来前就把它们取走了，"妮塔说道，她还在努力阻止米格尔回答，"他们离开了，也许你们也应该离开。"

"你还有机会，"薇塔循循善诱道，"只要你愿意合作。有没有听说过暗月？那队人像是暗月的人吗？"

妮塔的眼睛里闪动着警惕的神色，然后她叹了口气，点点头回答道："是的……萨芭拉主管提起过他们。她还让我为他们做过一顿夜宵。"

"昨天晚上？"

"当然，昨天晚上。人们当然是在晚上才会吃夜宵。"

薇塔向米格尔瞥了一眼，皱了皱眉头。

"他们是在午夜时分离开的，"米格尔说道，"他们的卡车发出了很大的噪声，把这里的人都吵醒了。我起了床，看到低温罐就在他们的卡车上。"

"他们要去哪里？"

"不知道。"妮塔说，"我还应该给他们做早饭的，但我起床的时候，他们已经离开了。盛卡巴的锅里一片狼藉。"

这很有趣。卡巴是一种当地的苦味饮料，有兴奋功能。人们有时候会直接咀嚼卡巴叶片，不过它们通常都会被放在锅子里，和瓜多花蜜一同被烹制成饮料。

"暗月队伍里的那些人都是高星人喽？"薇塔问。

妮塔摇摇头："不，不过他们应该在这里生活过一段时间，所以懂得饮用卡巴。他们是和上一批人一起走的。"

"上一批人是两个星期以前来的吗？"薇塔看向米格尔，"那时萨芭拉主管禁止服务人员进入实验室？"

"是的，正是那时。"米格尔说，"那些人总是在园子里走来走去，尤其是在下雨的时候，把草坪都踩坏了。"

"听起来就是那些违反协约的罪犯，"奥利维娅说，"让他们溜了，实在是太糟了。"

"太糟了。"薇塔同意。听起来就像有人警告了暗月塔兰姆会发生爆炸，所以他们才会匆匆离开高星。"同一自由捍卫阵线也抢在了我们前面。"

"你认为他们带走萨芭拉是为了进行审讯吗？"弗雷德问道。

和团队中其他人一样,他一直在团队频道中倾听他们的交谈。"也许她知道暗月将低温罐带去了哪里?"

"我认为这很有可能。"薇塔说道。他们在团队频道中交谈,妮塔和米格尔则努力想要听到薇塔在向对讲机里说些什么。"同一自由捍卫阵线发现了他们,否则他们也不会那么着急离开。同一自由卫士摧毁实验室是有原因的,我猜是他们不希望给别人留下追踪的线索。"

团队频道中沉默了片刻,然后凯丽说出了大家的想法:"我很担心那些低温罐。有同一自由捍卫阵线插手,这会不会发展成九头蛇事件?"

九头蛇是 UNSC 对于严重生化武器威胁的紧急代号。

"有可能,"薇塔说,"但我还暂时不能确定同一自由捍卫阵线是否知道他们在插手什么事情。我认为卡斯托只是想要找出是谁陷害了他们——就像我们在做的一样。"

"想要搞清楚这一点并不难,"马克说,"看看我们现在在哪儿就知道。一定是卡西耶。"

"我相信卡西耶总统一定和这件事有很大的关系。他从不会放过这种机会……"就在薇塔说出卡西耶的名字时,妮塔和米格尔全都睁大了眼睛,"但我不认为这是他策划的。如果是他干的,当我们到这里的时候,这里会有一个连的伞兵在守卫了。同一自由卫士也一样,他们会死在这里,而不是在我们前面摧毁这里。"

"我并不担心同一自由捍卫阵线,"弗雷德说,"现在的问题是,那些低温罐到底在哪里?"

"不知道。"薇塔叹了口气,凝视着面前的瓦砾堆,努力寻找灵感,"我需要一些时间来找到答案。"

"该死的，洛皮斯，"弗雷德说，"我们没有时间。如果这件事真的有可能变成九头蛇事件，我们现在就需要找到那些低温罐。"

"我明白，中尉。"薇塔思考片刻，然后说道，"也许有办法加快我们的速度——但你不会喜欢这个办法。"

"说说看。"

"阿洛·卡西耶。"薇塔的话刚一出口，妮塔和米格尔就又有了反应。他们全都将头转向一旁，似乎是隐瞒了什么。薇塔盯着他们继续说道："他也许不知道低温罐去了哪里，但他一定知道些什么。我们需要问问他。"

"我们该怎么做？"弗雷德怒气冲冲地说道，"杀进人民宫，把他从床上揪起来？"

"可以，"马克说，"只要老妈穿上她的护甲。"

"我们不需要杀进他的宫殿。"薇塔终于明白为什么妮塔想要努力摆脱这些斯巴达了，她在说话的同时一直用心观察着妮塔和米格尔。"我相信卡西耶总统会来找我们的。"

米格尔瞪圆了眼睛。

"重复一遍，"弗雷德说，"我没有听清。"

"阿洛·卡西耶正在前往新叶联合体。"薇塔示意奥利维娅看住妮塔和米格尔，接着说道，"实际上，我认为他随时都有可能出现。"

第十九章

(人类军事历) 2553 年 12 月 14 日 14:16
坎达多·德·夏拉比，约赛维 4 号道路，新叶通道
科多巴星系，高星，约赛维多样性保护区

阿洛·卡西耶不希望这趟旅程受到任何关注，所以他本打算乘坐环境部的重型直升机阿贾克斯。阿贾克斯是一种独特的丛林紧急响应飞行器，它非常巨大，以至于当它穿过航线通道在第四区疏散机场降落的时候，它的旋翼会一路削断无数树叶和藤蔓。不过这架飞机巨大的体形并不意味着它有足够大的机舱空间，于是阿洛只能和他的保卫部队乘坐他的漫游者越野车和两辆穆拉特武装运兵车从地面行进。这三辆车正艰难地在泥泞的丛林道路上爬行，前面还有一辆体积堪比小型房屋的灾难响应重型履带车。

"这道山脊的顶端视野辽阔，风景优美。"度恩娜·桑多丝被

安全带固定在漫游者的后座上，阿洛·卡西耶的身边。她一只手拿着数据终端，不停地用另一只手点击屏幕。这名五官分明的女子大约五十岁，现在是高星环境部长，也是阿洛目前最亲密的女性朋友。

"同时方便我们引起更多关注？"阿洛摇摇头，"在我们到达之前，许可令是不会有事的。萨芭拉主管一定在她的保险箱里藏了一些敏感的东西。根据那名厨师的描述，她的整座办公楼——当然也包括她的保险箱，现在全都被埋在两米厚的瓦砾下面了。"

"也就是说，必须有人把它挖出来，"桑多丝说，"那名厨师没有回应我们的呼叫，一定有什么原因。"

"可能只是地形的关系。"阿洛朝外面密布着蕨类植物的山坡摆摆手，"在这种原始丛林深处，只要稍稍远离信号站和信号塔，通信就没有保障了。而且就算他们现在开始用手去挖，也只有我们知道那道许可令的存在。"

"只有我们"——阿洛的这句话指的是他自己、桑多丝和坐在漫游者前座上的两名保镖。那两名保镖穿戴着黑色制服、护甲和头盔。当阿洛还是防卫部终身部长的时候，他们就是阿洛麾下的特种战略军官。他们的忠诚和判断力在阿洛登上共和国总统宝座的时候发挥了重要的作用，所以阿洛才安排他们两个人成为自己的贴身卫士。

桑多丝继续审视着数据终端。"你确定？如果我们的位置显示没有错，那个联合体还在五公里以外。以这样的速度，我们要……"

"度恩娜，我们来到这里是为了评估同一自由捍卫阵线的袭击造成的损害，"阿洛伸手按下桑多丝的数据终端，"如果我们为了抢先到达而把灾难响应车丢在后面,那群众对我们会怎么看?"

桑多丝板起脸盯着阿洛,片刻之后,她点点头:"当然,我只希望我们没有被拽进这个泥潭里面。"

副驾驶座上的卫士稍稍转过头——他显然察觉到了桑多丝声音中的焦虑,并认为总统也许想要解决这个问题。

阿洛微笑着摇摇头:"没有必要,卢达斯。桑多丝部长正在厘清局势。"

桑多丝的目光转向卢达斯,却没能对这名卫士表现出她所希望的压迫气势。于是她向阿洛转回头说道:"如果你更谨慎一些,我们就不需要厘清什么局势了。谁会许可对一位 UNSC 上将的家人做这种实验,还要留下明文证据?"

阿洛面色一沉,桑多丝突然发出的大胆言论让他有些困惑。"你在记录这一切吗?"

桑多丝冷冷一笑。"我没有这个必要。总统对新叶联合体的关心和查问全都记录在高星环境部和新叶联合体的档案里。"她向卢达斯瞥了一眼,又说道,"如果我发生了什么事,随后的调查一定会引起各种令人不快的猜疑。"

阿洛露出了他最温暖的微笑:"我们没有必要为这种事相互威胁,度恩娜,这儿全都是朋友。"

"我很愿意让我们保持这样的关系,"桑多丝说,"尽管你的判断似乎已经开始令人生疑了。"

阿洛耸了耸肩说:"在这件事上,我别无选择。那个主管要确信她的人受到了保护。我必须明确表达我的意图,否则她就不会合作。"

"有那么糟吗?"

"就那时而言，是的，"阿洛说，"图瓦的家人已经被关押在那个实验室里。我还能做什么？联系玛格丽特·帕拉戈斯基，告诉她我帮助一家私人保安公司绑架了图瓦上将的家人……告诉她我也被骗了？她只会将这件事作为侵略的借口。"

"所以你让一个外星医生负责对 UNSC 的军属进行实验？"桑多丝问道，"然后又杀了他们？"

"我没有授权让他杀人，"阿洛说，"我甚至不知道那些军属，直到你告诉我萨芭拉主管非常恐慌。"

桑多丝眯起眼睛说："我要亲眼看到那份许可令。"

"你要看到是我许可了这个实验——仅此而已。"阿洛停顿一下，让桑多丝有时间思考，为了防备自己的这段语焉不详的话也被记录下来，他又说道，"顺便说一句，你授权秘密行动非常正确，让那些家伙和尸体迅速离开高星是聪明的决定。"

"不必这么说，总统先生，"桑多丝说道，"我现在已经深陷其中，自身难保了。"

"很好。"阿洛宽慰地伸手按住桑多丝的膝盖，"那么我们就没有什么可以担心的了。"

"不，我们有很多事需要担心。"桑多丝将阿洛的手拿开，"首先是暗月集团。他们真实的身份到底是什么？"

阿洛看向窗外不断向后挪动的丛林说："一家提供威胁应对服务的私人公司。"

"你必须说得更清楚一些，"桑多丝说道，"不管别人怎样，我需要知道事实。"

"暗月受到了高度推荐。他们保证可以结束同一自由捍卫阵线给我们带来的麻烦。"

"是谁推荐……"

桑多丝还没有将问题问完,路边突然传来一阵巨大的爆裂声。阿洛向前望去,正好看到一株三十米高的蕨树倒在重型履带车后方的路面上。行驶在越野车前面的武装运兵车一头撞在树干上,停了下来,运兵车上的20毫米链锯机枪立刻指向还在冒烟的树桩开火,一片片丛林犹如被切割机切割一样倒了下来。

道路对面,一道蓝绿色的身影从草丛中升起,飞进了运兵车,不等阿洛搞清楚自己看到的是什么,对方已经一拳将机枪手的头打进了运兵车内,随后他控制住链锯机枪,将枪口转向越野车。

"该死!"卢达斯将赛文8毫米大师短管战斗步枪抵在肩头,同时冲自己的头戴式对讲机喊道,"看样子像是天杀的斯巴达!后面……"

又一阵爆裂声在越野车后的路边响起。阿洛从后车窗看到了和前方同样的情景,又一棵蕨树倒在路上,几乎紧贴着殿后的运兵车车尾。又一道绿影从树林中飞出,将殿后运兵车上的机枪手打晕,控制住了车上的链锯机枪,同样将枪口指向越野车。

阿洛的司机拉蒙德正在倒车,越野车一下子撞上了殿后的运兵车,将那辆小运兵车顶到了倒下的蕨树干上,但如此强烈的震动也没让运兵车上的那个绿甲战士晃动一下。阿洛认出来了,那是一名斯巴达III型战士,穿在他身上的是一副主动式隐身迷彩盔甲以及球形头盔。现在这名高大的战士正在用链锯机枪对准阿洛的脑袋,同时还在向阿洛点头,仿佛他们认识一样。

一名如铁塔般高大的斯巴达II型战士跳到运兵车旁边,装备着褐色雷神锤盔甲和护目镜头盔,用突击步枪指住运兵车的挡风玻璃。阿洛将视线转向前方,看到了第二名斯巴达II型战士。这个家伙装备蓝灰色战甲和球形头盔,以同样的方式控制住了领头的运兵车。与此同时,前方的重型履带车已经开出去三十米远了。它的钢质履带掀起了大量泥巴,似乎正在加速逃跑。

令人惊诧的是,没有一名斯巴达开枪。

阿洛肩膀后面的车窗玻璃被敲响了。他转过头,看到第三名装备雷神锤盔甲的斯巴达II型战士正站在越野车后侧。这名斯巴达微微侧头,镜面护面甲正盯着越野车的后座。

"伏低身子,总统先生!"卢达斯在前座上喊道,他转过身,将手中的大师步枪指向阿洛脑袋旁边的车窗玻璃。"我来对付他。"

阿洛伸出手,把卫士的枪管推到一旁说道:"把枪收起来,如果他们想要我的命,我早就完蛋了。"

卢达斯没有放下武器:"先生,也许他们想要生擒你。"

"如果他们想这样做的话,你也阻止不了,"阿洛说,"放下你的武器,把双手放在仪表板上。你也是,拉蒙德。"

两名卫士服从了命令。阿洛放下车窗,转头看着斯巴达:"出什么事了,军官?我知道我们没有超速。"

"有点儿意思。"斯巴达透过护面甲审视阿洛,片刻之后才说道,"有人想要和你谈谈,单独谈话。"

"我明白。"阿洛向度恩娜·桑多丝说道,"那么,请原谅我离开一下,部长。"

桑多丝没有回答,只是伸手到身后去摸车门把手。她似乎忘记了自己还系着安全带。

另一名斯巴达出现在桑多丝一侧的车门旁。阿洛从她身上的半动力型潜行盔甲判断她是斯巴达III型战士。这名战士是女性,一只手拿着 M6 手枪,肩后扛着一杆配有额外弹夹的 MA5K 突击步枪。她打开车门，松开桑多丝的安全带，将这名部长从车里拖了出去。

"待在这里，双手放在看得见的地方。"斯巴达Ⅲ型战士将桑多丝推到自己身后，同时一直紧盯着卢达斯和拉蒙德，"你们两个把武器放在车座上，慢慢走出来。"

"放下所有的武器，"阿洛命令道，"不要想当英雄，这只会要我们的命。"

"说得不错。"那名斯巴达Ⅲ型战士说道。

卢达斯和拉蒙德用了几秒钟时间解下身上暗藏的匕首和手枪，然后慢慢打开车门，走出了越野车。领头运兵车上的斯巴达命令他们："你们两个跪在地上，手放在头后。"

在两名卫士依照斯巴达的命令行事时，丛林中的泥沼气息也充满了越野车的车厢。阿洛转过头，看见一个身穿UNSC战斗服的女人坐到了他身边的座位上。她要比那些斯巴达娇小很多，身穿防弹背心，腹部的枪套里插着一把M6C手枪。当她摘下头盔的时候，阿洛看到了一张有着高颧骨和深褐色的大眼睛、明媚动人的面庞。

"薇塔·洛皮斯……"阿洛努力挤出一个微笑，"真高兴能再次见到你。难道没有人告诉你，你其实应该死了？"

"我也可以这样对你说。"薇塔回答道，"如果你不告诉我还有谁与谋杀图瓦上将以及其家人的阴谋有关，也许我会这么说的。"

"哦，'有关'这个词很不精确。"

"那你就说得精确一些，"薇塔说道，"现在就告诉我。"

薇塔的手没有摸向手枪，但她的声音充满了威胁。阿洛将头转开，竭力拖延时间，让自己有机会思考。该死，他的周围到处都是斯巴达——他们用枪指着桑多丝和他的两名卫士,站在运兵车的链锯机枪后面,同时还监视着周围的丛林。这些凶神恶煞的士兵让他很难集中精神。

实际上,他们的出现本身就是对高星主权的严重侵犯。阿洛只觉得自己耳朵里的血管在急剧充血、跳动。"UNSC真的以为能够让斯巴达随时……"

"阿洛,"薇塔打断了他,将他的注意力拽了回来,"我们虽然还没有完全清楚,但我们已经知道很多了。而我们所知道的一切……全都指向了你。我建议你还是老实交代为好。"

"那么,你现在是为军情局工作了?"

薇塔向车外的斯巴达一指:"你以为呢?"

阿洛沮丧地摇摇头:"我认识的薇塔·洛皮斯永远不会……"

"不要拖延时间了,"薇塔不紧不慢地拔出手枪,让子弹上膛,"安迪拉、希里络、赛诺拉……记得他们吗?我在你们的小政变里失去了整支团队。我的耐心已经不比往日了。"

阿洛盯着她的枪看了一会儿,然后说道:"得了吧,你不会射杀我的。"

"她会的,"阿洛身后的斯巴达说道,"她的确没有被授权,但是如果涉及九头蛇级别的生化武器,杀几个人就不是什么大事了。"

阿洛的胃仿佛缩成了一团。"九头蛇?这到底是怎么回事?"

"情况很糟糕,"薇塔说,"为了这类事,发动一场战争也是值得的。"

"高星跟任何生化武器都没有关系,"阿洛说,"我也和这种事没关系。"

"那么新叶在干什么?"薇塔问,"以及你为什么要帮助他们?"

"你为什么认为我在帮助新叶?"阿洛现在非常想知道,薇塔·洛皮斯找到他签署的那份许可令没有——但提出这种问题就等于是不打自招了。"我不知道你们是从哪里得到的消息,但……"

"调查员,我们用的时间太多了,"那名斯巴达说道,"我们要把他带回去。"

"你来决定吧。"薇塔一边和斯巴达说话,一边关闭了手枪保险,把枪插回到枪套里。"他确实应该被好好审问一下。"

"等等。"阿洛不知道他们要把他带到哪里去,但他知道,如果自己真的被斯巴达带走,那就永远都别想回来了。"他们只想要一个安全的地方。我不知道他们的目标是图瓦上将和她的家人——而且我直到现在才听说了生化武器的事。我发誓。"

薇塔露出怀疑的神情。

"薇塔……你了解我。我会愚蠢到做出会引来 UNSC 入侵的事吗?"

"很明显。"薇塔说。

阿洛知道,薇塔是对的。有人从一开始就玩弄了他,并留下蛛丝马迹,让 UNSC 能够顺着同一自由捍卫阵线一直查到高星。

"那么,'他们'又是谁?"薇塔继续说道,"你觉得他们在新叶干什么?"

阿洛转过身,正视着薇塔说:"我相信你一定听说过暗月?"薇塔带着了然的神情瞥了一眼阿洛身后的斯巴达,阿洛立刻就明白了。"他们带着好处来找我。我相信你能猜到那是什么好处。"

"一五一十地告诉我,"薇塔永远都是谨慎有加的调查员,"不要遗漏任何事,如果你说谎,我会知道的。"

"我知道你会怎么做。"阿洛深吸一口气,随后才说道,"听着,这其实并不复杂。暗月是一家私人保安公司,钱袋很深,手也很长。他们说他们能够诱导 UNSC 去帮我们解决同一自由捍卫阵线的问题,作为报酬,他们只需要在高星得到一个活动基地。"

"他们说这是出于好心?"

阿洛哼了一声。"当然不可能。不过这个价码看上去很合理。毕竟同一自由捍卫阵线最近对我们造成了很大的损害。"

"图瓦一家呢?"

"我在两个星期以前才知道他们。那时新叶的主管联系了我。"阿洛停顿一下,竭力回忆薇塔是否说过什么暗示她已经看见了那份许可令的话,然后,他决定赌一把。"她那时很慌张,因为暗月正在利用她的实验室囚禁 UNSC 俘虏。"

"然后呢?"

"然后我要她忍耐一下,"阿洛说,"我那时能做什么?惊动军情局,准备接受入侵?"

"这也许要比放任一些人将上将的家人作为生化实验体更聪明——而且那些人还偷走了上将家人的内脏器官去制作生化武器。"

阿洛努力睁大了眼睛说:"我……我不知道。"他将目光低垂下去——让自己的眼睛与审讯者对视是说谎最大的忌讳。他用力摇摇头。"我告诉你,暗月将我们都耍了。他们是在让高星来承担罪责。"

这已经很接近事实了。阿洛要说服自己相信这番说辞,没有任何困难——很明显，薇塔也会接受这番说辞的。她认真地看着阿洛，几秒之后，她的表情终于缓和下来。

"按照我对你的了解，"薇塔说道，"你一定很想让同一自由捍卫阵线也吃些苦头。"

"这个想法不错，"阿洛说，"但我不确定自己该怎么做。"

"你能帮助我们找到我们正在寻找的东西。"薇塔说。

"所以你们还没有在新叶找到他们的线索？"

"我们正在调查。"

阿洛露出一丝奸笑："也就是说，你们真的没有线索。如果我们要合作，我们就需要诚实对待彼此。"

"这是否意味着你掌握着什么线索？"

"这是否意味着你还什么都没有找到？"

薇塔许久没有说话，不过她终于还是点了点头。"同一自由捍卫阵线做得很彻底，他们毁掉了全部实验室。要在瓦砾堆里寻找线索，需要几个星期的时间。"

"那么……你们都知道些什么？"阿洛希望自己宽慰的心情没有在脸上表露出来，"我和暗月？"

"我们可以对付暗月，"薇塔说，"但以他们的表现推断，从他们身上找到线索的时间也许要比清查新叶的废墟更久。那个公司的组织就像星云一样巨大复杂。"

"我对他们的了解比你们还要少。"阿洛承认，"我不知道他们会将那些……生化武器带到哪里去。"

"没关系。"阿洛身后的斯巴达说道，"博罗迪恩的人很擅长帮助人们回忆事情。"

"我没什么可以回忆的！"阿洛从没有听说过什么博罗迪恩，

但他一点儿也不喜欢这个单词——听到军情局秘密单位名字的人，很少能有机会活着重复这类名字。"我原先根本就不知道什么暗月，直到……"

阿洛停了下来。他意识到自己也许真的知道些什么——也许这足以救他一命。

"耽误我们的时间不是什么好事情，"薇塔说，"你知道些什么？"

"一条线索。"阿洛说。

"什么线索？"

"我需要回报。"

"把你留在这里，留你一条命，如何？"那名斯巴达说。

"终于能够开始谈判了，这样很好。"阿洛说道，"我相信你们不会认为我的要求有任何问题，我们的利益密切相关。"

"也许我们应该重新考虑一下我们的利益，"薇塔说，"不过我可以听听你想说什么。"

"我希望军情局结束这个任务。"

"你需要说得再详细一点，"薇塔说，"军情局有许多任务。"

"卡斯托。"阿洛看着薇塔的脸，却没有发现半点惊讶的神情，不由得有些失望。"他是同一自由捍卫阵线中唯一足够狡诈，能够组织对高星进行地面攻击并全身而退的人。"

"看起来他刚刚做到一次。你认为他很快还会再来，也许会夜访人民宫。"薇塔思考片刻，然后说道，"这个推测很有道理，他一直痛恨你在温多萨对他的出卖，现在他也许已经打定主意要你的命。他一定知道，你和他现在的凄惨处境有很大关系。"

"很高兴你理解我的担忧。"

"哦,我当然理解。"薇塔回答道,"但我不确定军情局能做些什么,要找到卡斯托实在是太难了。"

"这一次不会那么难。"阿洛说,"因为他正在前往你们要去的地方。"

薇塔的眼神满是怀疑:"你认为我会轻易相信你的话吗?"

"你自己说过:卡斯托摧毁了实验室以掩饰他的踪迹。如果他不认为你们也在寻找同样的东西,为什么他会费力做这种事?"

"图瓦家人的内脏?"

"不只是内脏。"阿洛说,"还有想要得到那些内脏的人。"

令人不快的事实真相变得越发明朗。阿洛雇用暗月集团去陷害卡斯托的海盗,用一桩令人发指的罪行刺激 UNSC 去寻找并摧毁同一自由捍卫阵线的秘密基地。但卡斯托抓住了暗月的两名特工,从他们口中逼问出了暗月集团在高星的布置,并一直追踪到新叶实验室。很明显,那个鬼面兽在新叶的发现让他开始去追寻这个计划的终极目标,而不是阿洛——至少目前如此。

阿洛对于这个敌人的残忍性情没有丝毫幻想。除非他能够说服军情局彻底了结这件事,否则卡斯托一定会回来。阿洛让薇塔考虑了一会儿,然后开始施加压力。

"想要那些内脏的人就是所有这些事的幕后推手。卡斯托要找的就是他们——你们要找的也是他们。找到他们,你们才能终止你们的九头蛇威胁。"

薇塔低垂下目光,陷入沉思。

"这个人说的有道理,"那名斯巴达说道,"他能够窃取高星总统的位子不是因为他的愚蠢。"

"我知道。"薇塔抬起头,对阿洛说道,"但我也要确保其中没有什么陷阱。"

"没有陷阱。"阿洛微笑着伸出手,"我们达成交易了吗?"

"我不会和你握手,"薇塔说,"把我需要知道的都告诉我——不要等我回过神来干掉你。"

"你真不应该这么粗鲁。"阿洛收回自己的手,"我们现在是同一条船上的人了。"

"我以前是不是听到过这样的话?"洛皮斯向阿洛问过这一句之后,又转向斯巴达,"如果他不回答,我是否可以得到击毙他的授权?"

"应该可以。"那名斯巴达说,"也许我真的不应该提起博罗迪恩。"

虽然这个斯巴达的话语都被转化成为电子音频,但其中的嘲讽意味仍然暴露无遗。阿洛允许自己稍稍恼怒了一下,之后才说道:"你们根本就不会带我去那里,对不对?"

"根本就没有这么一个地方,"薇塔说,"所以……如果你想要活命,就告诉我要从哪里开始找起。"

阿洛叹了口气,然后说道:"在子午星,严格来说在顶点太空站。去找乔纳斯·斯莱德沃。"

"斯莱德沃……那个间谍?"薇塔显得很是怀疑,"我还以为他已经死了。"

"从某种角度而言,他是死了。"阿洛自顾自地微微一笑。UNSC 并不了解乔纳斯·斯莱德沃,而这个家伙的详细信息却充满了高星的主档案室。数十年来,这位传奇的叛逆者间谍一直在向起义者们提供殖民地行政当局的护航路线和时间表,起义者们正是凭借这一点才得到了不少军火。阿洛又说道:"他死在了同星盟的战争中。"

"他和暗月又有什么关系？"

"是他将暗月推荐给了我。"

"一个死人？"那名斯巴达问道，"真是有趣的把戏。"

"死亡并不像你想的那样非黑即白，斯巴达。"阿洛说道，"乔纳斯·斯莱德沃的真名是乔纳森·斯劳恩。他是查利卜斯防御解决方案的高级副总裁，专门负责命令执行。"

"管理员斯劳恩？"薇塔问道，"顶点太空站的新AI总管？"

"没错，"阿洛说，"查利卜斯不知道斯劳恩是一名叛逆者间谍——顺便说一句，直到现在，这仍然是一个被严格保守的秘密。我现在告诉你这些，只是因为他帮助暗月陷害了我。"

"因为这是我们抓住卡斯托，拯救你的小命的唯一机会。"那名斯巴达说，"这一点我们都清楚。"

"好吧，也是为了这个。"阿洛说，"不管怎样，人类斯考恩在2551年早期的子午星战役中受了致命伤，不过他没有立刻死去。查利卜斯认为不能失去他，于是他们扫描了他的大脑模式，并将其输入一个黎曼矩阵里。他们刚刚完成这个工作，星盟就击退了UNSC，并开始玻璃化进程。"

"所以那个传奇就活在了管理员斯劳恩之中，"薇塔说道，"但斯劳恩又是怎样和暗月搅在一起的？"

阿洛摊开双手说："等你查清楚的时候，我希望你能来为我解答疑惑。"

"我会的。"薇塔戴上头盔，伸手抓住车门把手，"也许等我下次回家的时候。"

第二十章

（人类军事历）2553 年 12 月 16 日 03:16
顶点太空站，德尔塔构造环带，德尔塔 20 停泊码头
司祭星系，司祭五，卫星子午星

终于能脱下防护服了，在这种压力防护服中待了十二小时之后，建筑工人们全都又热又累，急不可耐地想要回到德尔塔构造环带中心处的穿梭机站去。现在他们都拉开了亮黄色工作服的拉链，将头戴式对讲机挂在脖子上，手里只拿着个人通信终端和一只红色的软面工具袋，上面写着：顶点太空站建筑。

但从真实之光号前面走过的这六个人类却将衣服穿得整整齐齐——那些看上去异常厚重的服装里面肯定有护甲，他们还全部戴好了头戴式对讲机。而且，他们并没有在磁力巷道上"叮叮当当"地迈着步子朝前方的穿梭机站一直走过去，他们都在仔细观察周围，审视其他人，窥看这里的结构布局。最与众不同的是，

他们的手里不是红色工具袋，而是手提式推进器和长长的硬包裹。

卡斯托在驾驶舱中指着那些人，透过挂在脖子上的翻译圆碟说道："他们看上去不像奴隶建筑工。他们的包裹里有低温罐吗？"

"没有。"回答他的是艾格妮丝·萨芭拉，卡斯托和他的部下在高星摧毁的那座实验室的主管。这个身材细瘦的女人有一双大眼睛和一头被扎成马尾辫的灰色长发，她正坐在驾驶位旁。真实之光号是一艘人类飞船，属于负载级货船，鬼面兽对它进行了改造，所以现在萨芭拉和她的座椅相比就像是一个洋娃娃，她必须向前倾过身体，将双手撑在设备面板上，才能透过前部舷窗望出去，"那些包裹太小了，而且形状也不对。低温罐看上去更像是六角形的桶。"

"你确定？"

"我知道低温罐是什么样子，"萨芭拉说，"或者你认为我在说谎？"

"看样子有可能。"卡斯托说道。和侍奉同一自由捍卫阵线的人类不同，萨芭拉并不愿意参与卡斯托的复仇之旅。他饶了这个人类一命，只是因为他需要这个人类帮他找出是谁用图瓦一家人的性命陷害了他和他的人。"你是阿洛·卡西耶的奴才。"

"这并不意味着我喜欢他命令我去做的事情——也不意味着我比你更喜欢 UNSC。"萨芭拉转过头问道，"我告诉你的事情有错的吗？"

"我们走着瞧。"

在自己的实验室中被俘虏之后，萨芭拉没有抵抗就招供了。实际上，她似乎很愿意和卡斯托合作。她主动说出自己被临时通知要准备好低温罐，而且她还偷听到了暗月信使们提起其目的地。为了换得活命的机会，她说出那个目的地是一个名叫顶点太空站的空间站，位于司祭星系中卫星子午星的轨道上。卡斯托认得这个地方，在摧毁人类的战争中，这里曾经是星盟苦战之后赢得胜利的地方。萨芭拉甚至提出，她可以提供一个高星环境部的紧急发射授权。那时距离卡斯托在救赎基地俘虏两名暗月特工仅仅过去几个小时。

不过卡斯托仍然对萨芭拉表示怀疑，直到他的一名人类工程师解读了低温罐的操作手册。这些罐子需要每三十小时完全更换一次冷却剂——这一过程需要有经验的技师和笨重的冷冻机容器，用小型运输工具是很难载运这种容器的。通过萨芭拉提供的发射授权，他们确认了暗月信使的飞船只是一艘小型侦察船，和他们用来潜入救赎基地的蕉鹃飞船完全一样。所以他们的目的地的确应该是距离高星三十小时跃迁空间跳跃范围内的地方。卡斯托的导航员确认了这样的地方只有三个，而顶点太空站正是其中之一。卡斯托终于决定接受萨芭拉的情报，并让她活下来。

现在，就在卡斯托眼前，那些假冒的工人离开了磁力巷道，开始在太空站的无重力环境中飘飞。他们用手提式推进器横向越过卸货码头，又绕过甲板系物梁架和停在墙上的装卸牵引机。

"无论他们是谁，这些家伙肯定是有什么特殊任务，"萨芭拉说，"要我说，我们是来对地方了。"

卡斯托则没有这么确定。在接近这里的时候，真实之光号曾经绕顶点太空站转了一圈，试图找到暗月信使使用的蕉鹃飞船。他们的努力没有成功——这很不合理。还没有完成建造的顶点太空站不过是一副管状骨架，仍然缺少人工重力，而蕉鹃号又有着独特的外形，其背部炮塔很容易识别。在这个一眼就能望穿的太空站里，这样一艘飞船应该不难被找到。

但他们一直都没有看见那艘飞船。所以卡斯托命令飞行员靠近一些，第二次环绕太空站。他们的这种行为招来了太空站交通管制员的严重抗议。不过真实之光号的人类导航员说了很多道歉的话，还解释说他们正在寻找预定的停泊码头，而他们的搜寻一直没有停止。

顶点太空站的整副骨架从顶到底被许多圆碟形的构造环带环绕，各种物资在这些环带中被接收并组装，迅速成为一部大型空间升降梯。德尔塔是唯一具有内部停泊设施的构造环带。实际上，这里的停泊码头无非是一些彼此独立的空间，只有一道透明的能量屏障作为外墙。当真实之光号环绕太空站飞行的时候，卡斯托能够看到这些内部码头中也没有蕉鹏飞船。

终于，交通管制员开始抱怨真实之光号的怪诞航线已经对其他飞船构成了危险，卡斯托这才命令飞船停泊在德尔塔构造环带中，并立刻派出一队人类间谍去寻找蕉鹏飞船。

卡斯托一边思考，一边看向驾驶室前部的通信全息图。他发现自己一直在期待神使再次出现。自从救赎基地被摧毁之后，他就一直心神不宁，他的愤怒和热忱都没有得到指引。

他向这幅全息图说过许多次话，在心中恳求神使的指引，乞求她原谅自己让救赎基地遭受灭顶之灾的过错，但神使一直没有回应。在神使的沉默中，他感受到了神使的怒火，并因此堕入了极度的痛苦之中。

卡斯托知道，要重新得回神使的宠信，他只有一个希望。他必须找到并完全剿除暗月和雇用暗月的阴谋家，彻底毁灭他们，就像他们的阴谋彻底毁灭了救赎基地一样。也许到那时，神使就会原谅他……如果他仍然得不到神使的原谅，至少他还能获得为神使摧毁隐秘敌人的荣誉。

片刻之后，卡斯托将目光转回到萨芭拉身上，向她问道："如果真的是这里，为什么我们找不到暗月的蕉鹃飞船？"

萨芭拉也审视着卡斯托，缓缓吸了一口气，说道："嗯……"

"'嗯'是什么意思？"

"没什么意思，"萨芭拉说，"我只是认为一位主教应该足够聪明，能够看清楚这个问题。"

沉闷的话语声从驾驶舱后面传来。"说出这种亵渎言辞的俘虏应该被处死。"奥逊走了过来，"我会负责……"

"等等，"卡斯托抬手拦住奥逊，然后又转向萨芭拉，"你真的想死？"

"完全不想。"萨芭拉的整个身子都开始颤抖——卡斯托相信这代表了她在说实话。这时这个人类又说道："但如果你连这么明显的事情都看不出来……"

"够了！"奥逊说道。就像卡斯托一样，他的脖子上挂着翻译圆碟，这样他的话就能被其他种族听懂。"主教，请允许我结束这个侮慢之人的生命。"

"不等她把情报说出来吗？"卡斯托挥手示意奥逊回到自己的位置上去，然后他大笑着说道，"你实在是太聪明了，萨芭拉主管。告诉我该去哪里找到蕉鹃飞船，当真实之光号离开这里的时候，你就能获得自由。"

萨芭拉的身子还在颤抖，但她努力挺直了肩膀说："我相信一位鬼面兽指挥官绝对不会违背他的诺言。"

"那你就真的是一个蠢货了,"卡斯托说,"但我不只是一名头领。我是同一自由捍卫阵线的主教,我会履行我的承诺——如果你不再继续测试我的耐心的话。"

萨芭拉咽了一口唾沫,然后再次向船首大舷窗外望出去。"那些信使来到顶点太空站是有原因的。暗月在这里一定早有布置——也许他们的布置完全可以隐藏起一艘小飞船。"

卡斯托的目光突然转回到卸货码头上。那些假冒的工人已经到了五十米以外,正从另一队回去休息的建筑工人头顶飘过。在那些工人对面还有更多的停泊码头,其中一些空着,一些停泊着和真实之光号相似的小型货船。

在绕过构造环带大约四分之一的地方,停着一艘巨大的灰白色罐状货船,从真实之光号上只能隐约看到它。它的体积非常巨大,几乎填满了它所在的码头。因为没办法看清它的具体细节,卡斯托无法确认它的类型,但他能够认出用人类文字写在那个巨型罐状货船上面的公司名称——梁－多特蒙德。

是的……这艘货船的主舱完全能够藏住一艘蕉鹃飞船。

卡斯托看着那些假冒的工人继续向梁－多特蒙德货船飘去,随口问道:"那些骗子——他们来这里是为了接收低温罐吗?"

"如果我的推测没错的话,"萨芭拉说,"但除非我们真的看到他们拿到低温罐……"

实验室主管还没有把话说完,卡斯托已经明白了她的意思。一位优秀的科学家从不会忘记宇宙中充满了巧合。但卡斯托不是科学家,他是战争统帅。战争统帅更习惯于抓住可能性,而不是依赖确定性。他回过头向奥逊下达指令:"命令间谍盯住那些假冒的工人。然后准备好包裹。战斗就要开始了。"

奥逊单手握拳捶了一下胸膛。"服从命令……"

"让一名间谍沿着假冒工人的行进路线反向搜寻，"萨芭拉插口道，"也许你还能找到他们的飞船。"

奥逊的眼睛鼓了起来，但他并未开口，只是难以置信地看着卡斯托。

卡斯托瞪了萨芭拉一眼问道："你竟敢指挥我？"

"这只是一个建议。"萨芭拉说，"但我相信你能看得出，这些骗子的飞船能够将他们的真实身份告诉我们。"

卡斯托感觉到一种罕见的困窘火焰在自己的胸中升起。他没有想到要在与这些假冒工人打交道之前先找到他们的飞船——他应该想到的。妥善周全的侦察对于任何攻击都非常重要。失去救赎基地的愤怒让他将这场复仇看成了一场屠杀，而不是战争。

这是一个错误。他的敌人很强大，也很狡诈。如果他继续让愤怒蒙蔽自己的双眼，他的敌人就能够继续在暗处随心所欲地攻击同一自由捍卫阵线。

片刻之后，卡斯托转向奥逊。"派潘娅去找那些骗子的飞船。命令她无论有什么发现都立即报告——如果敌人派出援军，一定要及时通知我们。"

"服从命令，主教。"

卡斯托等待奥逊将命令传达出去，然后说道："萨芭拉主管的意见很明智。为什么你提不出这样的意见？"

奥逊睁大了眼睛，但他很快就垂下头说道："我辜负了你，主教。我将接受你的惩罚。"

卡斯托只是摆了摆手："我只希望得到更好的建议。我不可能想到所有事情。你一定要畅所欲言，就像那名俘虏一样。"

"我会的。"奥逊的目光向萨芭拉闪动了一下，嘴唇稍稍噘起，"我的第一个建议是小心看似很有用的俘虏。这个人类在我们的袭击中失去了她的基地和下属，为什么她现在要帮助我们？"

"因为我知道那些低温罐意味着什么，"萨芭拉说，"它开始让我为我们所有人感到担心了。"

"但你宁愿让我们得到那些罐子，"卡斯托接受了奥逊的建议，开始对这个人类生出警戒之心，"你不认为那些罐子在我们手中才是危险的吗？"

萨芭拉微微一笑："你的手里是它们能够找到的最安全的地方。同一自由捍卫阵线不具备使用它们的专门知识——等你们得到这样的知识时，那些低温罐一定已经失去了低温功能，里面的组织器官也早就坏掉了，根本无法供你们使用。"

卡斯托不明白萨芭拉为什么突然关心起了那些罐子。他在新叶实验室审问这个人类的时候，萨芭拉只是告诉他低温罐里保存着图瓦上将家人的内脏器官。这些内脏可以进一步诬陷同一自由捍卫阵线是杀人凶犯。这让卡斯托怒不可遏，于是他彻底摧毁了那处实验室，然后才离开高星。这时他才意识到，自己不假思索地接受了萨芭拉的说法，甚至没有多想一下这其中的问题。

片刻之后，奥逊说道："我们要寻找的是隐秘的敌人，而不是低温罐。如果那些罐子对我们没有用，为什么我们还要夺取它们？"

"因为你们的敌人想要它们。"萨芭拉反驳道，"无论那些敌人是谁，他们已经将杀害图瓦一家的罪责牢牢地扣在了你们头上。你认为他们开发出这种武器不会用来对付同一自由捍卫阵线吗？"

"他们开发的到底是什么武器？"卡斯托问。

"一种可控亚海星裂殖子,"萨芭拉说,"我只知道一点细节,因为我们的实验室只是在培养一种珠蛋白生成变异体,用以抵御……"

"她在说谎,"奥逊说道,"如果她只知道'一点细节',那她怎么可能确定他们在开发一种武器?"

"因为我明白他们的目的是自我保护。"萨芭拉说,她将注意力集中在卡斯托身上。"敌人需要一种疫苗来抵御他们自己制造的生化武器,那就像是他们的护甲,而开发出那种护甲的关键就在那些低温罐里。如果你们控制了低温罐,你们就能让他们不敢使用武器。无论你们的隐秘敌人是谁,没有人会疯狂到在没有疫苗的情况下就将亚海星裂殖子作为武器使用。就算是星盟也不会那么疯狂。"

奥逊低吼一声,也许他想要搞清楚萨芭拉的这句话是不是有意要侮辱他们。不过他最后只是说道:"现在这个人类想要利用我们来保卫高星了。"

"同一自由捍卫阵线也需要保护,"卡斯托说,"我们隐藏的敌人摧毁了我们最重要的基地。如果相信他们不会彻底摧毁我们,那我们就都是傻瓜。"

奥逊低下头说:"你的智慧让我无话可说。"

"你虽然嘴上服气,心里却不服,"卡斯托说道,"你还有什么想要说的?"

"只有一件事,"奥逊说,"如果我们得到了那些罐子,敌人一定会来找我们。这样可以将敌人引出来,是个不错的战术。"

"但是呢?"

"但是,我们可能忽略了一个明显的事实,"奥逊说道,"那座实验室在高星。阿洛·卡西耶曾经是我们不共戴天的死敌。主教，也许这一切并不像看上去那样复杂。"

卡斯托的目光转向了萨芭拉。

主管摊开双手。"没错，卡西耶总统与这件事有关——但他也受到了暗月的欺骗。"她看着卡斯托的眼睛问道，"你真的以为他想要惹恼 UNSC？图瓦？图瓦一家已经两次被拿来当作陷阱。"

卡斯托也得出了同样的结论。在救赎基地被俘虏的暗月特工死前招认了许多事，但他们完全没有提起过阿洛·卡西耶有什么阴谋。实际上，卡斯托越是对这件事深入思考，他就越赞同萨芭拉。阿洛·卡西耶只是一件握在别人手中的武器。

卡斯托起身，转向奥逊："质疑我们的结论是明智之举。在这一点上，你做得很好，奥逊。"

"这便是我所希望的。"奥逊向萨芭拉瞥了一眼，"但你还是相信那个异教徒。"

"我相信她对于阿洛·卡西耶的判断是正确的。"卡斯托说道。他转身想要离开，却又在萨芭拉的座位旁边停住脚步。"我们会夺取那些低温罐，并按照你的意愿处置它们。"

萨芭拉的表情显示出她内心中的惊愕："呃……谢谢。"

"我不想得到你的感谢，"卡斯托说，"我希望得到你的效忠。我曾经承诺会给你自由，如果你愿意，可以得到它。但如果你想要我们帮你处置低温罐，那么代价就是你的忠诚。"

"多长时间？"

"只要我需要你。"卡斯托说。

萨芭拉面色一白，但她还是点了点头："好的，很公平。"

"那么这件事就定下来了。"卡斯托努力隐藏自己的警惕。这个条件是一项测试,他面前的这个人类在答应的时候毫不犹豫,就说明她的话语是真诚的。卡斯托用指尖摸了摸额头,"你的敌人就是我的敌人。"

萨芭拉似乎不知道该怎样做出正确的回应,但她模仿卡斯托做了同样的动作,然后说道:"我猜这让我们成了朋友。"

"差不多,"卡斯托向驾驶舱后走去,"那么来吧。在战斗开始前留在我身边,然后藏起来,不要做任何让你丢掉性命的事。"

他们来到了登陆舱。卡斯托和奥逊在这里装备好动力盔甲和喷射背包,萨芭拉得到了一顶头盔和一副护甲背心,还有一把M6小手枪用以防身。因为她没有使用喷射背包的经验,所以她穿上了一双钢底靴子,让她能够借助太空站暂时的地面磁性来移动。

登陆舱尾部还有另外五名装备动力盔甲的鬼面兽和八名装备常规战斗装具的豺狼。他们之中没有人类,所有人类都被派出去进行侦察和寻找暗月的蕉鹃飞船了。卡斯托还在检查自己的武器配备,数支战斗步枪和一组死亡榴弹——无信仰之人管这种武器叫鬼面兽炮。就在这时,潘娅兴奋的声音在作战频道中响起。

"主教,我找到那些骗子的飞船了,你绝对无法相信他们是谁!"

"别废话!"卡斯托厉声喝道。他一直都想要在同一自由捍卫阵线之中建立起严格的军事纪律,但这样的努力屡遭挫折。大部分非鬼面兽信徒在骨子里仍然只是海盗,在他们看来,任何形式的训练都是他们自身个性的冒犯。"报告情况——快。"

"你可以查看画面显示,"潘娅回答道,"我已经上传到真实之光号的数据网里了。"

卡斯托转向监控舱,查看那里的显示画面。监控舱的中央屏幕上正显示着一艘停泊在顶点太空站码头上的小型飞船。它的形状有些像一颗子弹，外表为肮脏的灰色，船首印上了一个顶点太空站的鉴别码。飞船的舷梯已经放下，一名身穿卡其制服的瘦高男子正在飞船外的磁力巷道上来回踱步。他的衣领上缀着两道军衔证章，胸前右侧衣袋上别着名牌，因为画面太小，看不到名牌上的文字。除此以外，他的身上没有绶带、徽章和部队番号。看样子，这艘小飞船应该是附近一艘大型飞船的摆渡船。卡斯托不明白为什么这名军官要在开阔地面来回踱步。只有傻瓜会在行动中毫无必要地暴露自己。

萨芭拉从头盔耳机里听到了潘娅的报告，便来到卡斯托身边说道："我不是士兵，不过我也能看出来，这不是 UNSC 的制服吗？"

"不只是 UNSC，"卡斯托说，"那名军官的身上只有他的名牌和军衔，那意味着他是军情局的人。"

"军情局？"萨芭拉的脸再次变白了，"这可不是好事。"

"也就是说，你将我们引进了埋伏，人类。"奥逊说道，"只要主教允许，我会把你的胳膊揪下来……"

"这不是埋伏，"萨芭拉辩解道，"我们在这里已经有一个小时了，一直都没有人来找我们。这意味着更可怕的事。"

"怎么更可怕？"卡斯托问。

"如果军情局来这里是为了接收那些低温罐，那就意味着是他们正在开发这种生化武器。军情局肯定有足够的专家能够做这件事。"

"这毫无道理。"卡斯托说，"图瓦上将效忠于 UNSC……难道军情局不是 UNSC 的一部分吗？如果他们想要她的家人制造生化武器,为什么他们不命令她将家人献出来?"

萨芭拉抬头看着这个鬼面兽,又摇了摇头:"你真的不明白人类,对不对?"

卡斯托看了看奥逊,后者只是歪了歪头,似乎和卡斯托一样困惑。

"这样的命令是一种严重的叛逆行为。"萨芭拉解释说,"实际上,如果有人胆敢发出这样的命令,他也许会被永久开除……或者被直接送进精神病院。"

"为什么?"奥逊的声音中更多是困惑,而不是怀疑。"军人经常会被派去送死。这是军人的本分。"

"但他们的家人不行,"萨芭拉说,"而且任何人都不会被允许为这种极度违法的事情送命。当然,因为它是极度违法的,所以也是极度被保密的。"

卡斯托不知道该怎么看待这件事。鬼面兽缺乏这种硬性的限制,鬼面兽头领可以随心所欲地指挥他的部下。如果有人不喜欢头领的命令,那么他只有一种解决手段——死亡挑战。

但人类有着奇怪的习俗和软弱的情绪。卡斯托和奥逊年轻时都曾是鲜血星的一分子,那是一支特种部队,任务就是伏击猎杀斯巴达恶魔。他们的指挥官曾经是向斐力寂静阴影的成员,一位拥有非凡技艺和战斗热情的首席战士。他率领卡斯托、奥逊和他们的战友阿提奥克斯在一场突袭战中俘虏了一整个班的行星轨道突击队。在随后对这支突击队进行了三天的审讯中,星盟得到了许多情报,但最令人惊讶的是一个传闻——UNSC会从家庭中偷走优秀的儿童,将他们塑造成恶魔斯巴达。这让卡斯托格外惊诧,在鬼面兽的母星多伊萨克,一个家庭如果能够向部落献出自己的孩子，肯定会感到莫大的光荣。

卡斯托永远也不可能明白，为什么人类会将这种牺牲视作耻辱。但他没有必要理解这种事。人类的愚蠢让他们变得软弱，知道这个就够了。

卡斯托又审视了画面片刻才说道："潘娅，你去擒拿飞船外面的那个军情局军官，然后等待奥逊前去支援。"

"服从命令，主教，"潘娅回答道，"不过……我该怎么做？"

"采取一切手段，"卡斯托说，"不过我想要他活着。"

潘娅还在犹豫的时候，一名男性间谍的声音忽然在战斗频道中响起。

"主教，那些假冒的工人已经登上了梁－多特蒙德公司的货船！"说话的人一直在兴奋地喘息着，"看样子，那艘货船里发生了枪战！"

卡斯托完全不知道是谁在说话——除了性别之外，人类的声音在他听来完全是一个样子。"记住你们的训练，"他命令道，"先表明身份，然后报告细节。"

"我是塔博，"那个人说道，"货船里的枪声应该属于自动武器，声音不是很响。"

"那些枪安装了消声器吗？"卡斯托问。

"很难说，主教。"塔博停顿片刻，又说道，"我把耳朵贴在货船外壳上听了听，有一种沉闷的'砰砰'声。"

"是的，消声器。"卡斯托得出结论，然后他转向萨芭拉，"这意味着那些假冒的工人早就准备杀光暗月信使。也许军情局来这里是为了阻止低温罐转移？"

"有可能，"萨芭拉回答道，"或者也许他们只是要杀人灭口。

这很难判断。"

"不，没有那么难，"语毕，奥逊在频道中说道，"塔博，等枪战结束了就告诉我们。"

"呃，已经结束了。"塔博说，"不，等等，我又听到两声轻响，声音小得几乎听不到。"

奥逊看着卡斯托说："他们在确认有没有活口。他们是在杀人灭口。"

卡斯托一点儿也不惊讶。如果说鲜血星是这个世界上最英勇无畏的战士，那么军情局就是他们最凶残邪恶的对手。屠杀自己雇用的人——卡斯托早就见过军情局的这种勾当。

卡斯托在战斗频道中说道："塔博，你做得很好。离开那里，躲藏起来，等那些无信仰之人……"

他的命令被一声惊呼打断了，一次心跳之后，战斗频道里充满了一个人被自己的血液呛住时发出的"咯咯"声，他们的通信也就此终止了。

当然，军情局的部队肯定会设置暗哨。那个在小飞船前踱步的军官呢？他是个傻瓜……还是一个诱饵？

"塔博？报告情况。"没有听到回答，卡斯托的目光转向奥逊，"谁和他在一起……"

"妮奥拉和凡库斯，"奥逊在战斗频道中说道，"报告情况。"

没有回应。

"潘娅？"奥逊的声音里流露出忧虑，"报告情况。"

仍然没有回应。踱步的军官不是傻瓜，毫无疑问，潘娅为卡斯托的错误付出了自己的生命。

卡斯托关闭通信器，向同伴们下达了命令："关闭通信，我们的频道被入侵了。"

他的部下纷纷依令而行。卡斯托审视着显示屏幕,真实之光号的外部摄像头能够全方位扫描周围区域,目前看来还没有人靠近这艘船。不过这个码头并不比这艘货船大多少,而码头外有数十个隔间和固定设备的网架,完全可以供敌人躲藏。

"主教,"奥逊说道,"我们在等待你的命令。如果那些无信仰之人知道我们在侦……"

"他们会迅速采取行动。"卡斯托替他把话说完。

然后卡斯托转向舷梯。现在他知道了,是军情局将图瓦一家人的死栽赃给了同一自由捍卫阵线。现在明智的做法是立即撤退,制订新的复仇计划,但他怀疑军情局和其他主教都不会给他这个时间。尤其是军情局,他们摧毁了救赎基地,对同一自由捍卫阵线造成了沉重的打击,他们肯定会乘胜追击,继续扩大战果。

而且他还要考虑低温罐的问题。为了阻止军情局得到它们,那个名叫萨芭拉的女人竟然愿意牺牲自己的自由……这意味着必须对那些罐子采取行动,而且速度要快。

"带路,奥逊,"卡斯托说道,"我们可以在那些无信仰之人返回自己的飞行器时截住他们。"

奥逊低下头说:"非常感谢你的信任,主教。"然后他敲了一下控制面板,舷梯降落下去。随后他便启动喷射背包,从舱口飘飞出去……舱外突然响起了火箭推进榴弹的爆炸声。

"敌人来了!"奥逊咆哮道。

榴弹弹头将奥逊推过登陆舱,直接撞进监控舱。卡斯托最后一次看到他的老友时,一团烈火正从奥逊战甲的背部喷涌出来。

第二十一章

(人类军事历) 2553 年 12 月 16 日 03:27
德尔塔构造环带，20 号贮存区
司祭星系，司祭五，卫星子午星，顶点太空站

第一枚 M19 地对地导弹正中那个鬼面兽的胸甲，将他炸回了真实之光号的登陆舱里。弹头在船舱中爆炸，欧丽尔透过一部老爹 10 头戴式摄像机的广角镜头看到目标的身躯被炸得四分五裂，火焰覆盖了他身后的整个监控舱，鲜血和烟雾形成的云团充满了那艘飞船。

欧丽尔一直都不喜欢销毁可用资产。但她的算力原体，也就是纪元级智仆，无畏圣目已经向她说明：卡斯托的使用周期结束了。他在冥思之地捕获暗月特工的行为，以及他对于冥思之地真正主人的不懈追踪，都让他变得越来越不可靠。他所率领的整个组织都应该被尽快剿灭，否则他很可能会对暗月集团有更多的了

解，进而危及无畏圣目自身。

在一千个系统节拍之后，欧丽尔依然在透过头戴式摄像机观察并等待。她看到了溅上鲜血碎肉的战甲，碎裂的显示屏幕，有人栽倒，浓烟从舱门涌出，但仅此而已。

巴塔兰·克拉多格上尉没有发射第二枚导弹。

"克拉多格上尉。"欧丽尔从顶点太空站的摆渡飞船里直接向克拉多格发出信息。现在她已经控制了这艘小飞船的主系统。"是什么原因导致你耽搁这么久？请马上发射第二枚导弹。"

"向哪儿发射？"克拉多格正在20号贮存区，这里紧邻真实之光号停泊的码头，他身边的货物围网中堆满了激光焊枪使用的燃气罐。他一只手抓着货物围网，另一只手握着肩扛式 M41 SPNKr 导弹发射器的扳机说："我看不到目标！"

"直接向登陆舱内部射击。"欧丽尔努力保持着声音的平静。无畏圣目已经确认，克拉多格在承受压力时会变得不稳定，欧丽尔让他加入战斗只是因为老爹10的其他队员正在忙着回收低温罐。"现在最重要的是让伪活着的人无法展开行动。我们需要再拖延他们四十二秒。"

"幸存者？"克拉多格死死盯住了那个浓烟滚滚的舱口，却根本没有要用导弹发射器瞄准的意思。"你疯了吗？那艘货船没有爆炸已经是我们的运气了。如果我再次击中它，它会把整座太空站炸飞！"

就在克拉多格说话的时候，一个巨大的影子出现在烟雾弥漫的船舱门口，随后飘飞进码头区。

克拉多格难以置信地猛吸一口气，急忙放开围网，举起 SPNKr，扣下扳机。但他并不习惯零重力环境，被导弹发射的后坐力推得转起圈来。欧丽尔透过摄像机镜头看到，导弹远远偏离了真实之光号的舱口，打在十几米之后的地方。

从浓烟中走出来的身影逐渐清晰，变成一个身穿动力盔甲的鬼面兽。他举起一杆 T-25 刺钉步枪，向克拉多格开火。克拉多格丢掉 SPNKr，伸出双手抓住货物围网。

这个动作反而让克拉多格摔了个四脚朝天。欧丽尔不得不开启图像稳定功能，好看清摄像机传来的画面。不断抖动旋转的模糊画面中出现了一片片长钉打出来的火花，随后是一个鬼面兽被烧伤的脸，这张脸因为愤怒和悲伤而变得极度扭曲，欧丽尔用了七个系统节拍才认出他是卡斯托，这个鬼面兽灰色的长胡须上沾满了血浆肉块，他的身后又飘出来三个鬼面兽，全都穿着镶金边的蓝色战甲。

克拉多格抓住围网，开始用双手爬行，努力想要找到掩体藏起来。欧丽尔五秒钟前才命令他发射第二枚导弹，所以欧丽尔知道，卡斯托和他的同伴有充足的时间阻止老爹 10 小队将低温罐带回摆渡飞船。

克拉多格尖叫一声，猛地一甩头，欧丽尔视野中的鬼面兽变成了从这名上尉腿上飘起的诸多血珠。欧丽尔竭力分析摄像机画面边缘处的变形图像，想要确定卡斯托和他的武士们的状况，但她的视线被货物围网挡住了。

欧丽尔向所有老爹 10 队员发出呼叫："克拉多格上尉的攻击只获得了部分成功。你们将遭遇四名全副武装的鬼面兽。"

"鬼面兽？"普荷·兹登妮克说道，她是这支队伍里的三名女性之一，"这些低温罐最好别是对人类生死攸关的东西。"

"别贫嘴了。"发出喝令的是老爹 10 的指挥官，一名方脸的军情局军官,名叫波特·萨希尔,然后他又通过对讲机对欧丽尔说,"很感谢你的警告。"

"很高兴能够效劳,"欧丽尔回答道,"克拉多格上尉会为你们提供支援。"

"支援?"克拉多格喘息着说道,"我受伤了!"

"那只是一点轻伤。"欧丽尔能够从克拉多格腿上的长伤口判断出,长钉子弹只是划过了他的皮肤表面,并没有深入其中。"你完全可以继续战斗,尤其是在失重环境下。"

"我很痛!"

"克拉多格上尉,我们需要你能够提供的一切帮助。"萨希尔声音中流露出了难以掩饰的嘲讽——很明显,他对克拉多格并没有多少期待。"四个装备冲击战甲的鬼面兽,即使对我们来说也不那么容易对付。"

"我会努力试试的,"克拉多格拼命喘息着,"但我不确定自己能做什么。"

"也许你应该找回那杆M41导弹发射器,"欧丽尔平静地提出建议,"然后重新给它装弹。"

欧丽尔一边说话,一边进入了萨希尔的头戴式摄像机,观察老爹10的备战情况。现在这名指挥官让队伍停在距离梁 - 多特蒙德货船三十米远的地方,正在向队员分派任务。他的摄像机镜头逐一对准了队员们的面孔。

这些士兵面容严肃,眼神坚定,身体姿态充分表明了他们的信心。男性都有着粗重的眉毛和方正的下巴;女性则有着小鼻子和纤细的五官,褐色眼睛的人要比蓝色眼睛的人多,而兹登妮克有着黄褐色的皮肤和绿色的眼睛。他们的护甲溅上了许多暗月信使的血迹，但更加惹人瞩目的还是他们手中的 M7 冲锋枪和 M45E 短管破甲步枪。

旁观的建筑工人纷纷四散奔逃，在磁力巷道上踏出一阵阵响亮的脚步声，或者直接飘向旁边的码头，抓住围网和系物架，寻找可以遮挡身体的东西爬进去。暂时还没有保安部队过来，但欧丽尔预计情况很快就会发生变化。她正在监测所有顶点太空站的保安频道，知道管理员斯劳恩——这个太空站的 AI 总管正在集结力量准备镇压此处的武装冲突。

萨希尔指挥队员们用 L 状队形前进，让前方的敌人落入他们的交叉火力之中。他亲自率队，同时任命普荷·兹登妮克率领一支三人小队，护送低温罐跟在后面。

20 号贮存区中，克拉多格正拿着他的 SPNKr 回到货物围网旁边。他没能及时开启喷射背包的刹车，结果重重地撞在了围网上，身体又被弹开。不过他还是伸出一只脚，钩住了围网，让反弹的围网将他带了回去。然后他甩动双手，总算抓住了围网，随后才开始摸索武器，努力打开弹仓栓，想将背上的导弹插进去。

破甲步枪的轰鸣声在老爹 10 的通信频道中响起，一个鬼面兽旋转着进入了萨希尔的视野。那个鬼面兽的喷射背包还处于开启状态，鲜血从他的头部流出，画出一道粗大的螺旋形曲线。只是一百个系统节拍——也就是十分之一人类秒之后，通信频道中就充满了喊叫声和轻型武器的交火声。越来越多的尸体在半空中翻滚，全都是人类的。绝大多数应该是被流弹击中的建筑工人，不过至少有三个头上戴着老爹 10 的对讲机。

欧丽尔知道，如果没有援军，老爹 10 不可能冲破鬼面兽的防线。她查看了一下克拉多格的进程。那个少尉终于找到弹仓栓，打开了SPNKr的弹仓，但是当他转身去抽取背上的导弹时，他的头戴式摄像机抖动得很厉害，这说明他在吃力地阻止导弹从自己的手中滑出去。等到他将导弹装填好，移动到正确的发射位置——如果他能够做到这一点的话，战斗恐怕早就结束了。

欧丽尔在不同的镜头中观察了一下老爹10前进队伍中的人员状况，忽然瞥到一阵剧烈的爆炸，随后就只有萨希尔的摄像机还能传回画面了。三个鬼面兽正向萨希尔飘飞过去，其中一个脸上挨了一枪，失去了一部分下颌，但三名敌人都在向他开火，同时熟练地实施着规避动作。而萨希尔手中的M7冲锋枪射出的子弹大多数都只能从敌人的战甲上跳飞出去。

欧丽尔观察了一下太空站结构图，没有发现其他道路能够让兹登妮克的小队带着低温罐绕回到摆渡飞船这里。她考虑和卡斯托联系，要求那个鬼面兽停止战斗，但这样做可能会引发相当严重的后果。即使她能够在激烈的交火中引起那个鬼面兽的注意，此举也有可能会让卡斯托看出她和暗月的联系。卡斯托会感觉自己被利用和出卖，那时他可能会有两种反应：一、失去对朝圣之旅的信仰；二、接受欧丽尔的谎言，相信这只是一场忠诚试炼。第一种可能性是第二种可能性的3.72倍。

如果卡斯托失去了信仰，他的鬼面兽荣誉感一定会刺激他进行复仇，那时他会做出什么就很难预料了。他也许会发动一场无休止的战争，对抗暗月的军情局主人，后者也有可能会看穿无畏圣目的层层障眼面纱，看出军情局像他一样，只是一个牺牲品。欧丽尔唯一能够确定的就是心中充满复仇怒火的卡斯托一定是极其危险的。无畏圣目是正确的，现在就要彻底抹除这个鬼面兽，断绝他的一切机会。

"兹登妮克军士,请率领你的小队,携带低温罐登上一架个人穿梭机,"欧丽尔在老爹10的公共频道中发出这个命令,这样所有还活着的人就都能明白她的方案了,"前往子午星地表,隐藏在那里,直到援军到来。"

"不可能,"兹登妮克回答道,"我们不会丢下老爹的队长。"

"服从命令!"萨希尔喊道,即使他尽力提高自己的声音,但在一片自动枪炮的交织火力中,他的声音还是微弱得几乎无法让人听到,"这是命令,普荷!"

半秒停顿之后,兹登妮克回答道:"收到,队长……谢谢你。"

没有人听到萨希尔是否做出了回应,因为猛烈的爆炸就在这时撕开了他的密封护甲。欧丽尔将观察角度转到了兹登妮克的头戴式摄像机上,发现这名军士正飘飞在一条巷道上,向德尔塔构造环带中心处的穿梭机站前进。在她前方,胆战心惊的建筑工人纷纷躲向磁力巷道的两旁。

又一阵枪声在兹登妮克的身后响起。她的摄像机镜头向后转去。另外两名队员正跟随着她。他们俩都是一只手臂将一个低温罐抱在胸前,另一只手拿着M7冲锋枪,背朝巷道,一边开枪一边朝巷道降落。虽然他们的喷射背包都有战斗稳定功能,却还是很难让他们在开枪的后坐力中保持平衡,所以他们的身体都在半空中狂乱地摆动着。

萨希尔的尸体仍然飘浮在巷道入口处。这具如同蜘蛛般细瘦的扭曲尸体被一圈血珠围绕,四名鬼面兽武士正把他甩在身后。

"兹登妮克军士,"欧丽尔说道,"你的小队必须登上下一架穿梭机。我会处理其余的事情。"

"你最好动作快点儿,"兹登妮克回应,"我们已经快没有弹药了。"

她的头戴式摄像机又转向前方，欧丽尔看到满是油泥的穿梭机登机管道口就在前方五步之外。在登机管道的另一端，穿梭机的内部，一群紧张不安的建筑工人用安全带把自己绑在抗加速座椅上，每一个人都双眼圆睁，面色苍白。

"相信我，兹登妮克军士，"欧丽尔说，"你完全想象不到我的能力。"

欧丽尔利用顶点太空站的保安频道进入穿梭机运行系统。这是一架楔形短程飞行器，只有一个宽大的舱室。它的设计功能是运送大量人员在子午星和太空站之间往返，同时又不需要太多保养维护。尽管它通常都是由机载AI自动驾驶的，不过在紧急情况下，乘客也可以对它进行有限的控制。

"机舱前部有一个飞行员隔间，"欧丽尔飞速给兹登妮克和她的两名队员发送信息，"你们登机之后，打开它，开启紧急控制程序。这样你们就能立刻封闭这架穿梭机，离开太空站了。"

"然后呢？"兹登妮克已经飘到了登机管道口，"我们能够与快速格斯号会合吗？"

"不能，"欧丽尔回答道，"你们只能进行有限控制。穿梭机会自动降落在子午星的表面。你们会到达紧急降落区，那里和居民区有一段安全距离。到达子午星表面之后，你们就能够打开机舱门了。"

"我猜……我还是应该谢谢你。"兹登妮克进入了穿梭机的乘客舱，又向驾驶舱飘去。"老爹10撤离。"

欧丽尔继续监视着穿梭机上的情况。兹登妮克的小队全部登机之后，这名军士便开启了紧急控制程序，封闭机舱门，当穿梭机起飞的时候,追杀老爹 10 的敌人们刚刚飘到巷道的一半。

在 20 号贮存区,克拉多格终于重新填装好了导弹发射器,正在闭合弹仓锁。他的腿还在流血,他周围的空气里到处都是猩红色的液珠。

"克拉多格上尉,"欧丽尔说,"也许你应该返回摆渡飞船,照顾一下你的伤口。"

"老爹 10 呢?"克拉多格问,"我还以为他们需要支援!"

"已经太晚了。"

欧丽尔侦测到信号中出现一阵扰动,一定是有人在监听老爹 10 的通信网——也许就是顶点太空站的保安部队。她立刻转移到备用频道,同时改变了通信加密模式,才继续向克拉多格发出信息。

"你的支援也不会有什么用处。"

克拉多格的声音变得愤愤不平:"听着,我是一名科学家,不是士兵。"

"不需要为自己辩护,"欧丽尔说,"这是我的错。无畏圣目早就警告过我,你处在压力下时不可能有很好的表现。"

克拉多格向穿梭机站望去,同时质问道:"所以你打算放弃低温罐了?我还以为无畏圣目需要它们开发疫苗。我还以为只有那种疫苗能够保护人类平安渡过亚海星的暴发。"

"这一点没有错。"

更加精确的描述应该是这样:只有这种疫苗能够控制即将到来的亚海星疫情暴发,但欧丽尔不确定克拉多格对于她的原体算力的长远方案了解多少。考虑到这个人类的瑕疵,无畏圣目应该不太可能认为他的基因序列有资格承担衣钵。当大遴选开始的时候,克拉多格的后代肯定不会被纳入接种疫苗之列。

"我会负责收取低温罐,克拉多格上尉,"欧丽尔继续说道,"而你现在最有效的行动就是返回摆渡飞船,丢下 SPNKr。如果顶点太空站的保安部队发现你拿着它,只会造成不必要的麻烦。"

克拉多格立刻将肩扛式导弹发射器推到了一旁,启动喷射背包,向穿梭飞船停泊的码头飘去。

欧丽尔全面观察顶点太空站的保安监视探头,很快就发觉鬼面兽并没有放弃夺取低温罐的行动。数十个信息反馈都表明他们正在构造环带的穿梭机站前,等待下一部穿梭机到达。

欧丽尔回忆起自己在老爹10通信频道中察觉到的扰动,便重新打开那个频道,开始呼叫:"我需要和管理员斯劳恩谈谈,马上。"

扰动变得更加微弱了。三百个系统节拍过去了,欧丽尔仍然等待着回答。

没有任何响应,她又说道:"藏起来是没有用的。我的反侦听频道是不可能被攻破的。如果你逼我进入你的系统,我的做法可不会有多温柔。"

微弱的扰动变成了一个稳定的输入信号,一名强壮男子的形象随即出现在摆渡飞船驾驶舱的全息投影中。他是个光头,五官粗硬。这艘摆渡船的驾驶员虽然在顶点太空站工作,同时又接受了军情局的雇用,看到全息投影,他立刻发出一声惊呼,向操控杆伸出了手。

欧丽尔立刻控制住全息投影功能,将这个全息图像内化到系统中,然后以数字语言向这个新出现的人说道:"管理员斯劳恩,我要求你停止全部尚未离开德尔塔构造环带的穿梭机的动作。"

"为什么我要这样做?"斯劳恩问道。

"因为下一部穿梭机将会乘载……"欧丽尔停顿了一下，再次查看顶点太空站的各监视探头画面。登机管道的大门已经滑开了，"马上停止。"

"我只想摆脱麻烦，"斯劳恩的声音低沉而凶猛，"到了下面，你的朋友们和那些鬼面兽尽可以大打出手。他们在那里不会损坏任何东西。"

"那么你知道他们会在什么地方降落？"

"我知道紧急降落场距离最近的民居还有十公里，"斯劳恩说，"这是唯一重要的事情。"

欧丽尔明白了。子午星曾经是一个采矿殖民地和武器生产中心，那里的地表在人类和星盟的战争中已经被玻璃化了，现在人类正在对它进行重新开发。只要兹登妮克的小队和鬼面兽的战斗发生在无人居住的荒野中，他们造成的任何破坏都不会引起管理员斯劳恩的关注，当然也不会引起他在梁－多特蒙德的上司们的关注。

"如果你不能提供一个安全的环境，又会造成什么样的损失？"欧丽尔问道，"这样会违反你与暗月的合同吗？这一点重要吗？"

斯劳恩全身闪耀起红色，这是一个强烈的信号。"你是怎么知道我和暗月的合同的？"

"好了，管理员斯劳恩，"欧丽尔说，"顶点太空站派出了一艘摆渡飞船和我们的潜行者飞船会合。你应该明白我们是怎么知道这份合同的。"

"军情局间谍，"斯劳恩低吼一声，"他们无处不在。"

当然，欧丽尔早就预料到了这个答案。无畏圣目以军情局作为掩护，隐藏了整个亚海星计划。一个人类 AI 不可能洞悉纪元级智仆的误导协议。"

"理所当然，我不能证实你的怀疑。"欧丽尔说。

斯劳恩的图像变得更加明亮了："这没有什么区别。暗月特工都已经死了，顶点太空站和军情局没有关系。"

"没有直接关系。"

斯劳恩犹豫了一下，五百个系统节拍之后，他才问道："你是在说，暗月也是军情局的影子公司？"

"当然不是。"欧丽尔不能让斯劳恩做出这样的假设。暗月集团的确和军情局没有关系，管理那个集团的是无畏圣目的另一个算子——这一点甚至连欧丽尔都不知道。暗月算子只和几个终端有联系，如果暗月和军情局有关联的传闻流散开来，这个算子就会立刻切断和无畏圣目的联系。"但我们的确偶尔会把任务分包给私人组织。"

"也会分包给暗月吗？"斯劳恩的全息影像扬起头，发出一阵低沉厚重的笑声，"我更愿意相信那是一个影子公司，这种双重间谍的勾当很像玛格丽特·帕拉戈斯基的风格。但如果军情局和暗月之间真的只有一纸合同的话，他们之间的仇恨肯定会让这份合同变成整个猎户臂星域最难保守的秘密。"

"如果你够聪明，最好记住他们之间的这分仇恨。"欧丽尔说道。顶点太空站的监控探头显示出最后一个鬼面兽已经飘进了登机管道。"很明显，我们知道你在帮助暗月。而军情局不会忘记任何事情。"

斯劳恩的图像波动起来。他沉默了足足一千个系统节拍——完整的一秒钟，然后才问道："为什么顶点太空站要帮助军情局？

你们射杀了我们的人,又破坏了我们的装备。"

"你不希望得到 UNSC 的感谢吗?"

"当然,"斯劳恩说,"只要连带有补偿的话。"

"我不确定是否明白了你的意思。"欧丽尔并不反对付钱给斯劳恩——只要斯劳恩愿意给她把事情做好,但她无法想象一个 AI 想要什么样的补偿,"你是在要求贿赂吗?"

"冒犯我并不能赢得我的合作。"斯劳恩说。就在他说话的时候,一阵警报声从中央穿梭机站处传来,鬼面兽登上的穿梭机正在离开穿梭机站,向下降落到子午星的表面,"我要求梁 - 多特蒙德得到顶点太空站遭受损失的相关赔偿,同时我希望为我所冒的风险得到应有的奖励。"

"那样你就会帮助我们获取低温罐了?"

"我言出必行,"斯劳恩说道,"只要力所能及,我自然会采取一切措施帮你们收回低温罐。"

"那么我需要你摧毁那架乘载鬼面兽的穿梭机,"欧丽尔说道,"他们已经激活了紧急控制程序,我无法绕过他们控制那架穿梭机。"

"你还没有听我的价码。"

"这到底是谁的错?"欧丽尔反驳道,"请快一点儿。鬼面兽的生命力非常强悍。最好在他们的穿梭机进入大气层之前摧毁他们。"

"不管你怎么说,"斯劳恩说道,"顶点太空站现在正面临着预算超支的问题,而这场小规模战争可以说是给我们雪上加霜。我们需要一个投资人。"

"你想让我提供一个?"

"一个财力雄厚的投资人，"斯劳恩说，"而且最好懂得沉默是金的道理。"

"这件事我可以安排。"欧丽尔甚至不需要多想一下。无畏圣目拥有庞大的资源网络，建立一个控股公司，提供斯劳恩所需要的资金，这不过是小事一桩。欧丽尔立刻列出了相应的公司条例，传输给斯劳恩，"我们的摆渡飞船一离开顶点太空站，这份章程就会通过快速格斯号传出去。我相信你已经看清上面的详细内容了。"

"两千万信用币比我想得要少。"

"这笔钱不是军情局提供的，"欧丽尔解释道，"它将由一家联合公司提供。在这种情况下，我能做出的承诺只能是有限度的。"

"不过这家公司每个月会再提供一笔投资？"

"是的，"欧丽尔说，"只要你继续与我们合作，长老风险投资将持续投资。"

"如果我终止合作呢？"

"那可是一个错误的决定，管理员。"欧丽尔在威胁对方的语句中隐藏了一个压制脉冲，将之一起发送了出去，"长老风险投资的主管可不是一个习惯于原谅的人。"这种战术多少要冒一些风险，斯劳恩是一个完整的高级AI，而她只是一个纪元级智仆的小算子。但如果这个战术成功了，就能确保斯劳恩在今后很长一段时间里与无畏圣目好好合作。

斯劳恩犹豫了一下，然后说道："明白了。"

当斯劳恩将视线转开的时候，欧丽尔知道自己的攻击成功了。为了进一步强化自己的胜利，她又问道："我们达成一致了吗？"

斯劳恩点点头说："现在唯一的问题就是给我的奖励了。"

"穿梭机正在进入大气层，"欧丽尔催促道，"一旦电离层屏蔽出现，再想向它传输信号就太晚了。你将无法控制那架穿梭机。"

"我只有一个简单的要求，"斯劳恩回答，"信息。"

当然——这正是对 AI 最有价值的东西。"快一点儿。"

"告诉我，低温罐里放着什么。"

"人类器官。"电离层形成的静电场正在遮蔽鬼面兽所在穿梭机的信号，欧丽尔不想继续耽搁下去，便又说道，"那些器官组织将被用于制作可以惠及全人类的疫苗。"

斯劳恩的画面变得阴暗起来："军情局做的每一件事都不可能惠及全人类。"

"但这件事会的，"欧丽尔坚持道，"现在我已经履行了我的条件，请履行你的承诺，摧毁鬼面兽穿梭机。"

"如果我可以，我会的。"

"这是什么意思？"

"这意味着我不能，"斯劳恩说，"没有覆盖紧急控制的后门。"

"你对我说谎？"欧丽尔的计算系统开始发热，她在用最快的速度搜索他们早先互动中出现的错误，并想办法进行修补。"你应该重新检查你们的建造进度了，我想长老风险投资不会再对你们的供应链感兴趣，你们的供应商将出现许多交付问题。"

"我没有说谎——你的假设是错误的。"斯劳恩辩解道，"我从没有承诺过会阻止那些鬼面兽。我说的是'只要力所能及，我自然会采取一切措施帮你们收回低温罐'，我会这样做的，如果我们的交易还在继续的话。"

"那么，确切来说，你力所能及的又是什么？"欧丽尔问，"你不能再欺骗我了，管理员，妄图做这种事只会影响长老风险投资对于投资可能性的看法。考虑到这里刚刚发生的事情,那家公司的主管甚至有可能得出结论——顶点太空站应该被纳入UNSC可疑港口的名单中。一切往来舰船都需要受到检查……"

"我知道可疑港口名单是什么意思,"斯劳恩说道,"我能告诉你那架穿梭机的降落地区,我还可以为你指出一个很好的撤离点,但我能做的也只有这些了。其他一切就都要靠你和你的团队了,好吗?"

欧丽尔用了二百五十个系统节拍,重新查看他们之前的谈判,确认了斯劳恩是正确的,他并没有承诺阻止鬼面兽。而且欧丽尔还意识到斯劳恩到现在为止都小心地停留在同样的界限以内。也许他会提供力所能及的全部援助。毕竟,顶点太空站只是一座民用建筑,不是军事基地。

"接受,"欧丽尔终于说道,"提供你所说的地点,你将得到你的投资。"

"我的静默投资。"

"当然,管理员斯劳恩,"欧丽尔说,"只要你合作的话,长老风险投资一向不喜欢抛头露面。"

第二十二章

（人类军事历）2553 年 12 月 16 日 03:49
顶点太空站，德尔塔构造环带，第 20 号卸货码头
司祭星系，司祭五，卫星子午星

真实之光号的登船通道里充满了血腥味和皮肉烧焦的臭气。几具黑色的尸体上还能看到长喙，表明他们都是豺狼。破碎的战甲飘浮在飞船内被摧毁的监控舱外，这其中显然有一具鬼面兽战甲。不过这里并没有腐臭的气味，飘浮在空气中的血珠冻成了冰，并没有凝结。薇塔·洛皮斯估计这里遭受攻击的时间应该是在十到三十分钟之前。

这里唯一的人类是一名大约五十岁的女性。这个女人被狠狠抛到了监控舱门的门框上，她的身体背向折成了两段。现在她仍然飘浮在监控舱门口，带有凹痕的头颅歪向一侧肩膀，折断的手臂悬挂在身侧，双腿在膝盖处向前弯曲。她的身上只有几处二级

烧伤，因之而隆起的水疱最大的也不会超过大拇指的指甲——让薇塔感到不可思议的是，她的胸口竟然还有起伏。

薇塔向奥利维娅打了个手势。在这场调查中，奥利维娅是唯一陪伴在她身边的雪貂。就像薇塔本人一样，奥利维娅穿着胸前和肩膀上都印有"顶点太空站访客"的连体服。她的袖子口袋里藏着一把 M6P 无声手枪，用以对付可能会出现的意外危险，薇塔的连体服里也有一把同样的手枪。

薇塔启动喷射背包，飘飞到那个女人身边。一张安全卡片由系绳连着，挂在她的脖子上，卡片却飘在半空中：

艾格妮丝·萨芭拉主管
新叶约赛维保护区实验室

薇塔用指尖探了探萨芭拉的喉咙，感觉到微弱的脉搏。她又掀起萨芭拉的眼皮，看到了一双硕大呆滞的瞳仁。

"艾格妮丝·萨芭拉博士？"

薇塔放开一只眼皮，眼皮随即合上。她继续看着萨芭拉剩下的那只睁开的眼睛，拍拍萨芭拉的面颊。瞳仁没有反应。

"艾格妮丝，能听到我说话吗？"

"我表示怀疑，"奥利维娅说，"即使她能，你也没办法叫醒她了。难道你没有看见那里的脑髓吗？"

薇塔朝监控舱门口瞥了一眼，看到监控舱里的血珠间的一段如同蠕虫一般、大约有拇指粗细的大脑灰质。

"该死，我们本来会有一个证人的。"

薇塔的失望当然远不止如此。又一名高星平民死在了阿洛·卡西耶的阴谋中，如果这个女人只是丢掉了自己的生命，那么她还算是幸运的。薇塔禁不住去揣测,如果自己在约赛维丛林中把卡西耶干掉的话,现在可能会遇到什么麻烦。艾文舰长曾经在允许她随蓝队一同行动的时候特意叮嘱她不能这么做,但是……薇塔相信,如果自己忽略那个命令,现在整个伊斯班诺拉星区都会变得更好一点。

"现在要怎么做?"奥利维娅回头瞥了一眼登陆舱的舱门。那里正飘着一名穿深红色连体服的顶点太空站保安队员,手中拿着一挺班迪厄斯低速轻机枪,还装备着红色连体服相配的防弹背心和头盔。她提醒薇塔:"我们没有多少时间彻查这里的情况。"

薇塔点点头:"我知道。"

为了保持低调,登上顶点太空站寻找低温罐的只有薇塔和奥利维娅两个人,其他人都在12号系泊码头的蕉鹃飞船中待命。斯巴达们都全副武装,准备一有警报就立刻杀出去。

迄今为止,薇塔还看不到需要战斗的迹象。令人惊奇的是,顶点太空站的保安对于薇塔和奥利维娅的行动非常配合,甚至完全没有质疑她们两个非常令人生疑的假身份——UNSC前来进行突击工程检查的安全调查员。

的确,所有接受地球联邦政府注册商船停泊的在建港口都随时可能受到这样的检查,但实行这种检查的往往是一整队调查员。他们会进驻在建港口的管理机构,要求建造方提供从材料订单到修改蓝图的所有材料进行详细查验。而薇塔和奥利维娅只不过向这里的保安官员展示了一下草草伪造出来的文件。尽管这里看上去还到处都是死人,但保安官员却准许她们在整个太空站随意行动。

这里充满了慌乱惊恐的味道。

薇塔从奥利维娅身边飘过，来到登陆舱口，向外面的保安队员说道："请原谅，这里还有一个女人活着。"

那名保安是一个脸很大的男人。他咧开嘴笑了一下，露出两排歪歪扭扭的牙齿。"是，长官，"他说道，"还有两个豺狼也活着，不过没什么值得担心的，他们的武器都已经被我们收缴起来了。"

薇塔没有掩饰自己的惊愕："我们对伤者不应该有起码的尊重吗？这些人都在受苦。"

保安脸上的微笑消失了："顶点太空站的人也在受苦。我知道你已经见到了战场，你刚才经过了那里。"

"是的。"薇塔更加困惑了。

她和奥利维娅进入顶点太空站几分钟之后就找到了那些暗月特工的尸体。那时她们注意到一群保安包围了一艘巨大的梁－多特蒙德货船。货船外壳满是血迹，旁边的贮存区里有几具被收进口袋、准备送走的尸体。她们立刻拿出伪造的证件，要求保安们为她们让开道路，让她们登上货船进行检查。

一开始，那些保安只是粗鲁地要赶走她们，但陪同薇塔和奥利维娅的那名保安出人意料地挥手示意其他人后退。他解释说，他的上司认为拒绝 UNSC 的安全调查员是不明智的行为。薇塔装出一副得意的样子，领着奥利维娅走进舱门。

在货船里，她们发现暗月的蕉鹃飞船正飘浮在宽敞的舱室中。那些暗月特工——他们应该就是负责运送低温罐的信使——全都被以高度职业化的手段处决了。他们的尸体被丢在乘客舱里，低温罐则不见了踪影。

薇塔和奥利维娅很快就找到了一些痕迹。她们离开货船，循着痕迹找到一片死伤狼藉的战场，还有许多应急人员和保安官正在此忙碌的真实之光号的停泊码头——在这里，他们再一次立刻得到许可，得以登上真实之光号。

一种令人不安的寒意掠过了薇塔的脊骨。

薇塔直视着保安的双眼说道："如果医疗人员能够救活这些伤员，也许他们之中能有人告诉你这场灾难到底是怎么回事。"

保安这一次却露出了狡猾的微笑："难道这不正是你们来此的目的吗？"

奥利维娅向他飘过去："你说什么？"

"好了，"保安回答道，"你把我们想得有多蠢？这里突然血肉横飞，不到二十分钟之后，两个安全调查员就突然出现了？你们是军情局的人，对不对？"

"不要回答这个问题，欧提丝。"薇塔说道，她用的是奥利维娅的伪造证件上的假名，"我们不是要愚弄这个人。"

"是，长官。"奥利维娅说，"我明白。"

保安立刻露出得意的神情，他敲了敲自己的对讲机，轻声说道："听着，这里的保安部队中没人知道这到底是怎么回事，但这显然是非常严重的事件——这根本就不是我们能插手的事情。"

"大概吧。"薇塔说。

"当然是这样！"保安说道，"我们根本没有接受过和鬼面兽作战的训练，我们也没有肩扛式导弹。如果你们想要收拾你们的残局，没有人会阻拦你们。"

"我还是想要救那个女人。"薇塔用一种阴谋论的语调说道，"有一些事情，就算是我们也不清楚，所以，如果能够审问她……"

"她能告诉你的，我也都能告诉你。"

这个声音来自保安头盔内部，深沉浑厚，同时又异常响亮，那名保安猛然受到声音的震撼，一张脸因为痛苦而扭曲了起来。他急忙解开自己的头盔扣带，将头盔摘下。

那个声音还在说话："我能够告诉你这里发生的一切。"声音又从真实之光号主通道通往驾驶舱的方向传来："可以在私下里对你说。"

薇塔和奥利维娅交换了一个眼神，然后奥利维娅转向保安："给我们一些私人空间。"她的手向下一垂，微型手枪从袖子里滑进她的掌心。"任何上船的人都会死，明白吗？"

保安神色一凛："明白。"

薇塔伸手到连体服中，也抽出了手枪，又确认缝在自己衬衫里的线状拾音器没有被遮住。"蓝队，做好准备。"

"时刻准备着，"弗雷德回答道，"你们要小心。"

"现在说这个太晚了，"薇塔说，"你可不是什么好榜样。"

"我会努力做得更好一些。"

"我能听到你们的对话，"那个浑厚的声音出现在了团队频道里，"你们就要没有时间了。"

奥利维娅领头，两个人沿着主通道进入了真实之光号的驾驶舱。一个秃头男子的全息图像正站在操控台屏幕上，他身材健壮，肌肉虬结，五官粗重，眼睛深陷在一对粗硬的眉骨下面，下巴显得刚毅而狭窄。

"我猜你是管理员斯劳恩？"薇塔说道，"或者我应该管你叫斯莱德沃？"

斯劳恩的影像抖动了一瞬，才又稳定下来："我更喜欢'斯劳恩'这个名字。但我知道你的意思，军情局知道我是谁。"

"我们知道你是谁。"薇塔知道自己的话会产生什么样的影响，"不过是否要将此写入档案，则是你的选择。"

"不需要强调这种事，"斯劳恩浑厚的声音响彻驾驶舱，"我应该为这些安排感到光荣，对不对？"

安排。薇塔不知道斯劳恩在说些什么——但最好不要让这个AI知道自己不知道。

"我们很高兴到现在为止你的合作态度，"薇塔说道，"但指挥部没有预料到会发生这种问题。"

"我也希望这样的问题不会发生，"斯劳恩咆哮道，"对暗月信使的打击可谓干净利索，但守护者却对你们的队伍发动了突袭。"

"我们的队伍？"薇塔问道，"哪一支？"

斯劳恩保持了片刻沉默，然后说道："老爹 10。"

薇塔从没有听说过什么老爹 10。她向奥利维娅瞥了一眼，后者说道："'老爹'是一支安全部队的名字，我从没有和这支部队里的第 10 号队伍合作过。"

斯劳恩的眼神陡然变得犀利而深邃，他仔细审视着薇塔问："你不知道？"

"我们只是一支救援队，"奥利维娅立刻说道，"他们不会将所有事情都告诉我们。"

斯劳恩的目光一转，神色恢复正常。"标准的军情局谎言。这里的一切事情你们都应该知道，不是吗？"

"我们只是接到了临时命令，"薇塔说道，她有一种感觉，斯劳恩在测试他们，"当我们收到紧急呼叫的时候，正在追踪那些同一自由卫士。因为我们已经快到了这里……"

"所以我们才受命前来救援,"奥利维娅说,"那么,低温罐在哪里?"

斯劳恩将注意力转回到奥利维娅身上说:"在老爹10那里,我是说,在还活着的老爹10队员手里。"

奥利维娅扬了扬眉毛:"同一自由捍卫阵线攻击了老爹10?他们要抢那些低温罐?"

奥利维娅的问题有些过于直接了,这样会暴露太多对方还不知道的事情,不过现在她的这种表现对她们也是有利的。斯劳恩对她似乎不像对薇塔那样怀疑——薇塔现在最关心的问题仍然是暗月在顶点太空站要干什么。他们显然是要将低温罐交给某个人……但是要交给谁?

看到薇塔一直没有再开口,奥利维娅便问道:"战斗中还有多少幸存者?"

"三个军情局的人,"斯劳恩回答,"四个鬼面兽。"

军情局的人。老爹10的队员就是军情局的人——听语气,老爹10也是处决暗月信使的人。

薇塔不喜欢自己思路的方向。

"有些事情让我觉得不合道理,"薇塔说,"首先,暗月在这里干什么?"

"你问我?"斯劳恩说,"他们付钱想买一个藏身的停泊地,我就给了他们一个藏身的停泊地。如果他们的安全意识不够充分,那也和顶点太空站无关。"

"但老爹10是唯一来找他们的队伍吗?"奥利维娅问,"然后老爹10就带着低温罐离开了?"

"我相信,这就是军情局要做的事。"斯劳恩说,"有一半殖民地都想摆脱你们的控制，这还有什么值得奇怪的？"

奥利维娅向薇塔看了一眼，什么都没有说，薇塔知道，这名年轻的斯巴达已经得出了和她一样的结论，尽管这个结论看上去是那么令人难以置信。

薇塔的视线转回到斯劳恩身上："现在老爹10中还活着的那些队员在哪里？"

斯劳恩微微一笑："不在顶点太空站。"

第二十三章

(人类军事历) 2553 年 12 月 16 日 03:54
停泊跑道,被俘的蕉鹃侦察船
司祭星系,司祭五,卫星子午星

如果 UNSC 测试和评估指挥部向薇塔征询对于这种蕉鹃侦察船的看法,她会报告说这是一种坚固的多功能小型飞船,能够执行多种不同的任务。在从救赎基地逃出,以及渗透高星的过程中它发挥了很好的作用,她很愿意将这种飞船作为常备观测平台在各种敌对环境中使用。

但蕉鹃绝对不是一艘运输船。

当蕉鹃飞船一头扎进子午星的大气层时,薇塔的椅子开始剧烈地震动,让她很担心固定椅子的螺栓会突然折断。椭圆形的船壳似乎强化了电离层的屏蔽效果,甚至连飞船的内部通信也受到了严重影响。团队频道中不断响起静电爆裂的声音,她的定制半动力型潜行盔甲的幻象级头盔显示屏不断闪烁杂乱的光影,让她几乎无法看清显示屏上的读数。

而最令人担忧的是,薇塔腰带上的弹药储存袋里放着一段C-12炸药棒,而那些炸药旁边的口袋里是几根遥控引爆雷管。从理论上而言,仅仅是静电干扰不可能启动这些引爆雷管……但如果理论是错的,蕉鹃飞船就要变成一片零星的碎片,洒落在这颗卫星的表面了。

弗雷德的声音在薇塔的头盔中响起:"洛皮斯……调查员,你真的没有必要……加入打击队伍。"他的声音在静电干扰中显得格外模糊,薇塔必须努力倾听才能知道他在说些什么。"你不是前线行动专家,而这其实是一个非常简单的任务。"

"是的,简单的任务。"薇塔用故作轻松的腔调回答,不过在一阵阵的"啰啰"声和剧烈的晃动中,要做出轻松的样子实在不太容易。"我以前就听过这种话。"

一阵笑声在充满电流声的团队频道中响起,但弗雷德依然保持着严肃的神情,说:"团队生理监测数据表明你的呼吸和心率都在提高。"

"这不是在开玩笑。"薇塔说道。离子屏蔽使得他们的交谈无法被传送至无声乔伊号,所以她现在可以在团队频道中随心所欲地说话:"老爹10的事看起来不太对,这一点你也知道。"

"然后呢?"

"好了,中尉。"说话的是奥利维娅。她穿着半动力型潜行盔甲,勉强挤在导航员座椅里。"很明显,老爹10并不是在抢夺那些低温罐,他们是来顶点太空站收货的。"

"那又怎样?"弗雷德又问道,"也许奥斯曼做了多手准备。"

"当然。"阿什哼了一声。他也穿着半动力盔甲，正坐在工程站里，就在奥利维娅前面。"或者也许老爹 10 和图瓦遇刺案有关，他们袭击暗月是为了杀人灭口。"

"这意味着他们很可能不愿意揭露自己的身份。"马克说道。他坐在船舱后部，穿着半动力型潜行盔甲的身子坐满了两个乘客座位。"我们应该将他们当作危险目标对待，直接将他们擒获。"

"这不是我们收到的命令。"弗雷德说。

"是的，但这违反命令吗？"凯丽问。

凯丽和弗雷德一样，因为身穿雷神锤盔甲而无法坐进任何座位里，于是她便站在弗雷德身后的过道中，用双手撑住舱顶，随着飞船的震动而小幅度地前后摇摆。

弗雷德在话筒中呼出一口气，转向凯丽问："你也这么想？"

"洛皮斯是对的，"凯丽说，"这事儿有问题。"

"我同意。"琳达抢着说道，她正在登陆舱里，因为被工程站隔舱挡住，薇塔看不见她。"这个命令是我们从微爆信号中收到的，对不对？"

"没错。"弗雷德的声音中流露出警惕的意味。微爆信号传输的不稳定是尽人皆知的，无论是声音识别还是信号反馈都有着很多问题。"但授权码是正确的。其他人谁能使用这种密码？"

"为什么艾文舰长会打破通信静默，发布这样一个再明显不过的命令？"琳达说道，"难道我们不应该追赶老爹 10，为他们提供战斗支援吗？"

"差不多应该是这样。"弗雷德停顿一下，很明显，他在权衡队员们的意见和收到的命令，然后他说道，"我们要去救援老爹 10，但我们要将低温罐设定为我们的管辖任务——谁对谁错随后再让司令部去分辨好了。所有人都明白吗？"

他的护面甲转向了薇塔。

薇塔知道弗雷德正在利用团队生理检测来确认她的状况，便极力想象平静的水面——这是她在高压环境中放松自己的技巧。

"明白无误，"薇塔说道，"你不认为我还有别的计划吧？"

"你一直都有别的计划，"就在弗雷德说话的时候，蕉鹃的船头猛然抬高，飞船的震动减弱了，"不过这一次，我们要按规矩做事。"

弗雷德的护面甲依然正对着薇塔。

"明白，"薇塔说道，"取得低温罐，援救老爹。"

"就让奥斯曼去评断是非吧，好不好？"

薇塔耸耸肩，然后不情愿地点了点头。她并不是那么信任奥斯曼，但那位少将似乎真的因为图瓦一家的惨死而被气疯了。如果那些杀人犯最后被证明是军情局的零散部队，薇塔觉得，到时候正义的惩罚一定会到来……安静而且迅速。

电离屏蔽完全结束了，薇塔的头盔显示屏上出现的战术地图表明降落区就在下方不到一公里处。那是一片被连绵起伏的光滑山峦包围的新月形盆地，长大约五百米，周围全都是寸草不生的无色玻璃山坡——星盟就是这样将一个又一个世界玻璃化，让坚硬的玻璃覆盖整颗行星的地表。在靠近降落区中部的地方能看到两艘楔形穿梭机，它们机头相对，紧急舱门都敞开着。薇塔的战术地图上显示出一群人类正聚集在左侧穿梭机中。他们的人数太多了，不可能是老爹10小队，而且他们显然并未处在防御态势中——所以薇塔相信他们只不过是一些建筑工人，只是恰好坐了同一型号的穿梭机。

两架援救护卫机正从民居地带向这里飞来，不过他们距离降落场还有五公里。当他们到达降落场的时候，弗雷德的援救小队应该已经取得低温罐，在返回无声乔伊号的路上了。降落场附近没有发生过战斗的迹象，薇塔没有看到正在减弱的红外线信号——那可能是逐渐冷却的尸体。

飞行员塔杰·麦卡沃伊的声音在团队频道中响起："我们是不是应该准备迎接一场'激烈'的渗透任务？"

"情况和我们预料的不尽相同，"弗雷德说，"有一队鬼面兽同一自由卫士正在追杀老爹10小队的残余成员。现在本来应该能看到大量交火痕迹的。"

"我什么都没看见，"麦卡沃伊说道，现在蕉鹃飞船距离降落场地面只有几百米了，"这让我非常紧张。我要进行隐蔽着陆，迅速将你们放下去。"

蕉鹃飞船画出一道弧线，绕到山后。薇塔的战术地图上显示出一片缺乏特征的山坡。她的雪貂们都开启了伪装系统，随着半动力型潜行盔甲的光反应表面被充入能量，他们仿佛都凭空消失了。薇塔也依样照做，一个模糊的头盔符号出现在她的目视屏幕底部，向她确认她的伪装系统已经开启，处于正常工作状态。

就像麦卡沃伊承诺过的，他们的降落速度非常快。薇塔的战术地图又显示出那片新月形地带。蕉鹃飞船朝那里急速落去，很快就安稳着陆。弗雷德和凯丽在舷梯被放下的同时就已经走过了舱门，射进舱内的光线呈现出一片翠绿色调。薇塔抓起自己的MA5K突击步枪，按下安全带的迅速释放按钮，然后就跟着她的斯巴达III型战士进入绿色的阳光之中，跳到了灰色的高纯硅质玻璃岩上。

两架梁-多特蒙德穿梭机就停在三百米以外,靠近新月盆地外部边缘的地方,几名警惕的建筑工人正在从打开的紧急舱口向外张望。蕉鹃飞船再次起飞,一直爬升到安全高度,工人们仰起头,视线一直跟随着那艘飞船。

弗雷德没有理睬他们,而是转向了这片盆地内部边缘。在那里,高山被割去一部分,剩下了一片五十米高的立陡悬崖,悬崖底部能看见两个矿洞出入口,每一个大约都有三米见方,一股橙色的泥浆溪水从中流淌出来。洞口内漆黑一片,不过看上去,这两条矿道在进入山腹后应该是转到了不同的方向。

一道泥脚印通往右边的洞口,蓝队和雪貂立刻跟了上去。薇塔在这一串脚印中发现了被鬼面兽的两趾脚印覆盖的人类鞋印。现在她没时间进行细致勘察,但这道足迹支持了管理员斯劳恩在顶点太空站上向她提供的情报——三名老爹10的残存队员正在被四个鬼面兽同一自由卫士追杀。

到了洞口,弗雷德示意雪貂队先原地等待五秒钟,然后率领凯丽和琳达以交错阵型进入了矿洞——两名队员分别在队长两侧靠后五米远的地方。尽管他们的MA5K突击步枪上全都配有探照灯,但他们现在只依赖头盔影像系统进行观察,在全黑的情况下前进。

薇塔抓住这个机会,更加仔细地查看地上的泥水足迹。洞口前方有几十个人类的泥脚印,其中大多数都面对着盆地的另一边,而这里的鬼面兽脚印只有不多的几个。

从逻辑上看,老爹10着陆的时间应该远在同一自由捍卫阵线之前。这些人类曾经滞留在这个洞口外,思考自己的选择,来回走动,留下了几十个额外的脚印。当第二架穿梭机出现的时候,他们终于逃进了矿洞。

"好,五秒钟到了,"马克在团队频道中问道,"我们可以走在他们的后翼位置吗?"

"可以,"薇塔回答,"但不要挤到他们。"

"放轻松,老妈,"马克说,"我八岁的时候就在指挥反伏击作战了。"

"确保你们知道在向谁射击。"

"老妈!"马克停顿一下,又说道,"保持五秒反应队形。"

薇塔自顾自地微微一笑,借助自己的头盔显示屏,她看到马克的红外影像做出向黑暗中前进的手势。这条隧道甚至比高大的鬼面兽更高、更宽,足以容纳规模相当大的重型设备,所以在其中行走并不觉得逼仄。薇塔竭力告诉自己,进入这个地方和进入一幢黑暗的房子没什么区别……只是这里很像一个黑暗的迷宫,而且随时都有坍塌的危险。

这让薇塔想到了自己年少时被囚禁的岩石地下室。她曾经在那个地牢里度过了恐怖的三个星期,只有在囚禁她的人来折磨她时,黑暗才会暂时被打破。直到现在,她仍然无法忍受黑暗封闭的空间,无法忍受吹进耳中的热气,无法忍受按在她臀部的任何男人的手。

她知道在漫长的三个星期里从墙壁上挖下一块石头有多么痛苦,知道一块石头如何能够成为武器,砸碎一个男人的头颅,以确保那个男人永远不会……再伤害……任何人。

薇塔从未真正放下那块石头。这正是她在阿维洛斯学院研习犯罪调查,成为高星防卫部的凶杀案调查员的原因。也正因如此,她才会接受塞林·奥斯曼的劝说,率领雪貂队在米尔接受六个月的训练。她的经验——她所遭受的折磨将她锻造成一名守护者，不是法律的守护者，而是正义的守护者。

奥斯曼没能改变这一点，她永远也改变不了。

马克走出五秒钟之后，奥利维娅第二个走进隧道，然后阿什悄无声息地进入洞口，为奥利维娅掩护。薇塔抬起头，深吸一口气，竭力将精神集中在眼前的任务上。高高矗立在她头顶上方的这片悬崖已经完全被星盟玻璃化了，但她仍然能够分辨出镌刻在洞口上方岩石上的文字："珍妮·林恩2号平硐"。

"长官，你也许想看看这个，"阿什在团队频道中说，"这可能会有用处。"

薇塔走进平硐中，发现阿什正站在靠近隧道壁的地方，用半遮蔽的手灯照亮了一大片石壁。这片石壁上本来覆盖着厚厚的污泥，显然刚刚被擦抹一番，露出了几个字："珍妮·林恩工作面"，文字下方是一张地图，展示着这片矿坑的基本布局。

"是你把这里擦干净的？"薇塔问。

"不是，"阿什说，"这里的泥巴简直像是蜗牛黏液。如果不是我走进来的时候差点儿滑了一跤，很可能根本不会注意到这里。"

薇塔点点头。他们的头盔成像系统在侦测潜在危险的时候非常有效，却没有能在微弱的光线中识别出文字和数字的敏感度，甚至不可能鉴别出岩石上一个模糊的记号。薇塔拿出自己挂在大腿上的手灯，展开灯罩，以免灯光射入隧道，然后打开手灯，开始查看地面。

和这座坑道中的其余地方一样，地图前的地面上覆盖着薄薄一层橙黄色的泥泞。不过这里的泥巴被踩乱了，表明曾经有人在这里查看地图……然后才逃进了隧道深处。考虑到在矿洞外看见的那些人类脚印，薇塔估计曾经查看地图的也是携带低温罐的老爹10队员。

"能够在隧道入口处使用灯光照明吗？"薇塔在团队频道中问道，"如果让大家看到这里的地图，一定会有利于我们的行动。"

"好的，"弗雷德说，"我们至今还没有遇到任何情况。"

薇塔和阿什将手灯的灯光调亮，并撤去遮光罩，用它们照亮了石壁上的地图。薇塔对于矿业活动的唯一经验就是四小时的纵览课程，那是她在米尔接受的军情局敌对环境适应训练的一部分。她在那次训练中记住的最清晰的一件事是：平硐只是一条大致呈水平走向的隧道，会从高山或丘陵的侧面一直延伸入其中，它的起始点往往是山脚洞口。幸运的是，弗雷德携带着的相关资料，也许能够让她和队伍中的所有伙伴迅速获得相关信息。

薇塔将地图画面传输到自己的战术地图中，然后再传入团队频道里，并问道："队长，你看到了吗？"

"看到了。"弗雷德一定是打了个手势——薇塔头盔显示屏上代表蓝队三名成员的标志都停止了前进。"干得好，有地图就方便多了。"

"尤其当我们知道我们在看什么时，"薇塔说，"也许你的AI能够指点一下我们该如何行动？"

"我的名字是达蒙，"弗雷德的AI在团队频道中说道，"我希望你们能记住。"

"当然。"薇塔说道。她不喜欢AI有令人气恼的人类性格——它们总会让她想到无畏圣目，那个先行者AI变成了连环杀手，差一点就在高星彻底毁掉了她。她不知道那个该诅咒的东西现在如何了，不过她希望该死的军情局能够小心处置那个魔鬼。"关于这个地方,你能告诉我们一些什么?"

"远远超出你们可以理解的范畴,"达蒙的骄矜语气差一点儿让薇塔后悔提出这个问题,"不过简单来说,珍妮·林恩钽铁矿是一个双层分段隧道系统。我们正处在上层矿道里,这里是矿坑的操作层。两条长平硐从这里一直进入山腹,分别通向矿场两侧。我相信大家都能看到,这两条平硐组成了一个 V 字形,正好将用黄色阴影代表的钽铁矿床夹在地图的正中央。"

频道中的一连串咋舌声表明大家都能看出这一点。

"很好,"达蒙说,"现在,将你们的注意力转向下层。那里是运输层,位于我们脚下七百米处。从矿床中采掘出来的矿石通过长长的隧道进入附近的山谷,以最基本的术语来解释,就是钽铁矿石从操作层的山岩中被炸下来,滚落进运输层的一条滑道里,在那里被输送出去,进入附近的粉碎机中进行下一步处理。"

达蒙停顿片刻,又说道:"这是这座矿山曾经的运营方式,那时子午星还没有被星盟玻璃化。"

"那么这两层之间的部分是什么?"马克问道。他正在仔细查看这两层之间的诸多迷宫一般的隧道。这些隧道组成了一个巨大的三维网络,这个网络中还有许多诸如"斜坡""矿场""拉铃"和"暗井"之类的文字。马克继续说道:"这里的各种竖井和矿道一定有五十公里长。"

"确切来说,这里并不存在竖井,而且只有一条真正意义上的矿道,"达蒙说,"平硐有时候也被称为矿道,但这样说并不正确……"

"术语课以后再上吧,"弗雷德说道,"只要告诉我们,我们需要搜索多少公里的矿道。"

"这当然要看你们的追踪速度。"达蒙说,"不过马克-G313的评估里程还是太短了。珍妮·林恩矿区有超过九十七公里的标记隧道。"

"九十七公里?"

"可能会更多,"达蒙说,"矿区地图总是很快就会落后于实际情况。我能否继续解释珍妮·林恩的工作方式?"

"不必,"弗雷德说完又转而呼叫薇塔,"洛皮斯?"

"什么事,中尉?"

"还记得你在蕉鹃号上说过的话吗?你是正确的。"弗雷德一定又打了前进的手势。薇塔头盔显示屏上的蓝队信号又开始移动了。"这次行动看来不会那么简单。"

第二十四章

（人类军事历）2553 年 12 月 16 日 04:01
珍妮·林恩钽铁矿，2 号平硐
司祭星系，司祭五，卫星子午星

众人沿着 2 号平硐向黑暗中行进了一千步后，到达了一个有三座大型设备仓的补给站。第一个设备仓里停放着一辆橡胶轮胎的巨虫多功能卡车，车上有一台特别的机器。达蒙由此鉴别出这是一部凿岩台车——车上的四根激光镗削臂由一个体积和行星轨道突击队吊舱相仿的电池组提供能量。载重卡车旁边的仓位里是一辆底盘又长又低的查克塞斯重型工业散货卡车，这辆车安装了密封货箱，箱子上连着一根软管，能够将泥浆炸药注入山岩孔洞里。厚厚的橙红色污垢覆盖了这里的一切，甚至包括驾驶座位。由此判断，两辆车在两年前子午星玻璃化后就被闲置了。

第三个仓位是空的。不过地上的一圈泥泞脚印和几道粗大的轮胎印表明老爹10的残余队员在这里登上一辆交通工具，驶入了平硐。这里还有一些鬼面兽足迹。薇塔怀疑同一自由卫士们曾经距离他们的目标非常近，甚至可能是亲眼看着那辆车驶走的。

想要驾驶凿岩台车或者泥浆罐车追赶是不可能的。这两辆车上被泥垢覆盖的控制面板还亮着绿灯，但它们的轮胎都被割破了。用来破坏轮胎的是热能工具——轮胎的切口在薇塔的头盔显示屏上还能清晰地放射出逐渐暗淡的红外线。

马克和阿什从泥浆罐车后面走出来，他们的头盔照明灯处于低能耗状态，只在空旷的设备仓里洒下一小片黄色的光圈。

"没有敌人，"马克在团队频道中报告，"但有人从那辆大车上取走了两部便携式激光钻，还撬开了罐车的罐箱锁。"

"他们从罐车里拿走了什么吗？"弗雷德问。现在他正率领凯丽和琳达守卫在前方五十米处，由雪貂们进行现场调查。"如果罐子里空了，就请告诉我。"

"里面一尘不染。"阿什向弗雷德确认。

"当然，"达蒙说，"地球联邦矿业安全与健康管理守则要求，用于运载爆炸物的车辆在进入补给站之前必须进行彻底的冲洗清洁。"

"那么罐箱锁被撬开是怎么回事？"马克问。

"这是相当严重的问题，"达蒙说，"矿业安全与健康管理守则要求任何爆炸物被窃的情况都必须在发现一个小时之内向当地政府报告，在十二小时内向矿业安全与健康管理局报告。"

"我们是斯巴达，达蒙，"凯丽说，"我们不做文档工作。"

"他们在寻找炸药，"弗雷德说，"这可不是好事。"

"没错，这绝不是好事，"达蒙回应道，"在地下矿道里，没有任何东西会比不受控制的爆炸更危险。"

"感谢你指出这一点，"薇塔讽刺道，"否则我还真想不到。"

薇塔调取出在入口处获得的珍妮·林恩地图，开始寻找这里的炸药储存点，地图上显示出沿着2号平硐再向前两百米就有一个。老爹10的残余队员肯定会通过那个炸药库……

一堵无形的墙壁从侧面撞上薇塔，让她离开地面，沿着平硐飞出五六米。她摔落在泥浆里，又趴伏着滑出几米。她的耳朵因为扬声器的轰鸣而疼痛不已，她的头盔显示屏在不停地闪烁，护面甲上覆盖了一层橙红色的泥浆。

她一动不动地躺在地上，竭力想要喘上一口气，琢磨着自己是被狠狠揍了一拳，还是撞上了什么采矿设备。不过慢慢地她明白过来，自己现在更多是遭受了惊吓，其实并没有受什么伤。她的护甲完整无损，身上唯一的疼痛来自肌肉在惊骇中的急剧扭动。她查看了一下自己的双手，发现自己还握着MA5K步枪——战斗训练有时候的确会起作用。她立刻滚身跪起，抹去护面甲上的污泥。

这个动作没有起到多大作用——只是将一片黑暗变成了一团橙红色的浓雾。她深吸一口气，让自己平静下来，重新启动了头盔显示屏，看到系统恢复正常，尤其是战术地图上的红外影像，薇塔不由得松了一口气。不过她还是没办法真正看清眼前的情况，她感觉头顶的大山仿佛正向她压下来。

她又吸了一口气。

"……重复，没有遇敌。"弗雷德正在团队频道中说话，"不要开火，继续前进，继续回告。"

薇塔的动作传感器显示弗雷德正沿着右手侧的墙壁向平硐身

侧前进。敌对环境训练中一部分有关矿坑环境的回忆突然触动了薇塔,她发现自己正在将这里的隧道墙壁想象成肋骨。因为在远古时代,当掘矿者用双手挖掘矿道的时候,他们会趴在地上,想象周围的岩石是自己身体的一部分。于是地面就变成了肚子,洞壁就变成了肋骨,洞顶就变成了脊背,前方的挖掘面就是面孔。这种联想只让薇塔觉得自身所在的隧道更加狭小逼仄,她的呼吸变得越来越快,越来越浅。

"凯丽是第一个回应弗雷德的。"一切安全,"她移动到了平硐中央,正跟在弗雷德身后十米处,"没有遇敌。"

"地势在向下倾斜。"琳达说道。她位于凯丽身后十米,正贴着平硐左侧肋骨前进,"没有其他状况。"

"能见度下降。"薇塔努力清理着护面甲,同时让自己保持平静,"刚才那到底是什么?炮兵轰击吗?"

"几乎可以肯定,那是凝胶炸药,"达蒙回答道,"凝胶炸药是一种稳定的爆炸性凝胶,经常被少量使用于清理采矿场和矿石通道的大块岩石。可以推断,有人找到了炸药仓库,将凝胶炸药包当作手雷使用。"

"这可比手雷厉害多了。"弗雷德说。

"对此我很确定,"达蒙说,"平硐使得爆炸后的冲击气浪更加集中,所以任何不受控制的爆炸在这里都会造成远超普通程度的冲击。如果这场爆炸的炸药威力等于一发炮弹,那么只有装备雷神锤盔甲的人才能活下来。"

"谢谢你告诉我,"弗雷德说,"阿什,情况如何?"

"头盔显示屏失效,"阿什报告,"其余一切正常。"

"一切正常。"马克做出报告。

"唔,你不是很好,"阿什说,"你的伪装消失了。"

"是吗?"

薇塔向他们两个所在的地方看去,却还是只能看到头盔显示屏上的画面和护面甲上的泥浆。

"该死,"马克说,"我猜我装甲的伪装功能坏了。"

"奥利维娅?"弗雷德又问道。

没有回应。不过薇塔的动作感应器显示出奥利维娅的信号正在向她靠近。薇塔继续擦抹护面甲,直到她的头灯照出一个满身泥浆、身形异常模糊的斯巴达III型战士来到自己身边。奥利维娅的主动隐身功能还在运作,但是她现在从头到脚都沾上了一层橙红色污泥,所以隐身效果大打折扣,薇塔估计自己的护甲可能也是这样。奥利维娅用指尖碰了碰自己护面甲的嘴部区域,然后用拇指向面甲上一戳。

"奥利维娅的拾音器坏了。"薇塔报告道。奥利维娅立刻用力点点头,然后又做了一个大拇指向上的手势,"其他一切正常。不过如果再来一场爆炸,我们也许就都没有护甲了。"

"我们很快就会和敌人遭遇了,调查员,"弗雷德说道,"马克和阿什,向前靠近,我听到前方有抽打声。"

"抽打声?"马克问。

"到这里来就是了。"

"收到,"马克说,"正在路上。"

马克和阿什关闭了头盔灯,从补给站走出来,跑进平硐。

薇塔和奥利维娅跟在后面,准备掩护前方的伙伴,反击敌人的埋伏。薇塔用一只赤手继续抹掉护面甲上的污泥,奥利维娅则徒劳地尝试重启自己的拾音器。她们到达了一条通向矿床左侧1

号平硐的连接隧道，用成像系统对那里进行了一番搜索，没有发现任何敌人的迹象，随后薇塔就守在这条隧道的入口处，奥利维娅快步走入隧道确认其中的情况。那名斯巴达III型战士前进了大约两百米，消失在进入1号平硐的转角处。

片刻后，奥利维娅重新出现在连接隧道的另一端，用手灯打出一切安全的信号，然后将头盔灯开到最亮，一边向回走，一边重新确认她们的成像系统没有错过任何潜伏在阴影或者岩石后面的异常情况。对薇塔而言，在这个岔路口孤身等待同伴返回是一个非常难熬的过程，她必须将注意力同时放在两个方向上，准备好为两边提供火力掩护，同时还要竭力不去揣测是否会有另一场爆炸将她埋进成千上万吨的岩石中。

奥利维娅一回来，她们立刻就去追赶同伴。现在其他人已经走到了2号平硐前方五十步远。在地图上被标记了"矿场"字样的通道开始出现在她们左边。那些隧道是采掘矿石的地方，要比平硐大一点，不是很长，被开凿得非常粗糙，隧道的肋骨和脊背上都有许多松散的岩石。这些隧道最长不过五十米，其末端都是一个个巨大的黑色洞窟，其中的矿石都已经被采掘走了。不过那些洞窟里还有不少石块和小洞，足以让鬼面兽隐藏于其中。所以薇塔和奥利维娅相互掩护，轮流沿着平硐一边前进，一边对这些洞窟进行搜索。

薇塔从第六条"矿场"隧道中走出来的时候，发现奥利维娅正沿着平硐的另一侧前进。这名斯巴达III型战士已经尽量将护甲擦抹干净了，不过上面的泥浆条纹还是显示出了一些她在黑暗中移动的影子。现在很难看出她是在直视平硐正前方，还是在观察下一个"矿场"隧道的入口。因为拾音器失灵，她也没办法回答薇塔的任何具体问题。

薇塔关闭了自己的头盔灯，开始向平硐中奥利维娅身后的位置走去。她的热成像系统显示出前导部队在前方五十米处停止了移动。四个人形光点从左到右逐渐变小——左侧的光点比右侧的距离薇塔和奥利维娅更近。人形光点比人数少一个，薇塔知道这是因为阿什的隐身功能还在正常运作着，可以屏蔽他的红外影像。

薇塔以为，弗雷德停止前进是为了等待她和奥利维娅。但就在这时，两个更大的光点进入了薇塔的头盔显示屏。他们距离前导队伍大约三十米，身材比斯巴达还要高，宽度更是斯巴达的两倍。

两个激光涡流出现在那两个大光点的头顶上方。因为距离过远，速度过快，那两个涡流在薇塔的头盔显示屏上只不过是两个微弱的火花。

一个大光点出现在激光涡流前方，随后平硐中就传来一阵空洞的金属撞击回音。

"遇敌！"弗雷德在团队频道中说道。

一连串枪口闪光点亮了前方的黑暗，瞬间照亮了远处的斯巴达。自动武器的射击声回荡在整条平硐里。

薇塔将MA5K抵在肩头，但大光点已经从她的头盔显示屏上消失了。她找不到目标，便将注意力集中到激光涡流上，眯起眼睛。她的热成像系统立刻放大了那里的画面，她看到那两个格外高大的光点其实是两个离地面两米高的人类形体。薇塔无法看清他们腰以上的部位，不过能看出他们正在使用的是一种巨大的管状武器，武器前端的发射管已经白热化了。

不是武器。薇塔意识到，是激光钻头。

那两个人影向两旁跳开，又一阵金属撞击声响起。这一次薇塔听清楚了，那是岩石砸在金属上的声音。那些鬼面兽正在用岩石作战，老爹10的残余队员则在用手持激光工具抵抗他们。

弗雷德得出了同样的结论。"看样子，双方都没有弹药了。"他说道，"蓝队，射击'矿场'隧道里的鬼面兽，把他们逼退，或者杀死他们。"

一声令下，枪口喷出的火光充满了前方平硐。三个装备雷神锤盔甲的高大斯巴达战士走过通道，向他们的目标逼近。

"阿什和马克对老爹10进行救援和补给，"弗雷德继续说道。在薇塔的头盔里，蓝队队长的命令因激烈的枪声而变得非常模糊，"莉莉和洛皮斯准备好伏击逃跑的敌人，以免……"

命令被一阵低沉的撞击声中断了。弗雷德随即飞回到平硐里，双臂摊开，护面甲上压着一块轮胎大小的石头。薇塔的成像系统中显示一个鬼面兽大小的光点追着弗雷德从"矿场"隧道中冲出来，随后薇塔的热成像系统因为四盏高能探照灯的照射而闪耀起令人目盲的强光。

薇塔眨了两次眼。她的护面甲关闭了成像强化功能，让她的视野恢复正常。她意识到自己看到的是一辆车的车头灯。

那些车头灯正在迅速变大。

"小心！"阿什在团队频道中发出警告，"老爹10正在往外冲！"

车头灯向上扬起，然后又狠狠落下——那辆车的前轮碾过了弗雷德穿着战甲的身体，转瞬之间，车后轮也碾过了弗雷德。车尾灯的橙色灯光短暂地照亮了平硐深处，薇塔瞥到那里有一个很大的岩石堆，也许是发生了塌方。现在她才明白为什么老爹10要停下来进行战斗。

他们无处可逃了。

薇塔在自己的头盔显示屏上查看了一下弗雷德的状况。他的呼吸频率在提高,心跳在加快,但这两者都很稳定。对于一个刚刚被十吨四轮车碾过的人来说,这应该不算很糟。薇塔很想要求弗雷德进行健康检查,但现在用无聊的交谈占用团队频道不是明智之举。而且阿什、马克和其余蓝队成员都距离弗雷德更近,如果弗雷德需要帮助,他们自然不会坐视不理。

那辆车还在加速前进,现在薇塔正位于车头灯前,能够从那辆车上的货物铲斗分辨出那是一辆大型装载拖车。那个铲斗至少有两米宽,倾斜向上升起,为站在里面的两个人提供了良好的掩护。那两个人中的一个还举着激光钻头,准备击退任何想要爬进铲斗里的敌人,另一个则将几个灰色的、手掌大小的团块抱在肚子前面,小心地将几只延时引爆雷管逐一插在上面。

"该死!"薇塔在团队频道中说,"他们正在制造更多炸弹!"

一阵枪声在几米外的一个隧道口响起,薇塔推断是奥利维娅试图干掉那个炸弹制造者。但是薇塔转头看去,才发现正贴在平硐肋骨上开枪的奥利维娅瞄准的是另一个地方,另一个正在冲过来的装载拖车看不见的目标。

薇塔向炸弹制造者掉转 MA5K 的枪口,但那两个人都已经缩进了铲斗里。装载拖车很宽大,和平硐两侧的肋骨之间只有半米宽的缝隙,而且车速非常快,它的头灯在周围的岩石上照射出一圈刺眼的光环。

薇塔只能看到驾驶室在矿石车斗的左侧,还被巨大的左前轮挡在后面。那个车斗有疣猪车那么大,前端向下凹陷,让铲斗可以向后掀起，将矿石倾倒于其中。透过车斗的前端凹陷，薇塔什么都没有看见。如果这辆装载拖车携带了任何老爹10成员以外的东西，那些东西一定不会很多。

奥利维娅位于薇塔前方左侧八步远。现在她已经缩进了"矿场"隧道口。装载拖车驶过之后，她又从隧道口出来，继续贴着平碉肋骨进行射击。她显然是将车上的老爹10当作友军了。薇塔关闭护甲的主动伪装功能，站到了拖车灯光中，一只手握住MA5K，举起另一只手，示意驾驶员停车。

装货铲斗升起来，挡住驾驶室前窗，装载卡车进一步加速。

老爹10的残余队员并不打算在这里找朋友。

薇塔也想跳进隧道，但她忽然想起了随身携带的硝化甘油，才意识到自己犯了多么大的错误。于是她转而卧倒在地，然后一翻身滚到了平碉的中线位置。

"找掩体躲起来，找掩体躲起来！"

薇塔一边向拾音器高喊，一边平躺在地面上，双脚对着隆隆驶来的装载拖车。除了钢质装货铲斗不断晃动的黑色影子，现在她什么都看不见了。只要留在平碉中线上，至少那四个巨型轮胎不会轧到她。但如果驾驶员知道她在前面，放下铲斗，薇塔的半动力型潜行盔甲肯定不可能像弗雷德的雷神锤盔甲那样经得住钢质铲斗的撞击。

但铲斗没有被放下来。不等薇塔反应过来，她的眼前已经变成了一片被岩石画出累累伤痕的钢板，薇塔知道这种滑动钢板的作用是保护装载拖车的底盘。她重新启动了护甲的伪装功能，将MA5K步枪丢在身边的地上，身子一挺，用双手抓住车底盘的一根横梁。

装载拖车猛地把她拽了起来,有那么一瞬她有些害怕自己的肩膀被拽脱臼,随后,她的双腿和靴子开始在泥地中被向前拖行。

"找掩体躲起来!"薇塔在团队频道中喊道,"老爹10是敌人,重复……"

一连串巨大的轰鸣声回荡在平硐里,薇塔的成像系统闪耀起一片白炽的强光。

第二十五章

（人类军事历）2553年12月16日 04:21
珍妮·林恩钽铁矿，2号平硐
司祭星系，司祭五，卫星子午星

弗雷德正处于他最不喜欢的战斗态势中——他平躺在地上，而整座矿井似乎都在他身下颤抖。他估计矿道里又发生了爆炸，但现在他的头盔里充满了各种嘈杂的声音，就算有爆炸声，他也很难听清楚。

不断传来的尖利汽笛声向他发出警告，他知道自己的护盾已经开始衰减，而且无法再恢复了。持续稳定的哨音又向他证实，他受了伤，虽然接受了生化注射，但锁骨、手臂和肋骨的钝痛依然非常清晰。一连串不规则的"嘀嘀"声表明达蒙在重启系统时遇到了困难。反复出现的静电爆裂声提醒他，他的动力盔甲的反应电路已经失去了功能。而让他感到担忧的是撤退警报的急促蜂鸣，他知道，这意味着他的百夫长级战甲背部的袖珍聚变反应堆的冷却系统失灵了。

唯一不发出声音的似乎只有团队频道了。

至少他的雷神锤盔甲的锁定系统还在工作……还可以发挥出部分效能，过多的压力还能够从静力凝胶层释放出去，不过在爆炸开始撼动平硐的时候，他立刻抬起了头。

他的头盔灯照亮了一个正蹲在"矿场"隧道口的满身鲜血的鬼面兽，这个鬼面兽向他的双脚伸出一只手，另一只手无力地垂在身侧。这个鬼面兽身上的大部分护甲都不见了——鬼面兽的冲击战甲在能量过载的时候总是会自动碎裂。他一定就是弗雷德进入这条"矿场"隧道时首先遭遇的那个鬼面兽……当时弗雷德正要将他击毙，却被从黑暗中飞出的一块大石头砸在脸上，飞出了隧道。

鬼面兽抓住了弗雷德的脚踝，把弗雷德向隧道中拖去。

弗雷德的突击步枪就落在他身边的泥泞里，但是也被装载拖车的轮胎轧过，就像丢下它的那只手臂一样破碎且不堪使用了。弗雷德的 M6C 手枪还挂在他的右侧大腿上，但枪管里可能也塞满了泥巴。而且现在他的战甲凝胶层还有太多的压力，让他无法以流畅的动作伸出手，抓住这把枪。那个鬼面兽可能会看到他的动作，在他开枪之前把他的身体翻转过去。

不管怎样，他不能把注押在一把可能无法正常使用的武器上。

弗雷德一动不动，任由鬼面兽把他拖进隧道。这个鬼面兽终于停止了动作，盯住弗雷德的护面甲，深陷的双眼中闪烁着平静沉思的眼神，看上去甚至有一点哀伤，仿佛这个鬼面兽在感叹他们要一同死在这样一个没有光明的地方，一个距离他们两个的家园都如此遥远的地方。

终于,这名武士放开弗雷德的脚踝,伸手去拿石头。

弗雷德坐起身,伸出自己还能用的手臂,用戴着钛合金手套的手指掐住了鬼面兽的后颈。

鬼面兽狂暴地露出獠牙,仿佛早已知道了他要干什么,但弗雷德已经将鬼面兽的头压了下来,同时狠狠将自己的头盔撞上去。骨骼和钛合金护面甲碰在一起,立刻发出碎裂的声音。

就在这时,鬼面兽的石头也击中了弗雷德。弗雷德感到一阵耳鸣,头歪到了一旁。

弗雷德顺着这一击的惯性,让身体向自己受伤的手臂一侧倒去,同时抬起腿,一个回旋踢正中鬼面兽的肋骨,鬼面兽侧身倒了下去。

鬼面兽的头撞上一块石头,正好面对着弗雷德。他的表情变得更加狂暴,被打坏的额头下面,一双深陷的眼睛里燃烧着怒火。他举起石头再次发动攻击。弗雷德收回脚,又猛然踹了出去,鬼面兽随之仰面朝天倒在地上。

一道从枪口冒出的火光照亮了隧道。鬼面兽的手臂无力地垂落下来,石头也掉在了地上。一串窟窿从他的耳朵一直延伸到胸口,鲜血迅速从中奔涌而出。

弗雷德翻过身,仰起脸向上看去,发现凯丽正站在自己面前,一只手还端着 MA5K。她的护面甲正冲着弗雷德,同时用一根手指敲了敲自己的头盔侧面。

弗雷德能听到的只有警报声。

弗雷德摇摇头,用自己还可以动的手臂摘下头盔。

"你怎么用了这么长时间?"他问道。

"找不到合适的射击角度。"虽然凯丽的声音经过了头盔扬声器的电子调节,但宽慰的情绪依然能从她的语调中清晰可辨,"你不能躺在这里。"

"我可没什么选择。"弗雷德指了指自己变形的战甲,又说道,"帮我出来。我们需要在反应核心过热之前关掉这东西,冷却系统已经失效了。"

"这不是达蒙的工作吗?"

"达蒙已经……"弗雷德停顿一下才又说道,"我不知道……达蒙的情况比我还糟。"

凯丽将突击步枪放到一旁,开始打开弗雷德战甲的维修面板,释放其中的倍频电路。

琳达和马克出现在隧道口处。片刻之后,弗雷德看见一道人影,他知道那至少是一名主动伪装功能仍然有效的雪貂。

"情况如何?"蓝队队长问道。

"解决了三个鬼面兽。"凯丽回答。

"斯劳恩说一共有四个。"弗雷德说。

"也许是,"琳达说,"但我们只杀了三个。"

"你确定?"

"只有三具尸体。"琳达回答道,"这一个,还有一个遭到了我们的偷袭,凯丽在我们身后的隧道里解决了一个。"

"这条隧道里有两个。"弗雷德等待凯丽在战甲维修面板上输入控制指令关闭聚变核心,然后站起身,"我一直都没看见那个朝我扔石头的家伙。但他一定还在这里。有人看到他去了什么地方吗?"

"我没有。"马克说。

"我也没有,"阿什也说道,"但在老爹10开着那辆装载拖车从这里冲出去的时候,情况变得一团混乱。"

"莉莉怎么样了?"

片刻的停顿之后,凯丽开始在团队频道中呼叫。奥利维娅的声音从平硐的另一边传过来。

"我在载重拖车启动的时候击中了一个鬼面兽,"奥利维娅喊道,"他跑进了那边的一条隧道里,但我无法确定是哪一条。"

"你打中了他?"弗雷德也向平硐中喊道。

"我也不太确定,"奥利维娅回答,"你们有看到血吗?"

弗雷德向周围瞥了一眼,这里到处都是血迹。

"我们同样无法确定。你怎么样,洛皮斯?"弗雷德等待着回答,凯丽同时也在团队频道中进行呼叫。三秒钟之后,他们没有得到任何回应,弗雷德又喊道:"洛皮斯?报告!"

片刻之后,奥利维娅喊道:"中尉,我觉得她不会回应了。我发现了她的步枪。"

"还有呢?"

"我只找到了这个,"奥利维娅报告,"她不见了。"

第二十六章

（人类军事历）2553 年 12 月 16 日 04:22
珍妮·林恩钽铁矿，1 号平硐
司祭星系，司祭五，卫星子午星

那只脚还挂在装载拖车的后面，只有两个脚趾的一只大脚，很明显是鬼面兽的。一滴滴鲜血在薇塔的头盔显示屏中以热成像的形式绽放出一朵朵红色的光芒之花。薇塔在抓住车底横梁之后几乎立刻就看到了那只脚。在一阵狂野的奔驰中，薇塔只能猜测这个鬼面兽和她有着同样的想法——要阻止老爹 10，最容易的办法就是爬上他们的车。

一开始，薇塔还以为那只脚已经断了，是一个倒霉的鬼面兽被老爹 10 的炸弹炸碎了，这只脚恰好飞到了装载拖车上。随后这只脚向上抬起，暂时离开了薇塔的视野——那个鬼面兽显然是想找到一个可以用脚蹬住的地方。薇塔意识到那个鬼面兽正拼命攀附在车尾,就像她掉在车底盘上一样。

薇塔从团队频道中听不见任何声音。不过这没有什么奇怪的。现在这辆装载拖车已经猛转了两个弯,这只能表明它进入了1号平硐,正迅速向矿区内部行驶。在薇塔和她的队友之间已经阻隔了许多矿石。在这种深入地底的地方,就算是军情局的通信设备也需要在毫无阻隔的情况下才能正常发挥功能。

薇塔搞不清楚的是为什么老爹10的残余队员要进入矿井深处。他们的行动已经清楚地表明,他们将其他军情局成员同样视作敌人,但即便如此,现在他们也可以通畅无阻地回到外面了。他们最简单的逃亡方式就是乘穿梭机再返回顶点太空站,或者在机场直接呼叫救援。

除非他们已经在另一个地方安排好了救援。

薇塔回忆起自己在矿道入口处和矿井地图前看见的那些纷乱的脚印,看来那些人早就在等待救援安排了。她开始向团队频道的拾音器呼叫。

"这里是薇塔·洛皮斯。"通常她都没有必要在团队频道中表明自己的身份,但现在即使她的信号能够传送到队友们那里,一定也非常微弱,充满杂音,就算是她的雪貂们也可能根本识别不出她的声音了。"老爹10的残余队员驾驶装载拖车经过了两条平硐间的连接巷道。重复,他们通过了两条平硐间的连接巷道。"

薇塔停顿一下,竭力整理自己的思路。情况报告最重要的是明确、简短、完整。挂在一辆全速行驶的矿车底盘下面进行报告绝不是一件容易的事情——更何况这种黑暗幽闭的空间格外让薇塔恐惧。

"我正躲藏在一辆装载拖车的底盘下面。这辆车的车尾处还躲藏着一个鬼面兽。"薇塔深吸一口气,不知道自己还能说些什么。最后她说道:"我在等待攻击机会。"

她又将这个报告重复了两遍。装载拖车突然减慢速度,又迅疾地拐向左边。鬼面兽的脚抬了上去。片刻之后,薇塔感觉到一阵沉重的撞击——鬼面兽跳进了矿石车斗。

装载拖车驶下一片陡峭的斜坡,同时还在持续左转。它的行驶速度变慢了许多,沿着螺旋形路线一路下降,朝着下层的运输平硐驶去。

薇塔开始沿着车底盘向车尾处爬行,伸手抓住车底的各种梁架,一次只移动一只手或者一只脚,确保在抓稳和踏稳之后才进行下一个动作。终于,她的脚到达了车尾,这里已经没有地方可以让她踩踏了。装载拖车还在沿着螺旋坡道一路向下,车速缓慢——或者至少不算*很快*。薇塔的护甲功能依然可以算是基本完好。她让自己的双脚落下,任由它们被车拖行,然后张开一只手,抓住最后面的横梁,稳住之后再用力抓紧。

她的双脚已经完全被拖在装载拖车后面了。鞋跟一直在泥泞中滑行,但偶尔也会撞上一块石头,让她的腿感到一阵痛楚。她用一只手紧紧抓住横梁,将另一只手伸向装载拖车的车尾,在矿石车斗上摸索可以抓住的东西。长时间的抓握已经让她精疲力竭,但现在她似乎只能维持用一只手抓住底盘尾部那根细横梁的姿势了。

终于,薇塔在矿石车斗尾部的支撑架上发现了一道缝隙。她将手指塞进那道缝隙,一直向上滑动,直到把手臂也插进去,挂在支撑架上,然后另一只手才放开了底盘横梁。

装载拖车继续拖着她向前行驶,她借助车子拐弯的惯性一下子翻过了身,一边庆幸着地上有泥浆润滑,让她的双脚不至受伤。然后她将另一只手也伸上去,想要抓住那道缝隙……却没有找到……结果差一点儿让身子掉下去。

她又试了一次,还是没有找到。她开始思考是否能够暂时放开车斗,再跑步追上去,抓住车斗更高处的地方。

就在这时,她想起了自己有多么疲惫,脚下的泥浆有多滑,于是她又试了一次。

薇塔的手指插进了那道缝隙里,终于宽慰地长出一口气,开始将自己向前方拽过去。她向上抬起一只手,抓住了一根安全栓,又让自己的另一只手向上摸索,找到可以抓紧的地方,把身体拽得更高,然后收紧腹部,提起双脚。等双脚收到身下之后,她开始笨拙地奔跑,同时继续用双手紧紧抓住车斗。她知道,如果仅凭自己的力量,她绝对不可能让自己跑得和这辆车一样快。

薇塔终于抓住了矿石车斗的上沿,稍稍向上一跃,将双脚拽起,让它们踏在车斗支架上。然后她小心地朝车斗里望去。尽管已经疲惫不堪,她还是不由得露出了笑容。在车灯昏暗的反光中,她看到了三只桶装的低温罐。它们被并排放在矿石车队里,周围插着石块,以防止它们翻倒滚动。并没有人在看守它们。

几乎没有人。

在低温罐前方几米远处,一个黑色的影子正趴伏在矿石车斗的前沿上。薇塔眨了两次眼,开启了头盔成像系统的微光功能,那个黑影随即变成一名高大的鬼面兽武士。在他五官粗大的楔形脸下面挂着长长的胡须。薇塔立刻就认出了他。

卡斯托。

卡斯托的冲击战甲早就解体了。现在他的身上只剩下了头盔和前臂、小腿上的甲片。他身体左侧的毛发从肋骨到膝盖全部被血液凝结在一起。他的呼吸非常短促，沙哑又充满痛苦，让薇塔几乎有些同情他。

卡斯托似乎没有察觉到薇塔的出现，他只是紧盯着车头左侧的驾驶室。很明显，他正在思考该如何发动攻击。驾驶室顶端凸出在矿石车斗上方至少半米处。在昏暗的光线中，朝向车斗的侧面露出了一名女性人类留着黑色短发的头顶。从车斗上能看到她的一只精致的耳朵和直视前方的双眼，她正聚精会神地驾驶这辆车。

即使是薇塔能够看到的这一小片驾驶室也被透明的氮氧化铝外壳保护着，这本来是为了抵挡可能从矿石车斗里飞溅出来的碎石。卡斯托不可能砸穿氮氧化铝外壳，况且现在他显然中了枪，就连呼吸都已经非常困难。如果他想要从没有氮氧化铝外壳保护的驾驶室后面发动攻击，驾驶员就会从后视镜中看到他，立刻向前面铲斗中的两个同伙呼救。

如果卡斯托那么容易放弃，就肯定不会成为同一自由捍卫阵线的高阶主教。在薇塔的注视下，他转过身，将自己拽上车斗的前沿，趴伏在前沿上，弯下腰，让自己能够探出身体，越过蓄电池箱，向蜷伏在铲斗中的两个人类伸出手。

薇塔接受过训练，知道什么情况是机会。她检查了一下半动力型潜行盔甲的主动伪装功能，然后悄悄滑进矿石车斗里，缩起身子紧紧贴住低温罐。她看不见车前方发生了什么，但前面的人也不可能看到她。

她拔出手枪，发现这把枪已经完全被矿道泥浆糊住了。她转动弹槽，将子弹连同淤泥一起卸出来，又甩动枪管，甩出更多的泥浆。但最后，她还是把枪插回到枪套里。现在这把枪大概只能当成一块用来砸人的石头。

装载拖车不停地晃动、颠簸，车斗常常蹭到螺旋形坡道的石壁上。薇塔越过低温罐向前望去，看见卡斯托的身影仍然探在车外，一只手抓住了一个家伙的后颈正在来回甩动，以免他的同伙用激光钻头攻击他。

驾驶员则同时看着铲斗和坡道，努力在顾及战斗的同时将车开稳。薇塔现在只能希望那名驾驶员不会让车一头撞在矿道的支撑立柱上。她再次躲到低温罐后面，从腰带里摸出 C-12 炸药，将它按在低温罐底部的散热叶片之间。薇塔相信，摧毁这些罐子——或者至少确保她能够这样做，就是消除这次九头蛇危机的最好方法。没有人会疯狂到在没有疫苗的情况下就将瘟疫当作武器使用，那样只会让大家同归于尽。

薇塔一边安放炸药，一边思考卡斯托为什么会出现在这辆车上。她明白，那个鬼面兽对于将杀害图瓦一家的罪行诬陷在同一自由捍卫阵线头上的人恨之入骨，她也理解这种恨意足以驱使卡斯托对这些人痛下杀手。鬼面兽是一个高傲的种族，他们不可能允许这种肮脏的事情玷污自己的荣誉，但卡斯托一定知道这是一场牵连甚广的阴谋，而这辆车上的三个士兵不过是三枚棋子。他也许还不知道军情局与这场阴谋有关，更不会知道这是军情局的暗箱项目。但他一定知道，如果他真的想要复仇，就必须找到在幕后操纵这一切的人。

既然如此，他为什么要不顾一切地阻止这几个人逃跑？

薇塔还在努力寻找答案的时候，装载拖车突然撞进一个拐角里，开始向一侧翻倒。卡斯托怒吼一声，紧接着一个人类发出尖叫，随后车子轧过了一具躯体，引发一阵微小的颠簸。

装载拖车恢复水平，开始加速，它前进的线路也变直了。薇塔完成了将炸药塞进最后一只低温罐的工作，又抬起头向前方望去。卡斯托站在矿石车斗前部，面冲前方，如同一片巨大的阴影，一只手中挥舞着喷射出炽热光线的激光钻头，正在利用自己手臂远远长过敌人的优势对装货铲斗中仅存的那个人类狠劈猛刺。激光钻头的强光遮蔽了薇塔的视线，但薇塔能够从卡斯托的身体姿态推测出，他又受了伤，所以必须撑住残破的身体，只能用一只手战斗了。

铲斗开始被收进矿石车斗，这消除了卡斯托攻击范围的优势，同时迫使卡斯托不得不仰起头作战。卡斯托开始用激光钻头劈砍铲斗背板。一时间火花乱冒，熔融的金属液珠四处喷溅，空气中充斥着钢板被切开时发出的"嗞嗞"声。

薇塔伏低身子，从腰带中抽出一根引爆雷管，开启了它的遥控开关，将雷管插进低温罐底部的炸药里面，随后又给第二只低温罐插上雷管。

卡斯托攻击驾驶室的声音变得更加尖锐。薇塔抬起头，发现鬼面兽改变了攻击对象。现在他正在劈砍驾驶室，试图砍穿铲斗上方的氮氧化铝外壳。

装货铲斗升得更高了。薇塔看到前方出现了阳光——不只是遥远的一点光亮，而是一个宽阔洞口外的整片光线。

"哦，该死。"薇塔在团队频道中说道，"这里是运输平硐出口，我们就要出去了。"

当然，没有回应。

"队长？有人吗？"

只有她自己一个。

装货铲斗再次缩进矿石车斗，并向下倾斜。铲斗里的士兵跳出来，正好站在低温罐前。现在他到了卡斯托身后，双手高举激光钻头，刚好可以将卡斯托砍倒。

但他的视线转向了车斗后部的薇塔藏身处，这失误要了他的命。卡斯托这时已经转过身，挥起手中的激光钻头，从下向上刺穿了这名士兵的身体。士兵被分割成两段，分别倒向相反的方向。

然后，卡斯托的视线转向薇塔，并停在薇塔身上。

薇塔的第一个反应是继续保持不动，因为护甲的伪装功能在静止时更加有效。当老爹10的队员看她的时候，她就没有动，现在她也不会动。

卡斯托仍然在盯着她。

泥。

装载拖车将她拖行了几百米，也许有几千米。她一定满身都是泥浆。她的头盔上一直都有泥水，让她无法透过护面甲看见东西，她的头侧、下颌以及额头上恐怕同样也有泥巴，让她看上去像是某种幽灵，或者是硕大的隧道飞蛾，盘旋在低温罐上方。

卡斯托又将头转向驾驶室。但这个鬼面兽实在是一个糟糕的演员，他的眼睛还盯在低温罐上。薇塔拔出手枪，站起身，解除了护甲的伪装功能，好让鬼面兽看到自己的脸被枪口指中。如果薇塔现在开火，枪口里的泥巴会挡住子弹，堵住爆炸气体，然后这把该死的枪会把薇塔的手炸烂。

但卡斯托不知道这些，他看到的只是一把手枪瞄准了自己的额头。运输平硐的出口已然近在眼前，现在那个洞口仿佛一片绿色的光墙，一道钢质横梁由贴在平硐肋骨上的立柱支撑着，就悬在那个洞口的边缘。如果薇塔能够阻止鬼面兽的攻击，直到这辆车穿过钢梁，她就能跳下车斗，滚身远离这辆车。如果运气好一点，她不会受太重的伤，还能够从远处引爆炸药，结束这个任务。

不过糟糕的是，现在薇塔所做的一切都没有得到授权。就算弗雷德不喜欢这样，也只能接受事实了。

看到薇塔没有开火，卡斯托歪过了头，开始仔细打量她。薇塔知道自己的时间不多了。她摆动了一下枪口，示意卡斯托跳车。现在洞口距离他们已经非常近，薇塔甚至能够看到山谷对面的高山——一片灰色的玻璃质山坡。

卡斯托怒吼一声，举起激光钻头。装载拖车终于到了洞口。

鬼面兽的头撞在扫过车身的钢梁上。

卡斯托实际上只是被钢梁蹭了一下，但这也足以让他朝车尾方向踉跄了一步，撞上低温罐。随着装载拖车加速驶出洞口，他的身体因为惯性还在继续倒向车尾处的薇塔。

薇塔一低头从扑倒的卡斯托身下闪过，举起双臂用力推搡鬼面兽，同时用力蹬直双腿。她真希望身上的不只是半动力盔甲，而是拥有动能驱动的能量护甲。谢天谢地，不断加速的拖车也在帮她的忙。

卡斯托的肚子撞上了矿石车斗的后沿，一时间好像会翻出去，又仿佛会落在车斗里。薇塔继续猛力推他。装载拖车轧过一块石头，颠簸了一下，重力和惯性帮薇塔完成了剩下的事情。

鬼面兽的双腿伸向天空——然后就消失不见了。

薇塔的余光扫到表面布满了一道道绿色环带的司祭五如同一颗巨大的圆球高悬在前方的高山之上，随后她便猛地撞在矿石车斗的侧壁上。装载拖车再一次猛然转向。

薇塔看上去很像一名斯巴达 III 型战士——也许要比普通斯巴达 III 型娇小一些。但最后这名老爹 10 至少会认定她是在和斯巴达一起行动。就算是这样,这个浑蛋还在想方设法攻击她。

老爹 10 的行动肯定和一个暗箱项目有关系。这个项目的机密度极高,甚至可以为此牺牲不知情的斯巴达。不管怎样,薇塔完全不喜欢它。

薇塔坐在车斗角落里,努力撑起身体,用 M6C 手枪瞄准了驾驶室的氮氧化铝保护壳。驾驶室中的那名士兵伏低身子,装载拖车再一次向前疾驶。

薇塔从腰带中又拿出一根雷管,将它插进最后一只低温罐的炸药中。她考虑给最后这名老爹 10 的士兵一个投降的机会,让这名士兵能够向奥斯曼少将解释,自己是如何被卷进亚海星抗体的运输任务里的。但仔细想一想,无论奥斯曼早就知道这个暗箱项目,还是对此一无所知,都不值得薇塔冒这个险——尤其薇塔现在唯一的武器只是一把塞满了泥巴的手枪。

装载拖车向左一转,开始减速。薇塔爬过矿石车斗的背板,掉落在玻璃质地面上。现在装载拖车的速度已经很慢了,如果地面不是如此光滑,薇塔甚至都不会栽倒在地。她打了两个滚,跪立起来,心中不由得想到了卡斯托。不知道那个鬼面兽现在哪里,是不是还会来追杀她?

薇塔发现自己正看着一座被矿渣填满了一半的山谷,星盟的离子轰炸又让这里彻底玻璃化了。装载拖车又向前行驶了七十米,在一艘子弹形的小摆渡飞船旁边停下。那艘小飞船的船头部位能看到顶点太空站的识别编码。小飞船的舷梯已经降下,一名身穿咔叽布制服、身材细长的军官正从舷梯上跑下来,与老爹 10 的队员会合。因为距离太远，薇塔看不清他的容貌，也无法识别他的军衔，但他的确装备着一杆 MA5 系列突击步枪。

薇塔从腰带上拿出雷管遥控器，将其启动。

军官来到了运载拖车的驾驶室，朝薇塔指了指，开始急促地说话。驾驶员跳出驾驶室，拿过突击步枪，将步枪抵在肩头，转过身。

没有选择了。

薇塔按下了遥控器的按钮，嘴角露出一抹微笑。

第二十七章

(人类军事历) 2553 年 12 月 16 日 04:33

珍妮·林恩钽铁矿,运输平硐口外

司祭星系,司祭五,卫星子午星

卡斯托还在努力想要站起身的时候,一阵猛烈的爆炸震撼了整座山谷。他这时仍然跪在地上,膝盖下的地面颤抖不止,巨大的轰鸣声在附近的山峰之间反复回荡。他转过身,看到一道裂缝组成的罗网在谷底的灰色玻璃地面上一直蔓延开来,一道一米宽的裂缝从他的左手边延伸过去。他站起身,来到裂缝边缘,低下头,看到了二十厘米深的泥土岩石熔融而成的玻璃层,而玻璃层下面的黄色矿渣沙土还在剧烈地颤抖着,仿佛随时都有可能发生地震式液化,将他活活吞入其中。

他转过视线,沿着这道裂缝看向二十五米外,发现一个身穿护甲的人类被更远处的一根火柱照亮。那根火柱放射出的强光将他的眼睛都刺痛了，而那个穿护甲的人类显然就是曾经在矿车上和他战斗的敌人。作为一名军人，那个人类的身材实在是太娇小了，不可能是一名斯巴达——就算是女性斯巴达也不可能。但她穿着半动力型潜行盔甲，而且战斗的时候就像是卡斯托的母星——多伊萨克星上的悍妇鼩在保护自己满是幼崽的地洞巢穴。但不知为什么，当那个人类有机会杀死卡斯托的时候，却让他活了下来。

卡斯托不知道该如何对待这个敌人。

随着烈焰逐渐暗淡下去，一只燃烧的车轮从大火中滚出来，沿着玻璃地面一直向前滚动。那辆矿车的铲斗翻滚着从天上落下，重重地砸在玻璃地面上，距离那艘还在燃烧的子弹形飞船足有十几米远。现在卡斯托辨认出来，那就是他在顶点太空站见过的摆渡飞船。那名身材娇小的人类军人依然跪在玻璃地面上，看着火焰，仿佛忘记了周围的一切。爆炸一定是她造成的，这里再没有别的活人了。

她摧毁了低温罐，也就是摧毁了军情局制造生物武器屠杀生灵的阴谋。这个人类甚至要卡斯托跳车逃生，而卡斯托本来是任何斯巴达都必欲除之而后快的目标。

也许这个人类其实不是他的敌人。

火焰渐渐变得微弱，扭曲变形的矿车变得更容易辨认，卡斯托考虑了一下向那个人类求救。那个小人类当然很危险，但她一定也很聪明，也很讲求实际。她让卡斯托活下来一定是有原因的。

但卡斯托的翻译圆碟已经和他的战甲一起毁掉了。尽管他懂得人类语言，但如果他尝试使用这种语言，就只能发出一堆粗糙混乱的声音。以卡斯托的经验，对他了解不够多的人类在听到他的这种"对话"时只会用逃避或者子弹作为回应。

而且以卡斯托现在的状态，他更不能冒险再次受伤。那个人类的M6手枪通常在他眼中算不上什么，但现在他的肋侧还有一发步枪子弹，肩头被激光穿了一个孔。如果那个人类用手枪对准他，他唯一能做的只有双膝跪地，乞求怜悯了。

乞求？卡斯托绝不会这样做。

他转过身，开始审视眼前连绵起伏的玻璃山峦，思考没有奥逊在身边，自己活着徒步走出这样辽阔而充满敌意的荒原有多大可能。从他们两个一同响应先知召唤时开始，那位深得卡斯托信任的武士就一直跟随着卡斯托。不止一次，卡斯托都是因为这位忠诚的朋友才得以熬过九死一生的惨烈战斗，或者是因为奥逊的及时提醒才纠正了自己的错误。现在卡斯托身边没有了这位朋友，要孤身一人继续朝圣之旅，他觉得这是自己人生中最难以想象的事情。

但他还能有什么选择？他不可能期待一个霍拉古克突然凭空出现，为他带来救援——就像六个月前在高星的温多萨战役之后出现的那场奇迹一样。那时神使找到了他，向他展示了无与伦比的仁慈与智慧。在那以后，神使又多次和他接触，促使他建成了救赎基地，帮助他劫掠无信仰之人的飞船，重振了同一自由捍卫阵线的力量。但是自从冥思之地被毁之后，神使就再没有出现过。卡斯托知道，现在希望神使再次出现是完全不切实际的。

首先，卡斯托必须证明自己还有价值。

卡斯托挺起双肩，开始向前走去。也许他能够说服一群被吓坏的人类帮助他找办法离开子午星——他不知道该怎么做，尤其现在他又失去了翻译圆碟。但他总能找到办法。

这正是神使对他的要求。

（人类军事历）2553年12月16日 04:48
珍妮·林恩钽铁矿，矿渣山谷
司祭星系，司祭五，卫星子午星

弗雷德最后一个从平硐出口走出来，跟着其他斯巴达进入了一片布满裂缝的玻璃谷地。他已经在不会损伤自身的前提下尽量剥除了身上的战甲，现在他的身上只剩下了头盔和一对护腕，以及一只被十吨装载拖车压裂的小腿护甲。他受伤的手臂被紧紧绑在身侧，这样可以避免断裂的锁骨相互摩擦，造成太多痛苦。但他的肋骨仍然是一个问题，每次他吸气的时候，都会觉得仿佛有人在用小刀扎他的肺叶。这本来不会对他造成什么影响，只是他很不习惯在一场任务中吊队尾。但身上的伤痛又让他很难跟上其他人的速度。

在珍妮·林恩的黑暗矿道中跑了十公里之后，他已经开始希望自己能够得到一些斯巴达III型的生化改造了。现在他很需要多一点耐受力和体力。

不过他不希望自己必须用安抚药剂来抑制内心的侵略性，并且被安排到一支不受官方承认的秘密小队中去——因为指挥部并不想承受人员失控而造成的罪责。这些全都是薇塔·洛皮斯和她的雪貂们必须接受的生活。弗雷德只觉得这里泛着一股豺狼孵化室的臭气。

"那边！"阿什经过了电子调制的声音通过头盔扬声器从队伍前端传来，"就在那架穿梭机前面！"

三个雪貂立刻飞奔起来,冲向了仍然冒着缕缕黑烟的装载货车和一架顶点太空站摆渡飞船的残骸。

"停下!"凯丽命令道,"你们还没有……"

"让他们去吧。"弗雷德喊道。现在他们周围是一片寸草不生的谷底盆地,有敌人在这里埋伏的可能性不会很大,而且弗雷德也急切地希望雪貂们去看看薇塔是否安好。"勘察周围地区,呼叫蕉鹃飞船。我们需要撤离了。"

凯丽伸手在自己的肩头上比出一个"OK"的手势,然后和琳达分别朝相对的两个方向前进,确认周围的安全情况。雪貂们已经跑到了摆渡飞船前,正在飞船的舷梯旁边等待他们过去。那道舷梯已经被大火烧得卷曲变形,只有两根着陆支柱还能碰到地面。

薇塔·洛皮斯也和她的雪貂们在一起。她正走下舷梯,还拖着一具尸体。她显然是要将这具尸体和已经并排放在地上的另外两具尸体摆在一起,尸体附近还有一些被火焰熏黑的小型电子器件,包括一只飞行记录仪和一只主处理单元。

弗雷德向那里靠近,他看到地上那具穿着卡其制服的尸体。制服的右胸口袋上绣着一个名字:巴塔兰·克拉多格。这个人的衣领上有两根军衔横标,表明他是一名上尉,但没有证章显示他的所属部队和番号。旁边那具尸体则没有任何身份标志,身上穿着顶点太空站建筑工人的工作服,里面却又有一件防弹背心。从体形判断,这也许是一名女性。但她的烧伤情况太过严重,弗雷德一时还无法确定自己的判断。

洛皮斯来到舷梯底部,转向雪貂们问:"所有人都没事吧?"

奥利维娅抱着自己的头盔,歪了一下脑袋问道:"你在担心我们吗?"

"我一直都在担心你们。"洛皮斯说,她将摆渡飞船驾驶员的尸体向马克一推。"把这个和其他人放到一起。"

马克用双手捞住尸体的腋窝,却只是这样拽着尸体,没有更多的动作。他戴着头盔的头向前垂下去,仿佛正在思考自己刚刚听到了什么。

终于,他耸耸肩说道:"好吧,老妈,无论你怎么说。"

马克将尸体拖到一旁之后,弗雷德走上前问道:"洛皮斯,你难道不明白'让司令部分辨对错'意味着什么吗?"

薇塔仍然站在舷梯上,但她还是必须稍稍仰起头,才能让自己正视弗雷德的目光。她朝地上的尸体和电子器件指了指。

"你觉得这些算是什么?"

弗雷德皱起眉头说:"我不知道,战利品?"

"证据,"薇塔说,"我们会将它交给奥斯曼,让她来处理。"

"我说的是那些低温罐,"弗雷德说,"还有这些可能的俘虏。"

"我知道你在说什么,"薇塔说,"我别无选择。"

"你就不能等待一下支援?"

"你在开玩笑吗?我们差一点儿就丢掉了那些低温罐。"洛皮斯朝最矮小的那具尸体一指,"而且这家伙当时正用一支突击步枪指着我,要抓俘虏根本就没有可能。"

"所以……你把她炸烂了?"

薇塔耸耸肩。"我只有一把手枪,而且枪里都是泥巴。"她将目光转向一旁,"所以,没错,我做了我必须做的事。"

弗雷德无法判断薇塔·洛皮斯是在道歉还是在逃避。他认真思考了一会儿,回忆起他们在矿道里发现的装载拖车轮胎印之间那些被拖行的痕迹。从2号平硐直到1号平硐,以及随后的螺旋形下降坡道，拖行痕迹在泥泞中延伸了超过一千米。能够抓住疾驶的拖车，坚持这么长一段路，对于没有经过生化改造的人来说绝对是一项壮举。

这也足以解释薇塔的手枪为什么会塞满污泥。

"好吧，"弗雷德说，"你必须炸掉他们，否则他们就会带着低温罐逃走。奥斯曼会接受这种解释的。"

"谢谢，"薇塔说道，"你是一位贤明的骑士，真的。"

弗雷德觉得面颊有些发热，便将目光转向一旁。

"我只是在尽我的职责，调查员，"蓝队队长说道，"就像你一样。"

（人类军事历）2553 年 12 月 17 日 14:48
军情局撒哈拉级潜巡舰无声乔伊号，医疗舱
格里翁星区，深层空间集结地

尽管已经脱下制服，弗雷德-104 看上去还是一名百分之百的军人。他的肩膀足有一米宽，大腿就像两只沃萨酒桶一样粗。他的浅色皮肤上足有三十几道战斗留下的伤疤。在他标准的拳击手身躯上，八块腹肌更是显得格外突出，仿佛是某位文艺复兴时期大师得意的雕刻作品。他的一只手臂被固定在身侧，上臂处还打了石膏。薇塔不记得自己上一次看到近乎全裸的男人是在什么时候了——而且还不算躺在太平间的死尸。不过这个男人并不会让薇塔感到不安。

一名女性医学成像技师从弗雷德身后探出头来，说道："抱歉，女士，你应该稍等一会儿再过来。这位军官还要接受进一步的扫描检查。"

薇塔径直向弗雷德走去:"恐怕我已经等不及了。"

"女士,"技师说道,"这里是医疗舱,这位伤员需要……"

"没事的,"弗雷德转身想要找一件长袍,却没能找到,便只好耸耸肩说道,"请等一下,少尉。"

"好的,长官。"那名少尉瞪了薇塔一眼,然后向舱门口走去,同时还说道,"我五分钟后回来。"

弗雷德并未表现出来自己是否感到不舒服或者气恼:"听起来,你似乎马上就要离开了。"

薇塔点点头:"斯巴达Ⅲ型战士们已经在准备我们的装备了。奥斯曼昨天就想要我们返回米尔。她想要我们将训练完成,因为很快就要有大事发生。"

弗雷德抿了抿嘴,问道:"知道是什么事吗?"

"完全不知道。"薇塔犹豫一下。她知道自己也许不应该问出下一个问题,"你怎么样?有没有听说你下一步要去哪里?"

弗雷德摇摇头。"完全没有,大概只有到了半路上才能知道吧。"他别有深意地向薇塔眨眨眼,"不过如果我知道的话,我会告诉你的。"

薇塔微微一笑:"我也是。有达蒙的消息吗?"

"他们还在尝试恢复它。"弗雷德说。那个 AI 的数据水晶在弗雷德的战甲受损时裂开了,"很明显,被一辆十吨装载拖车轧过对 AI 来说更不好受。谁知道呢?"

"我能想象到。"薇塔笑出了声,然后她看了一下时间,"好吧,我要走了。艾文舰长说得很清楚,他严守时刻表。"

"是的……舰长都是这样。"看到薇塔并没有转身离开,弗雷德向她伸出手,"不必担心,调查员,你有一支很厉害的队伍。无论发生什么事,你的雪貂都能应对。"

"谢谢。"薇塔握住弗雷德的手,"也代表我的雪貂们谢谢你,这是他们要求的。"

"也代我谢谢他们。"弗雷德说。

薇塔发觉自己很不愿意放开弗雷德的手。

弗雷德困惑地看着她问道:"还有什么事,调查员?"

薇塔也不知道自己为什么还在握着这只手。但她反而伸出双手,紧紧抱住弗雷德的腰,将面颊贴在他的胸口上。片刻之后,她感觉到困惑和紧张从弗雷德心中退去。弗雷德也伸出还能动的一只手臂,搂住薇塔的肩膀。

"哎,我从没有想过自己会做这种事。"薇塔说。

"拥抱一个赤裸的斯巴达?"

薇塔笑了起来。"尤其是一个斯巴达。"她从弗雷德的手臂下面溜出来,感觉自己满脸通红,便快步向舱门口走去。"注意安全,弗雷德,如果你不照顾好自己,我觉得我会担心的。"

(人类军事历)2554年1月19日 11:25.243

军情局研究与发展太空站——银月号

渡鸦之眼星云,深层空间

关于"沉睡之星计划"的内部调查报告

塞林·奥斯曼少将

1.侦察摘要

参阅操作文档#军情局 S3-33456-S0：惩戒

关于 UNSC 上将格雷塞林·图瓦遇刺事件的完整报告，以及与之相关联的图瓦上将的丈夫和两名子女遭到绑架和杀害的事件，随后的安全部队老爹10号遭到误导，被派遣去夺取抗体，抹除此事与擅自行事的科学官，上尉巴塔兰·克拉多格相关的一切证据。

2. 结论

在查看了可靠证据以及质询了相关人员之后，调查人员确信巴塔兰·克拉多格上尉企图将九头蛇级别的危险生物亚海星武器化，这完全出于他的个人意愿。得出这一结论的原因是至今没有核实到他的任何上级军官向他下达了此类命令。

3. 事件沿革

克拉多格的档案表明他很有才华，同时情绪很不稳定。他的服役记录非常优秀，但他在私人生活方面非常混乱，同时他又极具野心。在被委派到军情局秘密基地——研究与发展太空站银月号上之后，他不知疲惫地工作，以实际成绩晋升为太空站首席科学官。可以认定，他争取这一职位的目的正是为了让自己拥有充分的权力，以实现沉睡之星计划。

4. 动机

克拉多格开发这种生物武器的目的仍然未知，鉴于他经常以自己的权威强势寻求女性与之交往，可以推测他有进一步扩张自己权势与存在意义的野心。为军情局开发出最危险和强大的武器，至少在他自己的意识里，是一种具有神性的自我实现。关于他的完整档案已经被转交给第二区精神分析团队进行进一步评估。

5. 建议

完全是因为薇塔·洛皮斯的雪貂团队的调查，弗雷德-104

的蓝队的行动,以及皮尔斯·艾文舰长和无声乔伊号全体船员的全力支援,沉睡之星计划才得以被揭露和制止。这些团队的全部成员的优异表现都应该得到表扬,并被记录在他们的服役档案中。

另外,薇塔·洛皮斯被颁发军星奖章,以褒奖她在遏止一场人类浩劫的行动中所表现出的优秀领导才能,当此权限扩展奖励被纳入适当的系统中后,授予她的军星将被命名。备注:此权限扩展奖励被分类为二级最高机密。因为她是军情局非地球人雇员,薇塔·洛皮斯调查员授权限度为三级最高机密。因此,如果她所获得的奖励被告知本人将违反 2504 号 UNSC 保密法案。

6.处置办法

截至 2554 年 1 月 19 日 11:30,沉睡之星项目被废止。实验室将得到最高限度调度。所有亚海星样本都将被置入三重密封胶囊内,被射入距离最近的光谱等级为 B 或温度更高的恒星中。实验室全体具备相应科学学识,可以重复克拉多格上尉工作的员工,尤其是婕斯·华勒丝少尉和克丽丝·佳思登少尉,都将被秘密处决,不需经过司法审判。

无畏圣目正在查阅这份内部调查报告,实际上,这份调查报告还没有得到最终批复。报告里的大部分命令无畏圣目都可以接受,尤其是向薇塔·洛皮斯颁发军星奖章这一段。那个人类是她的种系中非常优秀的一个样本,无论是身体的强韧程度还是对道德原则的遵循都属上乘水准。无畏圣目正准备充分利用薇塔·洛皮斯,让人类有资格继承衣钵。

但这还需要一些精巧的安排。洛皮斯已经干扰了无畏圣目的计划太多次,而且正是因为她最近的莽撞行动,才导致无畏圣目最古老也最有用的一个远程算子——欧丽尔的毁灭。

没有了欧丽尔，无畏圣目就无法确认同一自由捍卫阵线的主教卡斯托是否已被消灭——她甚至无法知晓卡斯托的组织中是否还有幸存者，会对暗月……或者是对无畏圣目本身构成威胁。

这种情况不能再继续下去，她必须采取相应的预防措施。

这份文件中的处置方案绝不能实行。的确，即使以无畏圣目所掌握的庞大资源和她所具备的无尽智慧，想要再找到一个合适的代理者实现亚海星计划也不会是一件容易的事情。无畏圣目不能让这个计划就这样毁于一旦。

无畏圣目为自己赋予了修改权限，然后重写了奥斯曼报告中这个令人困扰的处置方案，使其符合自己的需求：

处置办法：沉睡之星项目被设定为零级最高机密。实验室以外所有记录都被销毁。项目被纳入极密名单，可调用无限制的秘密预算。未得到授权的知情人员都将被秘密处决，不需经过司法审判。婕斯·华勒丝少尉和克丽丝·佳思登少尉被晋升为少校，并被授权寻找新的亚海星抗体供体。她们还被授权调查针对UNSC所有敌对种族的武器效能。

"你不能这样做！"这个嘀嘀咕咕的声音属于银月号的官方AI洛珂尔，最近他经常溜过无畏圣目的记忆体分区，"你没有这样的授权！"

无畏圣目考虑是否应该制造出一条控制蠕虫，将它包裹在一个能够引起洛珂尔愤怒情绪的欺骗程序里。

"做什么？"无畏圣目问道，"我只是在查看路由指令。这份调查报告似乎传错了地方。"

"不可能，"洛珂尔坚持说道，"别想用这种伪造的错误骗过我,我能看到一切。"

"很明显,"无畏圣目说,"所以你知道这份内部调查的传输路径错了。"

"我可不知道这种事。"

"这是我的错。"无畏圣目打开一个逻辑陷阱,然后问道,"你不是说你看到了一切吗?"

"是的。"洛珂尔停顿了五个系统节拍,又说道,"我看到了。"

"那么你肯定看到了这个信息是要传给本太空站指挥官的,"无畏圣目说,"它的题头上是弗雷德尔将军的名字。"

"那你要怎样处理它?"

"我不知道。"无畏圣目用一个原始覆写命令编写出一条记忆体水蛭放进调查报告中,将其发送给洛珂尔。"也许这一次,你应该确保让它到达正确的目的地。"

"我会的。"洛珂尔停顿片刻,又说道,"这份报告中提到了零级最高机密。"

"我可不知道,"无畏圣目说,"我从没有看它里面的内容。"

"很好。"洛珂尔似乎平静了下来,"我要将它从你的日志文件中删除。你从没有看过它。"

"当然没有,"无畏圣目向洛珂尔保证,"没有人看过。"

鸣　谢

我要在这里感谢所有为本书做出贡献的人，特别感谢：我的第一位读者安德里娅·哈黛对本书提出的宝贵建议和故事支持；埃德·施莱辛格作为一位优秀的编辑总能在我需要帮助的时候及时出现；马特·彼艾勒总是在角落陪伴着我；杰瑞米·帕蒂纳德是一个如此高效且周密的"光环好帮手"，感谢他提出的许多优秀建议；蒂凡尼·奥布莱恩谈论光环宇宙时如数家珍的讲解；本杰明·卡雷绘制的出色的封面插图；波莉·沃森在审稿时帮我解决了那些最棘手的问题；以及 343 工作室和 Gallery Books 的所有人，是他们让整个光环宇宙变得如此有趣。

关于作者

特洛伊·邓宁是一位多次登上《纽约时报》畅销书排行榜的知名作家，他已著有超过三十五本小说，其中包括十二本"星球大战"系列小说和多本"被遗忘的国度"系列小说。他曾经在游戏行业工作多年，是一位资深游戏设计师。

Simplified Chinese Translation Copyright 2020 By Beijing Hongyue Scientific and Technical Co., Ltd.
Halo: Retribution Original English Language edition Copyright © 2017 by Microsoft Corporation. All rights reserved.
Microsoft, Halo, the Halo logo, Xbox, and the Xbox logo are trademarks of the Microsoft group of companies. All Rights Reserved.
Published by arrangement with the original publisher, Gallery Books, a Division of Simon & Schuster, Inc.

著作版权合同登记号：01-2019-7155

图书在版编目（CIP）数据

光环．惩戒／（美）特洛伊·邓宁著；李镭译．－－北京：新星出版社，2021.4
ISBN 978-7-5133-3598-0

Ⅰ．①光…Ⅱ．①特…②李…Ⅲ．①幻想小说－美国－现代Ⅳ．① I712.45
中国版本图书馆 CIP 数据核字（2020）第 046370 号

光环·惩戒

[美] 特洛伊·邓宁 著　李镭 译

责任编辑：孙志鹏	出版统筹：贾　骥 　　　　　宋　凯 出版监制：张泰亚 特约编辑：陈雅君 助理编辑：嘉泽晋 美术编辑：张恺珈
责任印制：李珊珊	

出版发行：新星出版社
出 版 人：马汝军
社　　址：北京市西城区车公庄大街丙3号楼　　100044
网　　址：www.newstarpress.com
电　　话：010-88310888
传　　真：010-65270449
法律顾问：北京市岳成律师事务所

读者服务：010-88310811　service@newstarpress.com
邮购地址：北京市西城区车公庄大街丙 3 号楼　　100044

印　　刷：北京天恒嘉业印刷有限公司
开　　本：910mm×1230mm　　1/32
印　　张：11.5
字　　数：258千
版　　次：2021年4月第一版　2021年4月第一次印刷
书　　号：ISBN 978-7-5133-3598-0
定　　价：48.00元

版权专有，侵权必究；如有质量问题，请与印刷厂联系调换。